아이보리
타워

어 느 계 약 직 원 의 이 야 기

아이보리 타워

경지운 장편소설

어 느 계 약 직 원 의 이 야 기

바른북스

목차

쌤들에게.

역질문

"엑셀은 좀 할 줄 알아요?"

"네. 브이룩업이나 피벗테이블 만드는 정도까지는 사용 가능합니다."

"그 정도면 잘하네요."

브이룩업 함수를 사용할 수 있는 게 엑셀을 '잘'하는 수준인지는 알 수 없었지만 사십 대 후반 정도로 보이는 남자 면접관이 고개를 끄덕이며 말했다.

"사는 곳이 멀지 않네요?"

"네. 출퇴근에는 문제없습니다."

"좋아요."

인사계장이라고 자신을 소개한 여자 면접관이 실질적으로는 실무 총괄인 것처럼 보였다. 어깨까지 떨어지는 깔끔한 레이어드 컷 헤어스타일과 단정한 검은색 정장 그리고 하얗고 맑아 보이는 피부가 꽤나 도시적인 이미지였다. 나이는 많지 않아 보여도 풍기는 인상으로만 보면 경력이 많고 효율성을 중요시 여기는 그런 성격일 것 같았다. 그녀는 자기 책상 위에 펼쳐진 이력서들과 면접자들의 얼굴을 번갈아 바라보며, 이력서 이곳저곳에 밑줄을 긋거나 메모를 했다.

"마지막으로 우리한테 질문할 내용 있으실까요?"

역시나 면접의 끝은 역질문을 받는 것이었다. 난 매번 "없습니다. 시켜만 주시면 열심히 하겠습니다"라고 대답했다. 그런데 어제 저녁 엄마가 오빠한테 면접 팁 같은 것 좀 받아보라고 연락이 왔었다. 오빠는 대기업에서 일하고 있다. 지금은 대리지만 곧 과장으로 승진할 것 같다고 지난번 엄마가 이야기해주었다. 엄마는 오빠한테 동생을 잘 챙기라고 늘 말했지만 오빠라는 사람 자체가 먼저 나서서 살갑게 도와주는 성격은 아니었다. 본인도 취업하는 게 힘들었기 때문인지는 모르겠지만 나의 취업에 있어서도 큰 도움을 주진 못했다. 게다가 오빠는 공대였고 나는 문과, 그중에서도 영문학이었으니 분야가 워낙 다르기도 했다.

"회사 입장에서 대답하는 게 일단은 중요할 것 같아."
"그게 말이야 쉽지."
"너 학생 때 동아리 많이 했지? 동아리 후배 뽑는 자리라고 생각해. 그럼 대충 각 나오지 않을까?"

"오. 좋은 비유네. 알겠어."

"회사에 대해서 공부 많이 하고."

"응. 공부는 어느 정도 했는데 가기 전에 조금 더 봐야겠다."

"한국대 교직원이랬나?"

"응. 오빠 친구 중에는 교직원 없어?"

"없어. 근데 자리 나면 나도 교직원이나 가고 싶다. 워라밸 좋다던데. '신의 직장'이잖아."

"알아봤더니 요즘엔 '신의 직장'까지는 아니던데."

"그래?"

"등록금 인상을 못 해서 재정이 어렵대. 그리고 앞으로 학령인구가 줄어드니까 그것도 문제라더라."

"공부 좀 했나 보다. 술술 나오네?"

"어차피 계약직이야. 합격해도 오래 있지도 못한다고."

"그래. 일단 가서 잘 경력 쌓고 더 좋은 데로 가면 돼. 그리고 중간에 이직해도 되니까 일단은 잘 보고 와."

"응. 알겠어. 아 참! 오빠 나 질문 있다."

"뭔데?"

"면접 끄트머리에 우리 회사에 궁금한 점 있냐고 물어오면 오빠는 어떻게 대답했어?"

"그 질문…. 애매한데."

"난 매번 그냥 열심히 하겠다. 이렇게 말하고 말았어."

"나도 그랬어."

"하하. 진짜?"

　　　　　　　　　　　　　　　　　　　아이보리 타워

"뭐 특별한 거 없을까?"

"괜히 이상한 거 물어봤다가 분위기 엄해질까 걱정이야."

"한번 생각해볼게."

그렇게 대화는 마무리되었고 그 고민이 오늘 현실로 닥쳐왔다.

"면접관님들께서 신입직원에게 바라시는 모습이 어떤 것인지 궁금합니다."

오른편 가장자리에 앉은 면접자였다. 와! 저런 질문을 할 수도 있겠구나. 속으로 감탄하며 나도 모르게 묘한 미소가 지어졌는데 이런 감탄은 나만 하는 게 아닌 것 같았다. 면접관 두 명 모두 고개를 들어 흡족한 표정을 지어 보였다.

"좋은 질문이네요. 나중에 최종 합격하시면 자세히 말씀드리겠지만 아무래도 성실하게 잘 업무에 임해주시길 바라죠, 저희 입장에서는."

남자 면접관이 먼저 답변을 했다. 면접의 구도가 달라지자 색다른 느낌이 들었다. 이어서 여자 계장도 미소를 지으며 입을 뗐다.

"과장님 말씀이 맞아요. 최종 합격하시게 되면 저희랑 티타임 하시면서 앞으로 어떻게 지내셔야 하는지 말씀드릴 기회가 있을 겁니다. 그래도 조금만 미리 말씀드리자면 무엇보다 주인의식을 가지고 업무를 잘 배우시는 게 중요할 것 같아요. 그리고 저희 직원들이 지시하는 부분 성실하고 꼼꼼하게 잘 이행하는 직원이시면 좋겠어요. 특별한 건 아니지만 그게 제일 중요한 것 같습니다."

그러자 질문을 했던 지원자가 힘찬 목소리로 말했다.

"알려주셔서 감사합니다. 합격하게 된다면 말씀하신 부분들 잊지 않고 꼭 기억하겠습니다!"

면접관 두 명 모두 환하게 웃으며 고개를 끄덕였다. 하지만 그들의 시선이 향한 곳이 내가 아니었기에 나는 슬며시 탈락을 예감하기 시작했다. 저 질문을 내가 했었어야 했는데. 대신 다음에 다른 면접에 가게 되면 저 질문을 꼭 내가 하리라. 나와 그 면접자 사이에 앉은 다른 면접자도 나와 마찬가지로 결국 아무런 질문을 하지 못했고 그렇게 면접이 종료되었다.

"수고하셨습니다. 내일 저녁까지 최종 결과 안내해드릴게요."

자리에서 일어나 다른 면접자들과 함께 정중히 인사를 하고 면접장을 나왔다. 면접장 입구 옆 벽에 붙어 있던 '한국대학교 계약직 채용 면접' 안내 종이를 누군가 떼어내고 있었다. 면접 대기실에서 출석 확인을 하던 직원이었다. 복장이 남들보다 더 자유로워 보였는데 아마도 대학원생 조교인 것 같기도 했다.

대학 시절 학과 행정실에는 늘 조교들이 여럿 있었다. 딱히 큰 역할을 하는 것 같진 않았지만 행정실로 들어가면 가장 먼저 학생들을 맞는 사람들이 그들이었다. 무미건조한 표정으로 용건을 확인한 후 다른 직원들을 불러와 학생들을 인계하곤 했다. 오늘 아침 면접장에 도착했을 때도 마찬가지였다. 조교로 추정되는 그 직원은 "면접 보러 오신 거 맞으시죠?"라고 묻고는 신분증으로 내 출석을 확인했다.

대기실에 있던 인원은 총 열네 명이었다. 원래 열다섯 명인데 한 명은 불참이라고 진행 직원이 대화하는 것을 들었다. 나는 면접의 마지막 조였다. 김 씨인데 왜 마지막일까. 서류전형 점수순일까. 불길한 생각을 하고 있는데 면접 순서는 랜덤으로 배정된 것이라고 다른 안내직원이 말해주었다. 채용인원이 'ㅇ명'이었기에 경쟁률이 어떻게 되는지 알 수 없었다. 궁금해서 슬쩍 물어볼까 싶었지만 굳이 그러지 않았다. 다른 회사 신입사원 공채 면접에 갔을 땐 오히려 사람이 많아 북적거렸는데 오늘 대기실은 정적 그 자체였다. 숨이 막혀오는 것 같았다.

대기실로 돌아가니 교통비를 나눠 주었다. 3만 원이라고 했다. 봉투 속 금액을 확인하지 않고 수령확인서에 사인을 했다. 그 자리에서 봉투를 열어 돈을 세는 게 우스워 보일까 봐 그렇게 했지만 나중에 돈이 부족해도 할 말은 없을 것이다. 본디 조심스럽고 신중하게 해야 하는 건데 난 오늘도 대충 내 사인을 끼적였다.

"이제 이 사인은 지민이를 대신하는 중요한 역할을 하는 거야."
"날 대신해?"

　소문자 j와 m을 멋들어지게 합쳐 쓰고 마지막에 내 성인 Kim
의 K를 과격하게 날려 쓰면 내 사인이 완성되었다. 아빠와 이틀에
걸쳐 저녁 시간 동안 함께 고민해서 만든 사인이었다.

"이 사인은 지민이 대신 지민이의 의견을 확인하는 징표인
거지."
"그래서 신용카드 긁으면 사인하는 거잖아. 나도 알아. 아빠."
"그래. 그리고 나중에 회사 들어가면 이 사인을 함으로써, '김지
민이 확인했다' 하고 문서결재 같은 것도 하는 거야."
"아빠가 또 그렇게 이야기해주니까 새롭네. 드라마처럼 말이지?
나도 빨리 회사 가서 이 사인으로 결재해보고 싶다."

　아빠와 힘들게 고민하며 만든 사인이 결재는커녕 이렇게 오늘
도 하찮은 목적으로 쓰이고 있다. 그래도 3만 원이 어딘가. 사인
생각을 하니 문득 아빠가 보고 싶다.

〈아빠!〉
〈그래 지민아.〉
〈나 돈 벌었어. 내가 밥 사드릴까?〉
〈알바 했니?〉
〈아니. 면접비 받았어.〉

〈아 참. 면접 본다고 했었지. 그건 교통비로 받는 거니까 나중에 지민이가 교통비로 써. 밥은 아빠가 사줄게.〉

〈딸이 산다는데도 그러시네. 아빠 점심시간 열두 시부터지? 내가 거기로 갈게.〉

〈그래. 면접 본 데가 어딘데?〉

〈한국대. 회사랑 멀지 않아. 이따 열두 시에 회사 앞에 가 있을게. 나오면 전화해요.〉

〈응 그래. 아빠가 딸 볼 생각에 벌써부터 기분이 좋네. 이따 보자.〉

〈응!〉

아빠 회사는 지하철로 20분이면 갈 수 있기 때문에 간만의 여유를 즐기며 캠퍼스를 구경하기로 했다. 날이 아직 쌀쌀하긴 했지만 산책에 방해가 되는 정도는 아니었다. 한국대학교 캠퍼스에는 나무가 아주 많았다. 모교가 아니었음에도 학생 때 여러 번 왔었던 캠퍼스였다. 봄이 되면 벚꽃이 만개하고 가을이 되면 단풍이 예뻐 때가 되면 꼭 들렀던 곳이었다. 이곳에서 일하면 어떤 기분일까. 아까 당돌하게 마지막 질문을 했던 그 면접자는 아마 이곳을 매일같이 오가며 일하게 되지 않을까. 혹시 모르지. 나도 합격통보를 받을 수도.

여러 생각들이 오고 가는데 저 멀리 나와 같은 조였던, 그 마지막 질문을 했던 면접자가 되돌아오는 모습이 보였다. 전화통화를 하고 있었고 표정은 약간 상기된 상태였다. 왜 돌아가고 있는 것인지 궁금했다. 가까이에서 날 마주쳐 지나가는데 그녀는 상당히 돋보이는 외모를 가지고 있었다. 눈이 초롱초롱 빛나는 밝은 인상이었다. 두상이 작고 팔다리가 긴 체형이었는데 여자인 내가 봐도 상당히 매력 있는 자태였다. 나와 눈이 마주친 그녀가 눈인사를 해왔고 나도 가볍게 목례를 했다. 그녀는 우리가 면접을 봤던 대학본부 건물을 향해 발걸음을 재촉했다. 추측건대 무슨 물건을 두고 나왔겠거니 싶었다.

 청명하게 갠 하늘은 한없이 푸르렀고 캠퍼스 곳곳에 높게 솟은 나무들도 앙상하게나마 그 자태를 뽐내고 있었다. 하늘의 파란색과 나무들의 잔가지들이 적당한 대비를 만들어내 마치 외국에 와 있는 것 같은 느낌을 받았다. 서울 도심에서는 좀처럼 이런 풍경을 보기가 힘들다. 대학교 캠퍼스 내에 펼쳐진 이색적인 풍경은 마치 이곳이 도심 속 고요한 요새인 것처럼 느껴지게 했다. 게다가 건물들도 오래된 석조 건물의 외형을 가지고 있었다. 외부가 회색빛이라 그 또한 주변의 자연환경과 적당히 어울리는 대조를 이루고 있었다. 면접 결과와는 상관없이 나는 심호흡을 크게 하며 말 그대로의 여유를 즐겼다.

 그때였다. 모르는 번호로 전화가 걸려왔다. 잠깐을 고민하다 전화를 받았다.

"여보세요?"
"안녕하세요. 한국대학교 인사팀입니다. 오늘 면접 보셨던 김지민 지원자 맞으시죠?"

아이보리 타워

"네. 맞습니다."

가슴이 뛰기 시작했다. 혹시 합격통보 전화인가?

"혹시 추가로 면접을 더 보실 수 있을지 여쭤보려고 연락드렸습니다."
"추가… 면접이요?"
"네. 혹시 면접 보셨던 곳으로 지금 다시 오실 수 있을까요?"
"지금이요?"
"네. 추가로 이야기를 더 나눠봤으면 해서요."
"오늘은 선약이 있는데…."
"아. 어려우실까요?"

아빠를 보고 싶었지만 일단은 면접에 붙는 게 우선일 것 같았다. 아빠에게는 미안하지만 일단 면접을 택하기로 했다.

"아니에요. 바로 가겠습니다."
"감사합니다. 그럼 면접 보셨던 곳으로 지금 바로 와주시면 되겠습니다."

아까 그 지원자도 이런 연락을 받았던 것일까? 생각하지도 못했던 추가 라운드라니, 합격통보는 아니었어도 새로운 기회가 왔다는 생각에 다시금 마음이 긴장되기 시작했다.

이상한 게임

〈아빠 미안해. 회사에서 면접을 추가로 보자고 하네?〉

〈그거 긍정적인 신호 아닐까? 잘 보고 와. 아빠 느낌이 좋다.〉

〈응! 미안해 아빠. 끝나면 연락할게요. 진짜 미안.〉

〈괜찮아. 걱정하지 말고 잘 다녀와. 화이팅!〉

〈응^^〉

　아빠와의 점심을 포기하고 온 자리인 만큼 마음을 다시 한번 다잡으며 면접을 봤던 건물로 들어갔다. 인사팀에서 안내해준 별도의 대기실에 들어가 보니 내 예상이 적중했다. 아까 마주쳤던 그 지원자가 미리 와서 대기하고 있었고 그 이후로 한 명의 지원자가 더 들어왔다. 나중에 들어온 지원자는 나와 같은 면접 조가 아니었지만 대기실에서 얼핏 봤었던 기억이 났다. 어찌 됐든 같은 이유로 이 자리에 모이게 된 것을 서로 짐작할 수 있었기에 우리는 가볍게 이야기를 나누기 시작했다.

"추가로 면접을 보는 건 저희뿐인가 봐요?"

마지막에 들어온 지원자가 먼저 침묵을 깼다.

"그런 것 같아요. 몇 명을 뽑는지는 모르겠지만 저희 모두 다
잘 되면 좋겠네요."
"제발요. 참. 저는 최예린이라고 해요. 이렇게 만나게 돼서 반갑
습니다!"

밝은 얼굴로 인사하는 예린의 모습을 보니 자연스럽게 긴장이
풀렸다. 이에 나도 환하게 웃으며 내 소개를 했다.

"저는 김지민이에요. 작년에 졸업하고 여태 취준 중이네요."
"안녕하세요. 한윤아라고 합니다. 저도 작년에 졸업했어요. 보다
시피 저도 취준 중이고요."
"그럼 저희 다 스물다섯인가요?"

예린이 반색하며 물었다. 하지만 난 재수를 해서 스물여섯이었
다. 나이를 고백하려는데 윤아가 먼저 말했다.

"저는 스물여섯이에요. 재수했거든요."
"아. 저돈데…."
"그럼 두 분이 저보다 언니시네요. 저희 다 같이 합격하면 좋을
것 같아요!"

예린은 대체로 밝고 명랑한 느낌이었다. 하지만 윤아는 반대였다. 면접에서는 활기차고 목소리도 큰 편이었지만 지금은 상당히 차분해 보였다. 역시나 면접이라는 과정을 통해 어느 한 사람을 판단하기란 결코 쉬운 일이 아니었다.

"그런데 추가 면접이라니요. 계약직도 정말 되기 힘드네요."
"그러니까요. 뭘 또 질문하시려나."
"그나저나 아까 마지막 질문 답변 너무 좋았어요. 한 수 배웠네요."
"별말씀을요. 아무도 질문을 안 하시는 것 같아 그냥 한번 해본 거예요."

윤아는 여전히 차분했다. 그럼에도 입가에 미소가 지어지는 걸 보니 내심 기분은 좋은 눈치였다.

"어머. 질문이 뭐였는데요?"
"면접관님들께 질문하는 거였는데 여기 이분께서 면접관들이 신입직원에게 바라는 게 뭔지 여쭤보셨어요. 저는 생각도 못 한 질문이었는데 말이에요."
"와! 대박이네요. 정말 좋은 질문인 것 같아요. 저희 조도 똑같은 질문이 나왔는데 저는 구내식당 맛있냐고 여쭤봤어요. 차라리 가만히 있을걸….."
"하하. 정말요?"
"그런데도 여자 면접관님이 잘 대답해주셨어요. 여긴 대학이라

학생 식당도 있고 교직원 식당도 있는데 둘 다 정말 맛있다면서요. 웃기죠."

"웃기긴요. 그래도 분위기 괜찮았네요. 저희도 이분 덕분에 분위기 좋게 면접이 잘 끝난 것 같아요."

화기애애하게 면접 후기를 나누고 있는데 대기실 문이 열렸다. 면접에서 봤던 인사계장이었다.

"안녕하세요. 다시 뵙네요."

우리 셋은 누가 시킨 것도 아닌데 일제히 자리에서 일어나 정중히 인사를 했다.

"아이고. 예의도 바르셔라. 어서 앉으세요. 조금 이따가 저희 점심 식사를 같이 하려고 합니다. 혹시 메뉴로 불고기 어떠신가요?"

우리는 의아한 표정으로 서로를 바라보며 좋다고 대답했다. 추가 면접이라더니 점심 식사로 불고기를 먹게 되었다. 마치 이상한 게임에 초대받은 것 같은 착각이 들었다.

"그럼 저희 식사 예약할게요. 참. 제 소개가 늦었네요. 저는 한국대학교 인사팀 권서정 계장입니다. 그리고 여러분들은 저희가 선발한 최종 합격자분들이십니다. 총 세 분이시고 앞으로 각 다른 부서에 배치받아 업무를 하시게 될 겁니다. 축하드립니다."

추가 면접이라더니 이게 웬 기분 좋은 서프라이즈란 말인가. 낯선 상황이긴 해도 이런 식의 합격통보를 받는 것도 나쁘진 않았다.

"아마 추가 면접으로 연락받으셨을 텐데요. 시간이 촉박해서 오늘 식사 같이 하시고 내일부터 출근을 부탁드리려고 이렇게 모시게 되었습니다. 저희가 요즘 인력이 많이 모자라서요. 어떻게⋯. 모두 내일부터 근무 가능하실까요?"

우리는 모두 얼떨떨하면서도 밝은 표정으로 가능하다고 대답했다. 출근일을 통보받고 나니 그제야 실감이 나기 시작했다. 그리고 나름의 경쟁을 뚫고 승자가 되었다는 사실이 주는 은밀한 쾌감도 느껴졌다. 열네 명 중 열한 명은 떨어지고 최종 세 명이 붙었는데 내가 그중의 한 명이라니. 평소 승부욕이 많은 편은 아니었지만 이런 결과가 나왔다는 사실에, 그리고 그 승자가 바로 나라는 사실에 자연스레 마음이 흥분되었다. 졸업 후 이 사회에서 거둔 첫 번째 승리였다. 게다가 함께 승자가 된 동료들도 얼핏 보기에 모두 괜찮은 사람들처럼 보였다. 내가 그중 한 명이라는 사실이 자랑스럽기까지 했다. 우리 모두 잘 됐으면 좋겠다던 조금 전의 바람이 지금은 현실이 되어 우리를 기쁘게 만들었다.

우리는 인사팀 직원들과 함께 식당으로 이동하여 점심을 먹었다. 대학에서 일하는 사람들이라 그런지 다들 밝아 보였고 한결 여유 있어 보였다. 식사 내내 대학에서 진행하고 있는 다양한 사

아이보리 타워

업들과 이를 위해 교수와 직원들이 기울이는 노력에 대한 설명을 들었다. 그리고 대학이라는 조직이 움직이기 위해 필요한 다양한 행정업무에 대한 설명도 들었다. 학생 시절 바라본 대학이 단순한 학교의 개념이었다면, 지금 듣는 내용들은 학교가 아닌 거대한 기업에 대한 내용처럼 다가왔다. 물론 모든 내용을 다 이해할 수는 없었지만 앞으로 일할 조직에 대한 설명이라는 생각에 가슴이 벅차올랐다. 나를 비롯한 다른 예비 신입직원들은 모두 열심히 고개를 끄덕여가며 이야기를 경청했다.

식사가 끝나고 인근 카페로 이동했다. 점심으로 나온 불고기가 너무 맛있어서 과식을 한 것 같았지만 언제 그랬냐는 듯 차와 디저트도 맛있게 먹었다. 아마 기분이 좋았기 때문일 것이라고 나는 생각했다.

카페에서는 실제 업무에 대한 이야기가 이어졌다. 우리는 인사팀에서 중앙 채용방식으로 선발된 직원들이고 각 개인별 적성을 고려해 일선 부서로 배정이 된다고 했다. 채용공고에서 내용을 보긴 했지만 크게 신경 쓰지 못한 부분이었다. 만일 채용이 된다면 어느 단과대학의 행정실에서 일을 하게 될 것이라며 막연한 상상을 했었는데 그게 아닌 것 같았다. 면접 준비를 한답시고 한국대학교에 대해서만 공부하고 왔지, 어떤 부서에서 어떤 업무를 하게 되리란 부분은 아예 생각을 안 했던 것이다.

경영학과 출신이라던 예린은 대학의 대외연구비와 연구 성과를 관리하는 산학협력단이라는 부서로 배정을 받았다. 처음 듣는 부서 이름이었지만 설명을 듣고 나니 전공에 어울리는 부서인 것 같았다. 외모가 돋보였던 윤아는 부총장 행정실이라는 곳으로 배정을 받았다. 구체적으로 이야기를 하진 않았지만 아무래도 비서 같은 역할을 하는 것 같았다. 대학에 총장과 부총장이 있다는 건 당연히 알고 있었지만 그 밑에 행정실이 따로 존재하고 있다는 사실은 모르고 있었기에 나는 의아함을 감출 수 없었다.

내 순서를 기다리며 아마도 영문과인 나는 외국어를 쓰는 일이나 국제화 관련 업무를 하게 되지 않을까 기대를 하고 있었으나 전혀 의외의 부서로 배정을 받았다. 총무처 소속의 총무팀이었다. 인사팀과 같은 처 소속이라고 했고 내가 맡을 업무는 교수와 직원들의 4대 보험 관리라고 했다. 이 이야기를 듣는데 갑자기 숨이 막히는 듯 답답함이 느껴졌다. 4대 보험이라니. 내가 생각한 대학교에서의 업무와는 전혀 다른 분야였다.

"계장님, 근데 제가 4대 보험 쪽은 아는 게 하나도 없는데요. 괜찮을까요?"

"괜찮아요. 계약직원분들은 업무 지원만 하시게 될 거예요. 각 업무별로 담당직원이 다 있기 때문에 너무 걱정 안 하셔도 됩니다."

"그렇군요. 알겠습니다."

"계약직원분들께 너무 중한 업무를 맡기진 않으니 부담 없이 오시면 돼요. 미리 걱정하지 않으셔도 됩니다."

친절하고 다정한 말투였지만 말끝마다 '계약직'이란 용어를 언급하는 게 끝내 마음에 걸렸다. 내가 선택해서 온 길이긴 하지만 막상 그 흔한 말이 나의 꼬리표가 된다는 게 쉽게 적응되지 않았다.

마지막으로 내일 출근 때 지참해야 할 서류들을 안내받은 후 공식적인 일정이 종료되었다. 인사를 하고 카페 밖으로 나오니 하늘에 듬성듬성 구름이 끼어 있었다. 광활했던 캠퍼스의 전경이 저 멀리 눈에 들어왔다. 대학의 정문은 웅장했고 또한 화려해 보였다. 상아탑이라는 말에 걸맞은 자태였다. 이제 내일부터는 매일같이 드나들어야 하는 곳이다. 우선 내가 알고 있는 선에서는 4대 보험이라는 업무를 위해.

집에 가는 길에 우리 가족들이 모두 있는 채팅방에 합격 소식을 전했다. 아빠는 역시 자기의 생각이 맞았다며 기뻐해주었고 엄마도 너무나 반가운 소식이라며 연신 이모티콘을 사용해가며 나의 합격을 축하했다. 오빠는 축하는 하지만 중간중간 계속 이직 준비를 하라고 일러주었다. 맥이 풀리는 말이긴 했지만 옳고 또 옳은 말이었다.

전에 듣기로는 오빠네 회사에도 계약직원들이 있다고 했다. 아마 그들을 통해서 느끼는 알량한 우월감의 무게를 오빠는 군이 계산하려 하지 않았을 것이다. 그러나 정작 자기 동생이 다른 회사에서 계약직으로 일하게 되었다는 소식을 듣고 나니 어떻게든 구제해야 한다는 마음이 들었던 모양이다. 충분히 이해할 수 있는 처사였음에도, 마음 한편으로는 있는 그대로 말하지 않고 조금만 더 긍정적인 말을 해줬다면 어땠을까 하는 아쉬움이 남았다.

엄마는 축하파티를 할 겸 저녁에 집으로 오라고 했다. 저녁으로 오랜만에 삼겹살을 먹자고 제안했다. 점심으로 불고기를 먹었지만 엄마가 생각하는 내가 가장 좋아하는 음식은 삼겹살이니 난 기분 좋게 그러자고 했다. 물론 소고기도 좋아하지만 사실 난 돼지고기 삼겹살을 더 좋아하는 편이다. 소고기는 뭔가 편하지 않았다. 아껴 먹어야 한다는 중압감 때문이라고 난 생각했다. 하지만 삼겹살은 달랐다. 충분히 먹고도 더 먹고 싶으면 언제든 더 먹을 수 있었다. 그래서 항상 꿈꿔왔다. 취업해서 월급을 받으면 우리 가족 모두를 데리고 꼭 소고기 식당에 데려가야겠다고. 한번은 완전 사치스럽게 밥을 대접하고 싶다고, 그것도 한우로다가. 그리고 그날은 나도 원 없이 한우를 먹어보겠다고 말이다.

하지만 나의 첫 취업은 계약직이다. 급여도 최저임금보다 조금 높은 정도의 수준일 뿐이다. 200만 원이 채 되지 않는다. 그러니 오늘은 평소처럼 삼겹살로 만족할 수밖에 없을 것 같다. 그것도 엄마 아빠 돈으로 사주는 삼겹살로.

.

계약직원들

삼겹살 파티는 생각보다 일찍 끝났다. 주말이 아닌 평일이기도 하거니와 첫 출근을 앞뒀다는 사실에 마음이 썩 편하기만 한 것은 아니었기 때문이다. 날 걱정한 가족들이 이런저런 이야기들을 해줬지만 사실 그렇게 와닿지는 않았다. 업무가 4대 보험 분야라는 것이 영 어색했기 때문일까. 가족들의 조언에 집중할 수가 없었다.

아빠가 내 걱정을 알아챘는지 간단하게 4대 보험에 대해서 설명을 해줬다. 건강보험, 국민연금, 고용보험, 산재보험이 여기서 말하는 그 네 가지 보험이라는 것. 그리고 4대 보험은 나라에서 운영하는 사회보험이라는 것. 즉, 회사에 다니게 되면 우리나라 사람 모두가 의무적으로 가입한다는 것, 그리고 보험료가 나오면 일부는 회사가, 나머지는 각 개인이 낸다는 것을 알려주었다. 아빠는 아주 간단하게 이야기를 해준 것임에도 나에겐 완전히 다른 세계의 이야기였다. 나는 그동안 아빠의 건강보험에 함께 등록되어 있었는데 아빠 말로는 내가 취업을 하게 되면서, 즉 내가 돈을 벌게 되면서 나 스스로가 회사를 통해 건강보험료를 내게 될 것이라고 했다. 그러면서 오빠도 취업하고 똑같은 절차를 거쳤다고 했다. 이런 제도들이 신기하면서도, 도대체 나는 그래서 어떤 일을 하게 되는 것인지 걱정이 앞섰다.

아홉 시가 채 되기 전 집에서 나와 자취방으로 돌아왔다. 말이 자취방이지 이젠 내 집이나 다름없었다. 4학년이 되고 본격적으로 취업 준비를 하겠다며 부모님께 독립을 선언했다. 사실 선언이라는 말이 무색할 정도로 설득의 시간이 더 길었지만 늘 날 믿고 지원해줬던 분들이었기에 결국 허락을 얻어냈다. 아빠는 두 번이나 휴가를 내고 내 자취방을 함께 알아봐 줬고 지금의 집으로 이사하던 그날은 오빠를 포함한 모든 가족이 함께 내 짐을 옮기느라 고생을 했다. 그 덕에 난 지금까지도 편안하게 이 자취방에서 잘 지내고 있는 중이다. 저녁을 먹고 집을 나설 때 아빠가 차로 태워주겠다고 했지만 나는 그냥 지하철로 오는 게 더 편해 괜찮다고 했다. 조금은 혼자만의 시간이 필요하다고 느꼈던 것 같다. 지하철에서 핸드폰으로 4대 보험 내용을 살펴볼까도 했지만 결국 그냥 멍하니 시간을 때우고 말았다.

우리 집과 내 자취 집의 거리는 지하철로 열여섯 정거장 거리다. 멀다면 멀고 가깝다면 가까운 그런 거리였다. 그럼에도 나는 본가 집을 수시로 들락날락거렸다. 굳이 집중해서 해야 할 일이 없다면 혼자 있는 게 영 어색했기 때문이다. 물론 처음엔 혼자만의 자유를 만끽해야겠다고 생각했다. 하지만 사실 집에서도 나는 늘 자유로웠기 때문에 남들이 독립했을 때 느낀다는 해방감 같은 감정을 향유하지 못했다. 그런데 오늘 밤은 그렇게도 혼자 있고 싶었다. 아마 조금 싫고 어색하더라도 혼자 있는 것에 익숙해져야 한다는 마음이 들었던 것 같다. 그래야만 회사생활도 더 잘할 수 있지 않을까 하는 막연한 생각이었다. 아무래도 회사생활에 대한 두려움이 결국엔 스스로를 단련시켜야 한다는 다짐으로 이어졌던 것 같기도 하다. 어찌 보면 뻔한 상투인데 그게 나에겐 위안이 되었다. 집에 도착한 후 간단히 씻고 일찍 잠자리에 들었다. 하지만 잠에 들기까지는 평소보다 한참 더 시간이 많이 걸렸다.

첫 출근 장소는 인사팀의 사무실이었다. 출근과 동시에 맨 처음 한 일은 다른 신입직원들과 함께 근로계약서에 서명을 하는 것이었다. '계약직'이라는 문구가 선명하게 계약서 상단에 적혀 있었고, 급여와 근로 시간 그리고 휴가 일수 같은 내용들이 세세하게 적혀 있었다. 계약기간은 오늘 날짜로부터 1년 후까지. 1년 근무 후 평가를 통해 2년 차 계약을 할지 여부가 결정된다고 했다. 대부분이 재계약이 되지만 부서 사정에 따라 그리고 근무 평가에 따라 안 되는 경우도 더러 있다고 했다. 친절하게 사실만을 이야기해준 것이겠지만 그런 이야기를 듣고 있는 상황 자체에 나는 약간의 어색함을 느꼈다.

"구두로 설명은 드렸지만 중요한 내용들이니 다시 한번 직접 읽어보시고 근로계약서 하단 본인 이름 옆에 서명해주시면 되겠습니다."

설명을 마친 권서정 계장이 말했다. 근로계약서는 총 두 장이었고 한 장은 대학이, 나머지 한 장은 내가 가져가면 된다고 했다. 어차피 서명을 안 하면 일을 할 수 없는 것일 테니 나는 거두절미하고 사인을 했다. 평소 밥 먹듯 하는 신용카드 결제나 면접 교통비 수령이 아닌, 한국대학교와 내가 근로계약을 체결하는 서명이란 사실이 새삼 감격스러웠다. 이 근로계약서는 내 사인이 쓰이는 첫 번째 공식적인 문서였다.

근로계약서를 비롯한 각종 동의서와 서약서에 서명을 마친 우리는 드디어 각 배정받은 부서로 이동했다. 예린과 윤아는 다른 인사팀 직원을 따라나섰고 나는 권서정 계장과 함께 움직였다. 미리 연락처를 교환했던 우리는 메신저로 다시 연락하자며 작별 인사를 했다. 비록 웃으며 인사를 나누긴 했지만 새로운 부서의 사무실로 향한다는 기대와 걱정 때문인지 긴장한 내색을 감출 수 없었다.

이후 이어진 오전 시간은 인사만 다니다가 시간이 다 갔다. 권 계장은 나를 여기저기로 데리고 다니며 인사를 시켰다. 소속 부서인 총무처에는 총무팀, 인사팀, 관리팀, 관재팀 그리고 회계팀이 있었다. 각 팀별로 팀장이 있었고 그 밑에 두 명에서 많게는 다섯 명 정도의 정규직원들이 있었다. 여기에 팀마다 두세 명의 계약직원과 조교 또는 근로 장학생이 함께 배정되어 있었다.

아이보리 타워

맨 처음 총무처장님과 십여 분간 티타임을 했는데 아빠보다 훨씬 나이가 많아 보이는 얼굴이었다. 권 계장의 말로는 직원 중 서열이 가장 높은 분이라고 했다. 그는 계약직이라도 정규직원 못지않게 열심히 하라는 말을 시작으로 대학직원의 역할에 대한 원론적인 이야기를 늘어놓았다. 그러더니 직접 주판으로 대학의 예산을 관리했었던 이야기와 민주화 운동 시절 대학들이 고생했던 이야기를 잠깐 하는가 싶더니, 갑작스럽게 요즘은 모든 게 편해졌다며 단순한 일일수록 잘 집중하라는 말로 급히 티타임을 마무리했다. 처장님은 이런 이야기들을 하면서 '내년이면 정년이라'는 말을 열 번도 넘게 했는데 그때마다 자기만의 방식으로 왼쪽 입꼬리를 살짝 올리곤 했다.

티타임을 마치고 자리에서 일어나려는데 사무실 창문에 비친 처장님의 컴퓨터 모니터 화면이 보였다. 딱 봐도 남들보다 커 보이는 그 모니터는 족히 30인치가 넘는 것 같았다. 그리고 그 큰 화면을 가득 채운 이미지는 다름 아닌 축구중계 화면이었다. 아마도 유럽 지역의 축구 경기인 것 같았다. 축구광인 우리 아빠도 사무실에서 몰래 저렇게 축구를 보고 있으려나 하는 생각이 들었다.

이후 나는 각 팀별로 인사를 다녔다. 직속 상관인 총무팀장님을 시작으로 각 팀장님들께 인사를 드리고 실무자들에게도 짤막하게 인사를 했다. 중간중간 덕담을 듣기도 하고 잠깐씩 대기를 하다 보니 오전 시간이 금방 지나가 버렸다.

많은 얼굴들을 한 번에 다 익힐 수는 없었지만 인상에서 풍기는 연배로 직원들 간의 상하관계를 가늠할 수 있었다. 정규직원들은 웬만해서는 대부분이 40대 이상인 것 같았고 계약직원들은 나 같은 20대 중반이거나 많아 봐야 30대 초반인 것 같았다. 신기하게도 총무처에 있는 계약직들은 모두가 여자였다.

점심시간 직전에 내 사수라는 직원을 마주했다. 총무팀 정영환 계장이었다. 웃으며 날 반겼지만 조금만 정색해도 무서울 것 같은 매서운 눈매를 가지고 있었고 옷차림이라든지 헤어스타일이 전체적으로 깔끔하고 세련된 스타일이었다. 그는 학생을 비롯한 대학 구성원 모두가 공통으로 가입하는 단체 상해보험과 4대 보험 그리고 사학연금 업무를 담당한다고 했다.

"안녕하세요. 김지민이라고 합니다. 잘 부탁드립니다."
"반가워요. 김 선생님은 4대 보험 업무가 처음이라고 들었는데…."
"네. 맞습니다. 앞으로 잘 배우겠습니다."
"네. 그래요. 그런데 사실 내가 가르쳐줄 건 별로 없어요. 오후에 인수인계서랑 매뉴얼 드릴 테니 잘 공부해보시면 될 거예요."

대학 때 들었던 경제학원론 수업 생각이 났다. 질문하기 전에 질문에 대한 답을 교재에서 먼저 찾고, 그래도 모르겠으면 질문을 하라던 그 교수님. 머리숱이 거의 없어 정수리가 훤히 들여다보였고 키가 유독 작았던, 학생들이 질문을 하면 바로 정색을 했던 그

아이보리 타워

교수님. 그 교수님 수업을 듣지 말았어야 했는데 난 악착같이 들었다. 왜 그랬을까.

"전에 일하던 계약직이 갑자기 그만두는 바람에 일이 조금 밀려 있어요. 내가 하려고 했는데 나도 바빠서 손을 못 댔네요. 계약직이랑 비전임 교원들 4대 보험 신고가 많이 밀려 있으니 그것부터 손을 대야 할 거예요."

"아…. 네. 알겠습니다."

"이렇게 합시다. 오늘 오후에는 자유 시간 드릴 테니 공부 좀 해보시고 내일 오전부터 연습해보면서 실무를 시작하시죠."

"그렇게 해보겠습니다."

"별거 없어요. 정규직하고 계약직만 잘 구별하면 됩니다."

"4대 보험에도 정규직과 계약직에 차이가 있나요?"

"대학에는 사학연금이라는 게 있거든요. 그래서 정규직하고 계약직 간에 4대 보험에 대한 내용이 아예 달라요."

"사학연금이요?"

"사학연금이 뭔지 모르시는구나. 공무원연금은 들어봤어요?"

면접 준비를 하며 대학들이 학문적으로 어떤 변화를 꾀하고 있고 정부에서 대학과 관련된 어떤 정책을 펼치고 있는지, 학령인구가 줄어들면서 대학들이 어떤 준비를 하고 있는지, 이런 주제들은 많이 접해봤지만 사학연금이라는 건 그 말만 들어봤을 뿐 정확하게 아는 게 없었다.

"네. 공무원들만 드는 연금 아닌가요?"

"맞아요. 학교도 마찬가지입니다. 사립학교 교직원들만 드는 연금이 있어요. 그게 사학연금이에요."

"그럼 저도 사학연금을 들게 되나요?"

"계약직은 아니에요."

"아! 저는 계약직이니까…."

나도 모르게 얼굴이 화끈거렸다. 난 내가 계약직이라는 사실을 잊지 말아야 했다. 그런데 왜 이 계약직이란 신분이 이렇게도 모든 것에서 배제당한다는 느낌을 주는 것일까. 마치 뭔가를 박탈당하고 있는 그런 느낌이다. 정작 '계약'이란 단어엔 그런 뜻이 없는데.

"교수든 직원이든 정규직은 사학연금 가입자예요. 저는 정규직원이라 사학연금 가입자죠. 그러면 국민연금이나 고용, 산재보험은 가입 못 하고 건강보험만 가입해요."

"처음 듣는 내용이라 제가 메모를 해야 할 것 같은데…. 잠시만요."

가방에서 노트를 꺼내려는데 이마에 통증이 느껴진다. 실전이라서, 아니면 업무가 낯설어서 혹은 새로운 환경이 두렵다는 생각이 들어서일까. 무엇이든 간에 일단은 이겨내야 한다.

"이따 오후에 드릴 내용에 다 나와 있어요. 전에 일하던 계약직이 인수인계서 잘 만들어놨더군요. 그러니 메모 안 하셔도 돼요.

아이보리 타워

지금은 그냥 개념만 말씀드리는 거예요."

"알겠습니다."

"쌤 같은 기간제 근로자들, 그리고 소위 비전임이라 불리는 계약직 교수들, 시간강사들 이런 사람들은 모두 직급 상관없이 계약직이에요. 이분들은 사학연금 가입자가 아닙니다."

아마도 그게 다가 아닌 것 같다. 지긋지긋하게 따라오는 이 계약직이라는 용어 때문인 것 같기도 하다. 머리가 복잡해지기 시작한다.

"교수님들도 계약직이 많은가 보죠?"

"많죠. 연봉이 높아서 정규직으로 다 못 뽑거든요. 그런 계약직 교수와 직원들의 4대 보험을 앞으로 지민 쌤이 관리해주시면 돼요."

"그렇군요. 알겠습니다."

아주 잠깐의 대화였는데도 진이 빠지는 것 같았다. 사실 무슨 말인지 단번에 와닿지가 않았기 때문인 것 같기도 하다. 일단은 일에 익숙해져야 뭐라도 마음이 차분해질 것 같았다.

"첫날부터 내가 너무 겁을 드렸나요?"

내 얼굴에 불편한 마음이 드러났는지 정영환 계장이 걱정스러운 표정으로 물었다.

"아닙니다. 이제 열심히 배우면 되죠."

"맞아요. 일은 생각보다 간단해요. 교수든 직원이든 새로 들어오면 가입 신고하고, 나가면 퇴직 신고하고 그게 다입니다. 어려울 건 없어요."

"네!"

"계약직은 워낙 들어오고 나가는 게 잦은데 그런 것만 꼼꼼하게만 봐주시면 됩니다."

"혹시 인원 규모가 얼마나 되는지 여쭤봐도 될까요?"

"정규직이요? 아님 계약직이요?"

"음…. 둘 다요."

"정규직원은 한 이백 명 정도 되고요. 계약직원도 그 정도 됩니다. 그리고 정규직 교수는 한 삼백오십 명, 계약직 교수는 시간강사까지 다 하면 천 명 정도 되고요. 비정규직이 생각보다 많죠?"

정규직과 계약직 수가 거의 같다니. 게다가 교수는 계약직이 더 많았다. 이래서 비정규직 문제가 어쩌고저쩌고하는 거구나. 정 계장 말대로 평소 생각했던 것보다 큰 숫자였다.

돌이켜보면 학생 때도 학과 행정실에는 늘 계약직원이 여럿 있었던 것 같다. 학생처럼 젊어 보이는 여직원들이 행정실 앞쪽 자리를 차지하고 있었다. 그런 젊은 직원들은 자주 새로운 사람들로 바뀌곤 했다. 그땐 아무 생각 없이 지나쳤지만 지금 생각해보니 그들은 단기성으로 근무하던 조교였거나 나 같은 계약직원이었던 것 같다. 1년 또는 2년을 근무하고 계약기간 만료로 퇴사를 하거나 아니면 중도에 퇴사를 하는, 말 그대로 이동이 '잦은' 그런 계약직원들.

정영환 계장은 약속이 있다며 점심을 먹으러 나갔고 나는 자연스레 홀로 남겨졌다. 그런 나에게 다가와 준 사람은 우리 부서의 또 다른 계약직원인 강현주 선생님이었다. 나는 그녀 그리고 우리 부서의 조교와 함께 밥을 먹게 되었다. 인사는 가장 늦게 했지만 어찌 보면 내가 가장 가깝게 다가갈 수 있는 사람들이었다. 다른 정규직원들은 아무래도 거리가 느껴졌다.

그녀는 먼저 웃으며 다가와 나에게 먹고 싶은 메뉴를 물었다. 밥 메뉴 정하는 게 늘 그렇듯 우린 '글쎄요. 뭐 먹죠?' '뭐 드시고 싶으세요?' '먹는 거 고르는 게 제일 힘드네요' 같은 이야기를 하다가 결국 학생 식당으로 향했다. 함께 간 조교는 거의 말이 없었다. 미술 전공으로 대학원에 다닌다고 했고 일주일에 두 번 출근을 한다고 했다.

현주는 작년 말 재계약을 한 2년 차 직원이었다. 퇴직하면 공기업에 입사하고 싶어 2년 차부터 이런저런 공부를 하고 있다고 했다. 그녀의 이야기를 들으니 이게 남의 일이 아니구나 싶었다. 나는 뭘 준비해야 할까 문득 고민이 되었다. 출근 첫날부터 그만두면 뭘 해야 할지 고민하는 처지라니. 하지만 이건 계약직의 숙명이었다. 뼈를 묻을 직장이 아니라는 게 애초에 정해져 있으니 어쩔 수 없는 현실이었다. 현주가 나의 생각을 읽기라도 한 듯 일단

은 업무를 잘 배워두고 그만두면 뭘 할지는 그다음에 생각하라고
했다. 같은 계약직이지만 엄연한 선배인 만큼 그 말에 조금은 마
음이 놓였다. 그러다 문득 내 전임자에 대해 궁금해졌다.

"혹시 제 전임자분은 어떠셨어요?"
"그 쌤은 정말 많이 바쁘셨어요."
"2년 다 채우고 그만두신 거예요?"
"아니요. 1년 반 정도 일하신 것 같아요."
"근데 왜 그만두신 거예요? 혹시 아세요?"
"저도 잘 모르겠어요. 늘 그만두고 싶다는 말을 입에 달고 살았
어요."
"일이 힘드셨나…."
"그분 그만두시고 부서에서 정영환 계장님 업무 분장을 다시
짰어요. 그래서 지민 쌤은 조금 덜 바쁘시지 않을까 싶어요."
"아하. 좋은 거네요?"
"정 계장님이 역할을 잘 해주셔야 할 텐데…."
"그야 업무 담당자시니까 잘 해주시지 않을까요?"
"담당자이시긴 하죠."
"무슨 말씀이세요?"
"사실 정 계장님도 총무팀 오신 지 얼마 안 됐어요. 한 5개월
되셨나."
"에? 얼마 안 되셨네요."
"제가 우리 팀 서무라 전화 연결을 해드리는데 4대 보험 문의
전화가 진짜 많아요. 우선 일 배우는 데 집중하셔야 될 거예요."

아이보리 타워

"그래야죠. 앞으로 잘 부탁드려요."

"무슨 말씀을요. 궁금한 거 있음 언제든 말씀해주세요."

"감사합니다. 쌤이 계셔서 다행이에요."

출근 후 처음으로 몸에서 힘이 빠지며 각종 근육들이 이완되는 편안함을 느꼈다. 혼자서도 잘 버텨야 한다던 외다리 초조한 마음에 든든한 지지대가 생겨난 것처럼 마음이 편해졌다. 직원으로서의 역할이나 사학연금이 어떻다 하는 그런 설명보다는 소소하고 따뜻한 격려의 말이 나에겐 무엇보다 큰 힘이 되었다. 아마 알게 모르게 긴장을 많이 했던 것 같다. 과외나 아르바이트를 제외하고는 인생 첫 직장이니 당연한 일일 수밖에.

"저도 잘 도와드릴게요."

핸드폰을 만지작거리던 조교도 수줍게 웃으며 말했다.

"고마워요. 조교님!"

조교에게까지 응원을 받고 나니 마음이 한결 가벼워졌다. 기껏해야 첫날의 반을 가까스로 넘긴 이른 시간이지만 좋은 동료가 생겼다는 생각에 나도 모르게 미소가 머금어졌다. 등교 첫날 짝 꿍을 잘 만난 느낌이었다.

새로운 세상

　현주가 점심을 사고 내가 학생 식당 옆에 있는 매점에서 음료를 샀다. 카페에서 커피를 사겠다고 했지만 현주는 그냥 매점으로 가자고 했다. 애석하게도 내 상황에 돈으로 자존심을 세울 여유가 있는 건 아니었기에 난 그녀의 말을 따랐다. 현주는 다음부터 더치페이로 하자고 했다. 그래야 오랫동안 자주 밥을 먹을 수 있을 거라고 했다. 그 말에 적극적으로 동의하며 우린 사무실로 돌아왔다. 한 시 정각이었지만 다른 직원들은 아직 들어오지 않았다. 의아해하며 두리번거리는 나에게 현주가 말했다.

"원래 십 분 정도 지나야 슬슬 들어오기 시작하세요."
"아…."
"그래도 우린 시간 맞춰서 다녀요. 혹시 모르니."
"네. 그게 마음 편하겠네요."

자리에 앉아 우선 PC부터 정리하기 시작했다. 연식이 있어 버벅 거리긴 했어도 아예 못 쓸 정도는 아니었다. 모니터도 얼마나 오래 썼는지 누런색 빛이 돌았다. 사무실을 둘러보니 현주와 내 자리의 모니터만 조금 더 작은 사이즈였다. 20이나 21인치가 되는 것 같았다. 정영환 계장은 24인치 모니터를 두 개로 이어 붙여놓고 있었고 다른 정직원들도 마찬가지였다. 모니터 크기만으로도 서열이 정리되었다.

"선생님. 이거요."

조교가 비상연락망을 가지고 왔다. 내가 총무팀에 새로 왔기 때문에 업데이트한 부서연락망이었다. 처장님부터 해서 조교들까지 순서대로 이름, 직급, 핸드폰 번호 그리고 이메일 주소가 적혀 있었다. 나는 맨 밑에서 세 번째였다. 내 밑에 조교 두 명이 있었고 위에는 현주가 있었다.

전화벨 소리가 울리자 현주가 전화를 받았다.

"안녕하십니까. 한국대학교 총무팀입니다."

또랑또랑한 목소리가 듣기 좋았다. 현주가 없으면 내가 전화를 받아야 할 텐데 나도 연습해야 할 멘트였다.

"네. 네네. 맞습니다. 그런데 4대 보험 담당자가 지금 안 계신데요. 네. 알겠습니다. 공과대학. 기계과. 최XX 교수님. 공일공. 이칠 육오⋯."

전화를 끊은 현주가 메모지를 들고 정영환 계장 자리로 갔다. 자리엔 비슷한 색깔의 메모지가 이미 여럿 놓여 있었다.

"정영환 계장님이 저 메모 다 지민 쌤 줄지도 몰라요. 며칠 전에 드린 메모들도 다 그대로 있네요."
"바쁘셨나 보네요."
"일단은 쌤이 업무를 빨리 파악해놓으셔야겠어요."
"자리 오시면 자료 주신댔으니 기다려야죠."
"대학 메신저에 로그인 한번 해볼래요?"
"네. 잠깐만요."

아침에 권서영 계장에게 받은 내 사번과 비밀번호를 이용해 메신저에 접속했다. 대학 전체의 조직도가 표시되었고 각 조직명을 클릭하면 소속 구성원들의 이름이 표시되었다. 우리 부서를 찾아 들어가니 아침에 뵀었던 처장님부터 조교까지 모든 사람들의 이름과 직급 그리고 내선번호가 표시되었다. 내 이름을 찾아가려는데 메시지가 도착했다는 팝업 알림이 떴다.

〉정영환 계장님⋯. 근태가 그렇게 좋은 분은 아니에요.
〉그게 무슨 이야기예요?
〉자리를 자주 비우세요. 회의한다고 나가서 잘 안 들어오고 바로 퇴근하

고 그래요.

〉농땡이를 피우신다는 말이군요? 그런데 윗사람들이 가만히 둬요?

〉그게 나도 이상해요.

〉아….

〉아마 조만간 다른 부서로 갈지도 몰라요.

〉정말요?

〉우리 팀장님이 인사팀장님이랑 말씀 나누시는 걸 우연히 들었어요.

〉다른 부서 가신다고요?

〉처장님이 내보내라고 했대요.

〉와우…. 그럼 저는 어떻게 하죠?

〉다른 분이 또 오시겠죠. 근데 이건 비밀이에요!

〉그럼요.

〉지민 쌤 고생할까 봐 미리 말씀드리는 거예요.

〉감사합니다. 완전 감동이에요.

〉한 시 반까지 기다렸다가 안 오시면 핸드폰으로 전화해보세요.

〉전화해서 뭐라고 하죠?

〉업무 매뉴얼 달라고 해야죠.

〉그렇겠네요! 알겠습니다.

진짜였다. 시간이 지나자 다른 사람들은 하나둘 자리로 들어왔지만 정영환 계장은 한 시 반이 되도록 모습을 드러내지 않았다. 진짜 전화를 해봐야 하나 싶었지만 우선 기다려봤다. 출근 첫날부터 상관에게 전화로 채근을 한다는 게 마음에 걸렸기 때문이다. 현주도 그런 나를 이해해주었다. 그러는 중에도 4대 보험 관련

문의 전화가 계속 걸려왔고 두 개의 메모가 추가로 전달되었다.

기다리는 동안 나는 PC를 정리하며 불필요한 파일들을 한쪽 폴더에 모아두었다. 대충 정리가 끝나도 그가 자리에 오지 않자 인터넷으로 4대 보험에 대한 내용들을 찾아봤다. 그러면서 인사나 노무 관련 카페에도 가입하고 4대 보험 제도에 대한 배경과 그 기본 기능들도 찾아서 살펴봤다. 학생 때는 그냥 취업해서 돈이나 벌고 싶었지 4대 보험이 뭔지도 몰랐는데 이건 정말 새로운 세상이나 다름없었다. 뉴스에서나 보던 이런저런 용어들이 등장하고 각 용어가 뜻하는 게 무엇인지 조금씩 알게 되었다. 약간 복잡하긴 했어도 하나하나 내용을 알아가게 되면서 복잡했던 머리가 차츰 정리되기 시작했다. 오전엔 아무것도 몰라서 발가벗은 채로 구석에 내팽개쳐져 있는 것 같은 기분이었는데 속옷이라도 주섬주섬 챙겨 입다 보니 한결 불안감이 덜했다. 역시 아는 게 힘이다.

"지민 쌤, 정영환 계장님 전화요. 돌려드릴게요."

오후 세 시가 넘어서 걸려온 그의 전화. 혼자서 4대 보험의 세계에 빠져 있던 나는 정신을 차리고 수화기를 들었다. 왠지 예감이 좋지 않았다.

"네. 계장님. 김지민입니다."
"쌤. 점심 잘 먹었어요?"
"잘 먹었습니다. 계장님도 식사 잘 하셨어요?"

"네. 지금 외부에서 회의 중인데 회의가 길어지네요."

현주 말이 맞았다. 주변이 시끄러운 것으로 보아 실내에 있는 것 같진 않았다.

"업무 인수인계서는 내일 드릴게요. 대신 제 자리에 가보면 책장에 4대 보험 업무지침 책자들이 있어요. 오늘은 그런 거 좀 보시다가 다섯 시 반 되면 퇴근하세요."
"아…. 알겠습니다."
"나 없는 동안 별일 없었죠?"
"네. 저는 그냥 PC 정리하고 그랬어요."
"잘하셨어요. 그럼 내일 봐요."

아예 내일 보자고 인사하는 그의 목소리가 얄밉게 들려왔다. 벌써부터 누구를 싫어하는 감정이 생겨나다니. 마음이 불편해졌다. 수화기를 내려놓자 현주가 내 말 맞지? 하는 표정으로 날 바라봤다. 잠시 후 권서영 계장이 사무실 문을 열고 들어왔다.

"권 계장 왔어? 회의실에서 봅시다."
"네. 팀장님."

팀장님이 권 계장을 보더니 자리에서 일어나 회의실로 들어갔다. 그를 따라 회의실로 가던 권 계장이 슬쩍 다가와 속삭이듯 물었다.

"정영환 계장은요?"

"회의 가셨습니다."

"무슨 회의요?"

"외부라고만 말씀해주셔서…"

"혹시 언제 갔는데요?"

"음…. 그게."

"오전에 나가서 아직 안 온 건가요?

나는 입을 꾹 다문 채로 고개를 끄덕였다.

"알겠습니다. 일 보세요. 그럼."

권 계장의 표정이 일그러지는 것 같더니 다시금 웃으며 나에게 말했다. 그리고는 바로 회의실로 들어갔다. 무슨 일일까. 정말 정영환 계장을 부서에서 빼내기 위한 움직임이 있는 것일까. 왜 하필 나의 사수라는 사람이 저런 사람일까. 농땡이나 피우고 일이나 미루려는 사람인 것 같은데 왜 하필. 4대 보험이고 뭐고 귀찮아지기 시작했다. 첫날부터 불필요한 정보들이 나를 에워싸고 있다는 사실이 당혹스러웠다. 그때 현주로부터 메시지가 도착했다.

〉다른 거 신경 쓰지 말고 업무 익히는 데만 집중하기. 알겠죠?

〉제 마음을 어떻게 아시고…. 그래야겠어요. 감사해요.

모든 것을 새로고침 하듯 눈을 질끈 감았다가 떴다. 그리고는 4

대 보험에 대한 내용들을 다시 공부하기 시작했다. 퇴근 시간이 올 때까지 집중력을 잃지 않고 이것저것 찾아가며 공부한 결과 단시간 내에 4대 보험에 대한 기본적인 내용들을 습득할 수 있었고 덕분에 다시 마음이 편안해졌다. 다섯 시 반이 되자 팀장님이 직접 내 자리에 오더니 첫날인데 수고했다며 어서 퇴근하라고 했다. 하지만 정영환 계장에 대해서는 일언반구도 하지 않았다. 그래서 나도 굳이 그에 대해서는 생각하지 않기로 했다. 그렇게 나의 첫 근무가 종료되었다.

퇴근을 위해 사무실을 나서는 발걸음이 무척이나 가볍고 경쾌했다. 그렇게 지하철을 타고 집까지 잘 왔는데 옷을 갈아입고 샤워를 하고 나니 급속도로 피로가 몰려왔다. 저녁을 챙겨 먹을 시간이었지만 몸에 도저히 힘이 없었다. 잠깐 침대에 엎어져 누운 나는 결국 그대로 깊은 잠에 빠져버리고 말았다.

새벽 두 시가 넘어서야 배가 고파 잠에서 깼다. 허기를 채우기 위해 라면이라도 먹을까 싶었으나 아무래도 그럴 정신이 아니었다. 비몽사몽 간에 물을 한 컵 마시고 다시 침대에 누워버렸다. 잠깐이나마 깨어 있는 동안 4대 보험에 대해 공부했던 이런저런 내용들이 떠올랐고 정영환 계장과 현주의 얼굴이 잠깐씩 어른거렸다. 하지만 침대에 눕자 이 모든 게 금방 사라지고 말았다. 나는 다시 깊은 잠에 빠져들었다.

담당자

　다음 날 출근하자마자 정영환 계장에게서 업무 인수인계서 파일을 받았다. 또 아침부터 타 부서에 회의를 간다고 하면 어쩌나 싶었지만 기우였다. 그는 나보다 일찍 출근해서 업무를 보고 있었고 오후에도 묵묵히 자리를 지켰다. 자리 위치상 그의 모니터 화면을 볼 수 없어 실제 어떤 일들을 하고 있는지는 알 수 없었지만 자리에 있었다는 사실만으로도 전날과는 대조되는 상황이었다. 팀장님이 잠깐씩 그를 불러 무언가를 지시하곤 했지만 전날 오후 자리를 오래 비운 것에 대해서는 별다른 언급을 하지 않는 것 같아 보였다.

　한글파일로 된 업무 인수인계서는 무려 60페이지가 넘는 분량이었다. 이론적인 설명들과 실무에 직접적으로 사용하는 4대 보험 신고 시스템들의 매뉴얼이 구체적으로 작성되어 있었다. 캡처된 이미지를 이용한 설명도 상당히 많이 포함되어 있어 보기가

아이보리 타워

매우 수월했다. 아마도 내 자리에서 일했던 계약직원 여럿을 거치며 매번 새롭게 수정되고 보강되어온 것 같았다.

내용을 훑어보니 사람이 들어오고 나가는 신고만 하는 게 아니었다. 그건 기본 중의 기본이었고 부수적으로 뒤따르는 일들이 상당히 많았다. 무엇보다 충격적인 것은 내가 4대 보험 업무의 실질적인 '담당'직원이라는 것이었다. 물론 정규직원 담당자가 있었지만 그는 그림자에 불과했고 모든 업무가 나의 권한하에서 시작되고 마무리되었다. 정규직원 담당자, 즉 정영환 계장은 계약직인 나에게 그의 이름만 빌려줄 뿐, 업무에 일절 관여하지 않는다. 결국 '부'로서 업무를 서포트하는 게 아니라 '정'으로서 모든 관련된 업무를 직접 도맡아야 하는 상황이었다. 권서영 계장이 이런 사실을 알고도 나에게 '업무 지원만 하면 된다'고 이야기한 것인지 의문이 들었다.

"네. 저도 알고 있어요. 이전 계약직도 그렇게 했으니까요."

정영환 계장이 세상 너그러운 표정으로 대답했다. 하지만 난 쉽게 이해가 가지 않았다.

"하지만 제가 공단에 신고서를 보낼 때나 그룹웨어에 문서를 올릴 때 계장님께서 직접 검토를 안 하셔도 괜찮으시겠어요?"
"하루에도 몇 번씩 그런 작업들을 하실 텐데 언제 제가 다 보겠어요. 그래도 초반 한두 번은 제가 봐드릴게요."

"…네."

"그러다 익숙해지면 지민 쌤 전결하에 그냥 진행하시면 돼요. 저한테 일일이 보고하지 않아도 됩니다."

"아무리 그래도…."

"다른 건 괜찮으니 제 비밀번호나 새나가지 않게 잘 부탁드려요."

"그럼요. 그건 제가 주의하겠지만…."

"자! 그간 그렇게 해왔던 일이에요."

"…알겠습니다."

"별문제 없었다고 하더라고요. 그러니 너무 걱정 마세요."

별문제가 없었던 것은 그간의 계약직들이 일을 잘 처리했기 때문이지, 이런 업무 처리 방식에 아무런 문제가 없었기 때문은 아니었을 것이다. 그러나 정 계장은 그 사실을 간과한 것처럼 보였다. 그와 나눈 대화를 녹음이라도 해놨어야 하나 싶었지만 어찌 됐든 간에 그는 실질적으로 나에게 모든 권한을 넘겨주었다.

사용하는 모든 전산 시스템은 내가 아닌 그의 이름으로 로그인되어야 했고 따라서 자연스럽게 그의 비밀번호도 내게 모두 공유되었다. 마음만 먹으면 나쁜 일도 꾸밀 수 있을 만큼 그의 모든 정보들이 나에게 공개되어 있었다. 반대 입장이었다면 난 상당히 불안했을 것이다. 하지만 정영환 계장은 그렇지 않았다. 내가 하는 일 자체에 신경을 쓰지 않는 것 같아 보였다. 아마 내가 무슨 일을 하는지도 그는 잘 알지 못할 가능성이 높았다. 심지어 업무 매뉴얼을 읽어보기라도 했을까 하는 의심이 들기 시작했다. 하지만 그런 그가 내 업무의 공식적인 담당자라니 우선은 그에게 의존하지 않고 내 역량을 키우는 게 급선무라는 판단이 섰다.

정영환 계장에게서 받은 4대 보험 신고 대상자 명단 파일을 열어보니 지난 3주간 신고가 전혀 진행되지 않고 있었다. 명단의 마지막에는 나와 예린, 윤아의 이름도 들어가 있었다. 내가 새로 채용된 부분까지 정영환 계장이 내용을 업데이트했다는 뜻이다. 사실상 그는 기다렸던 것이다. 그 명단에 따라 4대 보험 신고하는 일을 할 계약직이 오기만을, 그 계약직이 이렇게 와서 파일을 열어보고 모든 것을 파악하기만을, 그래서 밀린 일을 처리해주기만을.

그렇게 나는 첫 실무를 4대 보험 신고로 시작했다. 처음 해보는 일인 만큼 속도도 느리고 실수도 많았다. 일 자체가 어렵다기보다는 기입되어야 하는 정보가 너무 많아 헷갈리기도 했고 그만큼 초보인 나에게는 내용이 복잡했다. 그러다 보니 가까스로 자료를 만들어 신고했던 내용을 취소하느라 처음부터 다시 작업을 하기도 하고, 4대 보험 관할 공단에 직접 전화해 담당자에게 양해를 구하며 내용 수정을 부탁하기도 했다. 다행인 것은 각 공단의 담당자들이 내가 초보임을 알아채고 친절하고 자상하게 도와줬다는 사실이다. 정 계장에게서 받을 줄 알았던 이런 실무적인 도움을 외부인에게서 받는다는 것이 처음엔 이상하기도 했지만 나는 곧 이런 업무 환경에 익숙해졌다.

과거 신고 이력을 확인해보니 많을 때는 한 주에도 열댓 명씩 퇴사를 하고 신규채용이 된 적도 있었다. 과연 안정성이라는 것은 그들이 누릴 수 있는 것이 아니었다. 퇴직 사유를 보니 계약기간이 종료된 사유가 대부분이었다. 하지만 의원면직, 즉 개인적인 사유로 인해 중도에 퇴사를 한 경우도 빈번하게 있었다. 그들의 나이는 대부분이 20대 중후반이었고 종종 30대 초반도 보였다. 그렇게 퇴사한 계약직원들이 어딜 가서 무얼 하고 있을지 궁금했다. 다른 곳에 가서 정규직원이 되었을 수도 있고, 아니면 또 다른 계약직원 자리를 찾아갔을지도 모르는 일이었다. 애석하게도 백수 신세를 면치 못하고 있는 사람들도 있을 것이다.

한편 아예 나이가 많은 계약직들도 보였는데 환경미화직군 직원들이었다. 인수인계서에 따르면 이분들은 법에 의해 2년을 넘겨 일을 해도 상관없는 고령자 계약직원들이었다. 그러다 보니 신고 내역이 그렇게 많지는 않았다. 들어오고 나가는 경우가 거의 없는 것이다. 퇴직 신고를 한 내역도 만 60세가 넘어 정년퇴직을 한 경우였다. 인수인계서에 따르면 그들은 사실상 무기계약 같은 형태라고 했다. 사실 이런 법이 있다는 것도 처음 알게 되었다. 계약직이라도 55세 이상 고령자에게만 2년 제한을 두지 않는 그런 법이 있다는 것을.

정영환 계장은 현주가 예상했던 것처럼 자기가 받아놓았던 모든 메모를 나에게 전해 주었다. 대부분이 직원과 교수님들이었는데 4대 보험에 관한 자잘한 문의를 답변하며 나 또한 업무에 대해 공부를 할 수 있었다. 하지만 매번 통화가 끝날 때마다 진이 빠지곤 했다. 은행이나 콜센터에서 듣기만 하던 사무적이고 예의 바른 멘트들을 내가 직접 입 밖으로 내려니 영 쉽지 않았던 것이다. 그럼에도 민원 전화가 워낙 많이 걸려왔고 나는 자연스럽게 민원에 대응하는 화법을 익혀나갈 수 있었다.

시간이 지나며 정영환 계장의 아이디로 로그인을 하는 부분에 대한 나의 찝찝함도 급속도로 희석되어갔다. 그리고 일상적인 업무들을 그의 도움 없이 내 손으로 직접 처리할 수 있는 수준에 다다르게 되었다. 그럼에도 다른 사람이 그의 자리로 대신 올 거라면 제발 빨리 일이 진행되길 바랐다. 책임감 있는 누군가가 와서 이 상황을 정리해주면 마음이 한결 편해질 것 같았다.

"네 말대로 찝찝하긴 한데 4대 보험이 경영에 크게 영향을 주는 건 아니잖아?"

오빠에게 상황을 설명했더니 돌아온 말이 고작 이거였다. 한마디로 내가 하는 일이 그렇게 중요한 업무는 아니라는 이야기이다. 하긴 공대 출신에 대기업 연구직인 오빠가 4대 보험에 대해 뭘 알겠는가. 나도 입사하기 전까지는 아무것도 몰랐었는데 말이다. 그럼에도 그 말이 틀리진 않았다. 대학 입장에서 4대 보험은 어디까지나 이 사회가 정해놓은 법적인 의무사항일 뿐이다. 그걸 이행하고 안 하고의 문제는 있겠지만, 그로 인해 대학의 성과가 올라가거나 혹은 반대로 경영상의 위기가 찾아올 가능성은 희박해 보였다.

　그냥 관행대로, 기존에 해왔던 대로, 나는 계약직이니 정규직원의 이름으로 로그인해서 루틴에 맞게, 법적인 테두리 안에서만 일을 하면 되는 것이다. 그렇게 생각하면 어려울 일이 하나도 없었다. 그것이 바로 한국대학교가 나에게 부여한 내 업무였다. 4대 보험 담당자.

　어느덧 일을 시작한 지 4주 차에 접어들었다.

　나도 나이가 들어가는 탓인지 시간이 속절없이 빠르게 흘러갔다. 20대와 30대를 잘 보내야 40대 이후를 풍요롭게 지낼 수 있다는 대학 시절 전공 지도 교수님의 말씀이 생각났다. 그때는 당찬 계획을 가지고 여러 인생에 대한 고민을 했던 것 같다. 취업을 하고, 돈을 모으고, 자기계발에 힘쓰며, 여유를 잊지 않기 위해 여행을 주기적으로 다닐 것이라고 생각했다. 결혼을 서두르기보다는 내 자신을 위한 삶을 살아야겠다고 다짐했었다. 몸과 마음의 건강을 위해 운동과 명상도 빠짐없이 할 것이라며 온갖 부푼 꿈에 젖어 있던 시절이었다.

　하지만 지금의 현실은 무기력 그 자체였다. 퇴근하고 나면 진이 빠져 좀처럼 아무것도 할 수 없었다. 인스턴트나 배달음식으로 저녁을 때우기 일쑤였고 주말은 아무것도 하지 않고 집에만 있어도 시간이 잘 흘러갔다. 아주 느리게 배터리가 충전되어가는 듯한 시간이었다. 무엇보다 늦잠 자는 것이 그렇게 행복한 일일 수가 없었다. 미래를 위한 인생계획은커녕 당장 다음의 끼니를 어떻게 해결할지 고민하는 것조차도 귀찮게, 아니 그보다 힘겹게 느껴졌다. 끼니 걱정은 매일 점심 현주와 함께 하는 고민만으로도 충분했다.

그리고 기다리던 월급일이 다가왔다. 4대 보험 담당자에게 있어 월급일은 직접 작업한 보험료가 모든 구성원의 급여에서 공제되는 날이기도 하다. 때문에 나는 잔뜩 긴장한 채로 오전 시간을 보낼 수밖에 없었다. 다행히 문의 전화가 몇 통 있긴 했지만 큰 문제 없이 공제가 완료된 것 같았다. 회계팀에서도 급여 공제가 평소와 다를 바 없이 잘 진행되었다며 그 결과 내역을 이메일로 안내해주었다. 이제 공제된 금액들을 최종 취합하여 각 공단으로 납부하는 작업을 하면 될 것이다.

안도하는 마음으로 점심 식사를 하러 나가는데 현주가 첫 월급을 받은 소감이 어떠냐며 물어왔다. 그제서야 나는 뒤늦게 핸드폰으로 계좌를 확인해보았다. 156만 7천 원이 입금되어 있었다. 대박. 이게 그 흔히 불리는 '세후' 월급이구나. 게다가 한 달을 꽉 채운 게 아니어서 일급의 일부가 깎인 후의 금액이었다. 현주 쌤에겐 아무런 말도 하지 않았지만 나는 큰 실망감에 빠져들었다. 이런 월급으로는 40대 이후는커녕 30대를 준비하기도 버거울 것 같았다. 건강보험료 신고 자료를 작성하며 정규직 교수와 직원들의 자료도 함께 정리를 했는데 그때 봤던 월급액의 상당수는 맨 앞자리 수가 나의 그것과 일치했었던 기억이 났다. 단지 자릿수가

달랐을 뿐이다. 비상연락망뿐만 아니라 급여에서도 나는 최하위
에 있었다.

분명 배는 고팠던 것 같은데 점심밥이 영 맛이 없었다.

남의 이야기

아침 여덟 시 반. 지하철 전동차에서 내리자마자 다른 여러 승객들과 함께 우르르 개찰구를 향해 걸어간다. 길게 늘어선 줄 끝에는 카드 단말기가 나란히 줄지어 서 있고 사람들이 지나갈 때마다 요란한 안내방송 소리가 반복되어 울려 퍼진다. 개찰구를 지난 사람들은 비로소 각자의 길을 향해 여러 방향으로 흩어지기 시작한다. 잰걸음으로 바삐 걸어오던 나도 어느새 여유를 찾고 조금 더 넓은 보폭으로 편히 걸어간다. 역 출구를 나서자 실내 형광등 조도와는 비교도 되지 않을 만큼 눈부신 아침의 햇살이 순간적으로 시각 기능을 무력화시킨다. 눈을 찡그리고 빛의 유입을 최소한으로 줄이자 비로소 주변 사물들이 인지되기 시작한다. 사방에 학생들이 보이고 저 멀리 한국대의 건물들이 눈에 들어온다. 불과 2년 전만 해도 나도 학생들처럼 저렇게 등교를 했었는데 이제는 등교가 아닌 출근길이다.

새삼스럽지만 학생 때가 좋았다는 생각도 든다. 그땐 돈을 내고 학교에 다녔지만 이젠 돈을 받기 위해 다니는 곳이 되어버렸으니 확실히 이해관계가 바뀌었다. 학생 때는 어쩌다 한 번씩 수업을 안 가도 과제 잘 내고 시험만 잘 보면 어느 정도 문제없이 학점을 받을 수 있었다. 하지만 직원이 되고 나니 출근은 무조건적인 의무가 되어버렸고 굳이 쉬려면 휴가를 내야 한다. 무단으로 결근을 했다간 잘릴 수도 있다.

이제 근무한 지 한 달이 지나 하루의 휴가를 낼 수 있지만 나중을 위해 아껴놓을 것이다. 딱히 하고 싶은 건 없지만 며칠의 휴가는 좀 남겨놔야 마음이 편할 것 같다. 아마도 여행을 다녀오지 않을까 싶었지만 현주 말로는 병원 진료나 다른 볼일이 있을 때만 휴가를 쓰고 가능하면 남겨놨다가 연차수당으로 받는 게 좋다고 했다. 하지만 나는 돈보다는 휴식을 택하고 싶다. 일을 시작하고 나서 체력이 바닥으로 떨어진 것이 확연히 느껴진다. 하루 종일 앉아 있어서 그런 것 같기도 하고, 업무로 인한 긴장 때문인 것 같기도 하다. 확실한 건 학생 때처럼 기운이 늘 남아도는 것은 아니라는 것이다. 20대인 나도 이런데 우리 엄마 아빠는 얼마나 몸이 무거울까.

무거운 생각들과는 달리 아침공기가 상쾌하게 느껴진다. 이런 날씨가 주말까지 이어지면 좋겠다. 오랜만에 집에 가서 가족들과 산책을 하고 부모님의 건강 상태를 묻고 싶다. 아빠는 허리가 아프다고 할 것 같고 엄마는 무릎이 아프다고 할 것 같다. 늘 그래

아이보리 타워

왔듯이. 하지만 지나가는 말이 아닌 진실된 답변이 궁금하다. 월급을 모아서 종합검진이라도 시켜드려야 할 것 같다. 오빠와 비용을 반반 나누자고 해야겠다. 아니. 오빠가 훨씬 많이 버니까 칠 대삼 정도로 하는 게 나을 것 같다. 아마 오빠는 수락할 것이다. 본인이 다 내라고 해도 엄마 아빠를 위한 거라면 오빠는 수락할 사람이다.

"지민 쌤!"

오른쪽 방향에서 인기척이 느껴진다. 돌아보니 윤아였다. 사무실이 같은 건물이라 지나가다 복도에서 한두 번 마주치긴 했지만 긴 이야기는 한 번도 나누지 못했던 나의 입사동기. 내 옆에 다다르자 그녀는 내가 마치 피니시라인이라도 된 것처럼 허벅지에 양손을 올리고 허리를 한 번 크게 굽혔다가 일어났다. 자연스럽게 날 '쌤'이라고 부르는 걸 보니 그녀도 이제는 어느 정도 대학 생활에 적응이 된 모양이었다. 학생이 아닌 직원으로서.

"안녕하세요."
"지민 쌤. 왜 이렇게 빨리 걸어가요? 아까부터 따라잡으려고 했는데 결국 내가 뛰어왔네요."

길 자체는 익숙하지만 출근을 한다는 느낌은 여전히 생소하기 때문일까. 나는 출근길에 유독 걸음이 빨라졌다.

"정말요? 그냥 절 부르지 그러셨어요."

그녀는 활짝 웃으며 자신의 오른쪽 귀를 손가락으로 가리켰다. 아차. 내 귀에는 무선 이어폰이 끼워져 있었다. 지금도 음악이 흘러나오고 있는 중인 것을 생각하지 못했다.

"아···. 죄송해요."
"하하. 아니에요. 몇 번 불렀는데 못 듣고 가길래 그런가 보다 했어요."

급히 귀에서 이어폰을 빼서 케이스에 넣었다. 아마 다른 직원이었다면 이 순간이 어색했을 테지만 단순히 같은 날 입사했다는 이유만으로도 나는 그녀가 편하게 느껴졌다.

"그간 잘 지내셨어요?"
"네. 이제 조금은 적응한 것 같아요. 지민 쌤은요?"
"저도 이제 업무 파악하면서 적응해나가고 있어요. 윤아 쌤 부서는 어때요?"
"좋아요. 사실 저보다는 저희 실장님이 일을 다 하셔서 저는 할 일이 많이 없어요."
"정말요? 너무 좋은데요?"
"여유는 있는데 너무 할 일이 없는 것 같기도 해요."
"저는 일이 너무 많아서 걱정인데···."
"4대 보험 업무라고 했죠?"

"네. 처음엔 4대 보험에 대해서 아무것도 몰랐는데 이제는 조금씩 익숙해져 가고 있어요. 제가 쌤이랑 예린 쌤도 4대 보험 신고했답니다."

"정말요? 와. 신기하네요."

"저도 신기했어요. 근데 이젠 그런 일이 너무 많아서 일상이 되었네요."

"뭔가 중요한 일을 하는 것 같아요. 지민 쌤은. 부러워요."

"부럽긴요."

"저는 사실 일이 별로 없는 것 같아요. 부총장님 회의가 많긴 한데, 회의 자료랑 다과 준비하고 설거지랑 일정 관리하고 나면 한산하더라고요."

"아…."

윤아의 속도 모르고 내가 하고 있는 업무에 대한 자랑을 한 것 같아 괜스레 미안했다.

"페이퍼워크를 좀 주실 줄 알았는데 워낙 실장님이 부지런하셔서 그런지 직접 다 하시는 편이네요."

"실장님이랑 또 다른 직원도 있으세요?"

"아니요. 실장님이랑 저, 그리고 조교 한 명이요."

"상당히 작은 부서네요. 비서 업무가 쉽지 않으시겠어요."

"근데… 말이 비서지 그냥 가정부 느낌이랄까. 하하."

윤아가 웃자 나 또한 웃는 내색을 하긴 했지만 기분이 썩 좋지는 않았다.

"저도 지민 쌤처럼 편하게 옷 입고 싶어요."

주름진 롱스커트에 면 스웨터를 입은 나를 옆으로 쳐다보며 윤아가 말했다. 사실 내 딴에는 나름 예의를 차린 옷인데 그녀에 비하면 한참 캐주얼한 복장이었다.

그녀는 흰색 블라우스에 아이보리색 재킷과 검은색 정장치마를 입고 있었다. 신발은 당연히 힐이 있는 구두였다. 면접 이후로 나는 줄곧 구두를 신은 적이 없었다. 그도 그럴 것이 총무처는 대부분이 편한 복장이었다. 팀장님과 처장님만 노타이 정장을 입고 계셨고 대부분은 면바지에 셔츠를 입거나, 여성직원들은 나처럼 롱스커트나 바지에 편안한 상의를 입고 있었다. 대체적으로 편안한 분위기였다. 하지만 예외도 있었다. 권서영 계장은 늘 정장 차림이었는데 누가 강요하지 않은 본인이 원한 아웃핏이라고 난 생각했다. 계약직원들은 청바지에 오버핏 티셔츠를 입는 경우도 많았고 심지어 조교들은 후드티를 입고 오는 경우도 있었다. 그래서 난 내 복장이 나름의 예의를 차린 점잖은 복장이라고 생각했는데, 윤아에겐 부러움의 대상이 되어 있었다.

"부총장실은 모두가 정장 입고 다니세요?"
"그럼요. 부총장님부터가 정장을 입고 오시니까요. 외부 손님도 워낙 많고요."

"저는 그게 멋있어 보이는데요."

"멋있긴요. 나중에 부총장님 안 계실 때 한번 놀러 와요. 커피 내려드릴게요."

"정말요? 꼭 갈게요."

"그리고 쌤….'

윤아가 손을 들어 내 앞을 막으며 걸음을 멈췄다. 그리고는 내 귀에 입을 가져다 대고 조용히 속삭이듯 말했다.

"계약직들…. 정규직 전환 이야기가 있어요."

화들짝 놀란 나는 뒷걸음질을 치며 윤아를 바라봤다. 윤아는 다시 내 팔을 끌어당기더니 내 귀에 조용히 말했다.

"정부에서 비정규직 문제 해결한다고 했었잖아요. 한국대도 움직이려나 봐요."

말을 마친 윤아가 다시 내 등에 손을 올리며 걸음을 재촉했다.

"그런데 그건 어떻게 아셨어요?"

"총장님께 올라가는 보고는 다 부총장님을 통하거든요."

"아하!"

"제가 직접 하는 일은 많이 없지만 보고 올라가는 문서들은 가능하면 대부분 볼 수 있어요."

"우와."

"인사팀에서 올라온 문서를 슬쩍 봤는데 정규직 비율 증가 방안 뭐 이런 게 있더라고요."

"정규직 비율 증가요?"

"네. 몇 개의 안들이 있었는데 그중 가장 구체적이었던 내용이 계약직들을 정규직으로 전환하는 거였어요."

"정말요?"

"안 되면 어쩔 수 없겠지만…. 그래도 한번 기다려보자고요."

"네. 그래야겠네요."

"이건 비밀이니까 우리끼리만 알기로 해요. 알겠죠?"

"네!"

드디어 나도 내가 속한 조직의 비밀을 공유하는 동료직원이 생겼다. 그리고 그 비밀은 어마어마한 내용이라 그 누구에게도 발설하면 안 되는 높은 수준의 보안을 요하는 정보였다. 다름 아닌 나 자신에 대한 내용이기 때문에 더욱 그랬다.

대학본부 건물에 도착한 우리는 인사를 나누고 각자의 사무실로 향했다. 사무실에 들어와 직원들에게 인사를 하고 내 자리로 와 PC를 켰다. 4대 보험 신고 대상자 인적사항과 소득정보를 정리하고 4대 보험 가입 증빙 요청 이메일을 살펴보는데 내내 윤아가 해준 이야기가 머릿속을 맴돌았다.

나는 잠깐만이야 하는 생각으로 인터넷 포털에 들어가 '정규직 전환' 키워드로 검색을 해보았다. 이번 정권의 주요 정책 중 하나가 비정규직 문제 해결이라는 공보 웹사이트와 이와 관련된 뉴스기사들 그리고 공공부문의 비정규직들에 대한 내용을 담은 블로그와 웹페이지들의 목록이 줄이어 표시되었다. 최근 기사를 보니 지난주에도 광화문 광장에서 비정규직 문제 해결을 위한 대규모 집회가 있었다. 그런데도 난 그 사실을 아예 모르고 있었다. 아마 뉴스에서 봤더라도, 이제는 남의 이야기가 아님에도 불구하고, 나는 그저 남 이야기인 것처럼 넘겨버렸을 것이다.

나는 과연 비정규직 문제를 해결해야 한다는 입장일까, 아니면 문제 해결보다는 나라도 계약직의 굴레를 벗어나 다른 곳에서 정규직으로 일할 수 있길 원하는 입장일까. 아마 지금은 현실적인 상황을 고려했을 때 후자의 입장이 더 맞지 않을까. 근로계약도 1년 기간으로 체결했으니 아마도 현주가 퇴사 후 공기업 입사를 준비하는 것처럼 나도 언젠간 다시 정규직 채용을 준비하게 될 것이다.

게다가 아직까지는 비정규직 근로자들이 시원하게 정규직으로 전환된 사례도 많지 않아 보였다. 그러니 괜한 기대를 했다가 실망하느니 아예 처음부터 우회로를 찾아가는 게 더 합리적으로 보였다. 정부의 의지가 아무리 강하다 한들 실질적인 방안이 나오기란 쉽지 않을 것이다. 비정규직 문제 해결이라는 것도 결국 어떻게 보면 표를 얻기 위한 정치적 슬로건에 불과하지 않겠는가.

하지만 내가 일하는 곳에서 이런 이야기가 나올 줄은 꿈에도 생각하지 못했다. 애초에 난 정규직 전환을 바라지도 않았고 그렇게 제도가 바뀔 것이라고도 기대하지 않았다. 물론 당장 정규직이 된다면 나쁠 것은 없겠지만 그럴 가능성이 희박했다. 그도 그럴 것이 이 대학에는 계약직이 너무도 많다. 내가 4대 보험을 관리하는 계약직 인력만 해도 천 명이 넘어간다. 과연 그 사람들을 모두 정규직화한다는 게 가능한 것일까. 설령 한다고 해도 그 과정이 만만치 않을 것이다. 전체가 아닌 일부만 될 수도 있을 것이고 교수와 직원 간 차이가 생길 수도 있을 것이다. 그렇게 되면 누군 차별하네 마네하며 혼란스러운 상황이 찾아올 것이다.

하지만, 그럼에도 불구하고, 다름 아닌 내가 정규직이 된다면.

그땐 또 다른 이야기가 되지 않을까.

〉현주 쌤!

〉네. 쌤.

〉현주 쌤은 우리 대학 정직원 지원해볼 생각 안 하셨어요?

〉갑자기 왜요. 우리 학교 채용공고 떴어요?

〉아니요. 그냥 궁금해서요.

〉정규직 되면 좋죠. 근데 경쟁이 장난 아닐걸요? 사실 작년 정직원 채용 때 지원했다가 서류 광탈했어요. 그때 권서영 계장님이 위로해주셨던 기억이 나네요.

〉죄송해요. 제가 괜한 걸 물어봤네요.

〉아니에요. 다 지난 일인걸요. 지민 쌤 혹시 정직원 지원해보고 싶어서요?

〉구체적으로 생각해본 건 아니고요.

〉요즘 정규직 쌤들 보면 스펙이 장난 아니에요. 근데 쌤도 잘 준비한다면 가능성 있지 않을까요? 한번 도전해봐요.

〉쌤은요? 나중에라도 다시 도전 안 해볼 거예요?

〉저는 블라인드 채용하는 공기업이 나을 것 같아요. 스펙도 별로 없고 해서요.

〉만약에요. 진짜 만약에요.

〉네?

〉학교에서 정규직으로 일할 수 있다면 현주 쌤은 학교에 남을 거예요?

〉글쎄요. 생각해본 적은 없지만 정규직으로 일할 수 있다면 당연히 남지 않을까요? 근데 알잖아요. 우리 전환 없는 거요.

〉알죠. 그냥 쓸데없는 생각 한번 해봤네요.

〉쓸데없다니요. 업무 적응하고 나면 쌤처럼 진로 고민하는 게 맞는 것 같아요. 잘 고민해봐요. 우리.

그래. 해주기만 한다면 더할 나위 없이 좋은 기회가 될 것이다. 누구나 욕심내는 자리인데 한사코 거절할 이유가 없는 것이다. 취업 준비생 입장에서 지긋지긋한 취업 전쟁을 끝내고 안정적으로 일할 수 있는 기회가 주어진다면 더 이상 뭘 바라겠는가.

물론 기존 직원들과의 차이가 발생할 수는 있을 것이다. 하지만 나 또한 나름 서울에 있는 4년제 대학을 나왔고 높은 토익 성적과 다른 자격증들도 가지고 있다. 남들이 우러러보는 수준의 스펙은 아니지만 그렇다고 그렇게 나쁜 편도 아니지 않던가. 중요한 건 대학에서 직원으로 근무하기에 부족할 만큼 형편없는 인재는 절대 아니라는 것이다. 만일 정직원으로 전환만 시켜준다면 난 정영환 계장처럼 농땡이 피우지 않고 성실하고 책임감 있게 일을 할 수 있을 것 같다. 그들의 부족한 부분을 채우는 저임금 계약직원이 아닌, 실무 담당자로서 당당하게 내 이름을 걸고 최선을 다해 일할 자신이 있다. 시간이 지나 전문성을 키우면 업무 개선도 하고 아직은 잘 모르지만 성과라는 것도 내면서 여러모로 잘할 자신이 있다는 말이다.

물론. 시켜만 준다면 말이다.

하지만 시켜줄지 안 시켜줄지는 모르는 일이다. 그러니 이런 기대를 아예 갖지 않는 것이, 말했지만 상책일 것이다. 상책은 영어로 베스트 플랜(Best plan), 즉 최선의 계획이라고 번역한다. 나에게 있어 최선의 계획은 정규직 전환을 기다리기보다는 지금의 계약직 경력을 바탕으로 새로운 곳에서 정규직으로 일하는 것이다. 그게 지금의 나에겐 상책임이 틀림없다.

아이보리 타워

줌아웃

"안녕하십니까!"

처음 보는 얼굴의 젊은 여성이 떠들썩하게 인사를 하며 사무실 문을 열고 들어왔다. 나에겐 낯선 얼굴이었지만 팀장님은 잘 아는 사이인 듯 자리에서 일어나 큰 소리로 인사했다.

"최 계장! 왔어?"
"잘 지내셨어요? 몇 달간 못 뵈었네요."

그리고 그 여성의 뒤를 따라 제법 나이가 들어 보이는 또 한 명의 남성이 들어왔다.

"안녕하세요. 총무팀 오랜만이네."

그는 느긋한 목소리로 우리 사무실을 널찍이 바라보며 말했다. 마치 예전에 살았던 동네를 다시 찾아와 '하나도 안 변했네' 같은 말을 늘어놓는 나이 든 아저씨 같았다.

"윤 실장님! 아이고. 후배 챙기느라 바쁘시네요."

팀장님의 들뜬 목소리에 함께 따라온 남성이 별거 아니라는 표정을 지어 보이며 고개를 끄덕거렸다.

"우리 최 계장. 드디어 시집갑니다. 잘 좀 챙겨주세요."

엉덩이를 살짝 들고 모니터 너머로 보니 '최 계장'이 큼지막한 쇼핑백을 들고 있었고 그 안에는 하얀색의 봉투가 빼곡하게 들어가 있었다. 그녀는 그 봉투 중 하나를 꺼내 두 손으로 공손하게 들고 팀장님 앞으로 다가갔다. 팀장님은 봉투를 건네받자마자 속에 있던 내용물을 꺼내 들었다. 은은하게 반짝거리는 순백의 카드가 모습을 드러냈다. 청첩장이었다.

"날짜 좋네. 장소도 동문회관이라 가깝고. 내가 다른 직원들 결혼식은 잘 못 갔는데, 최 계장 결혼식은 꼭 갈게."

팀장님이 들뜬 목소리로 이야기했다.

"감사합니다. 팀장님 역시 최고세요."

아이보리 타워

'최 계장'은 애교 가득한 표정으로 오른손 엄지손가락을 왼손바닥으로 받치며 팀장님께 내밀었다. 그리고는 정영환 계장과 우리 팀의 다른 정규직원인 박한철 계장에게도 각각 다가가 환한 얼굴로 청첩장을 건넸다. 두 계장은 마치 태곳적부터 간직해온 것 같은 인자하고 온화한 표정으로 축하한다고 말했다.

"처장님은 지금 안 계시니까 나한테 주고 가면 내가 잘 말씀드려서 전달할게."
"감사합니다. 팀장님."
"그럼 가보겠습니다. 한 팀장. 수고하셔."

'최 계장'이 다시 사무실 문으로 돌아가며 나와 현주를 흠칫 바라보았다. 그녀는 눈썹을 살짝 치켜들며 지극히 중립적이고도 희미한 미소를 지어 보였다. 그녀의 시선을 받은 나는 나도 모르게 자리에서 일어났다. 하지만 그녀는 곧바로 고개를 돌려 사무실 밖으로 나갔다. 아마도 나는 그녀가 나와 현주에게도 청첩장을 줄 것이라고 기대했던 것 같다. 이렇게 어리석을 수가. 한순간에 얼굴이 뜨거워진 나는 자리에 다시 풀썩 주저앉았다.

〉정규직원분들은 서로 경조사를 잘 챙겨요.

내 멍한 표정을 본 현주가 메시지를 보내왔다.

〉그렇군요. 좋아 보이네요.

그러고 보니 부서의 공용 이메일 계정에 종종 교수와 직원들의 경조사가 안내되었던 기억이 났다. 모두 정규직 교수나 직원들의 소식이었다.

> 정규직들끼리는 아주 끈끈해요. 별문제 없으면 정년퇴직할 때까지 계속 볼 사람들이니까요.
> 당연히 우리들은 안 챙기겠죠? 계약직들 경조사 말이에요.
> 맞아요. 우린 딱히 그런 건 없어요.
> 아까 결혼식을 동문회관에서 한다고 하던데….
> 대학 후문 쪽에 동문회관이 있어요. 주말엔 웨딩홀처럼 쓰더라고요.
> 혹시 우리도 거기 쓸 수 있어요?
> 아마 안 될 거예요. 동문하고 정규직 교직원들만 된다고 들었어요.
> 하하. 참. 우린 안 되는 것투성이네요.
> 우린 잠깐만 있다가 가는 거니까….
> 그렇죠.
> 쌤. 욕심내지 말자고요.
> 욕심은요. 그냥 궁금했어요. 괜찮아요.

2년만 지내고 떠날 내가, 앞으로 20년, 30년 이상을 머물 다른 구성원들로부터 경조사에 대한 챙김을 바란다는 것은 현주 말대로 욕심일 수도 있다. 그들은 말 그대로 선후배 관계였지만 나는 그들과는 다른 부류였기 때문이다. 군이 따지자면 그들은 주류였고 나는 비주류였다. 시간이 지나면 금방 잊혀질 수많은 계약직원 중의 한 명일 뿐인 것이다. 그래서일까 나와 현주는 '최 계장'의 행복한 결혼 소식에도 이런 구질구질한 대화를 나누고 있었다.

돌이켜보면 '최 계장'은 매우 어려 보였다. 많아 봐야 30대 초반 정도밖에 되어 보이지 않는 앳된 외모였다. 나와 동갑 친구라고 해도 믿어질 정도였다. 그런 그녀와 나는 어느 시점부터 그렇게 차이가 벌어졌길래 그녀는 정규직이고 나는 계약직인 것일까. 스멀스멀 시샘의 감정이 올라왔다.

하지만 현주는 정규직들의 스펙이 대단하다고 했었다. 그러니 아마 잘은 알지 못해도 분명 나보다는 몇 배 더 훌륭한 스펙을 가진 그녀일 것 같았다. 나보다 더 좋은 대학을 나왔을 수도 있고, 영어는 물론 또 다른 외국어를 구사하는 능력을 가지고 있을 수도 있었다. 아니면 다른 대기업이나 공기업에서 근무하다가 이직을 한 경우일 수도 있을 것이다. 뭐든 간에 그녀는 취업에 있어 분명 나보다 더 우수한 사람임이 분명했다. 그렇지 않고서야 저렇게 정규직원으로 한국대에서 일하며 어린 나이에 결혼 소식을 전하고 다닐 수는 없을 것이다.

단지 내가 상대적으로 못났다고 해서 나보다 잘난 사람을 비난할 수는 없는 노릇이었다. '최 계장'의 모습이 부러웠다면 나도 그만큼 열심히 하면 되는 것이다. 결국엔 자업자득이다. 능력주의 시대에 살면서 남의 능력이 나보다 뛰어남을 탓할 수는 없다. 그것이야말로 패배자들이 내뱉는 비겁한 레토릭일 뿐이다. 하지만, 그럼에도 불구하고 나는 '최 계장'이 부러워 미치겠다. 심지어 외모도 나보다도 더 뛰어나 보였던 그녀의 결혼식에 우리 팀장님은 기꺼이 직접 참석해 아낌없는 박수와 축하를 보낼 것이다. 그 모습을 상상하니 괜히 또 부아가 치민다. 그 무엇도 그녀가 나에게 잘못한 것이라고는 없는데 나는 왜 그녀가 주인공인 축제 소식에 이렇게 불안에 떨고 있는 것일까.

그간 나는 스스로가 썩 나쁘지 않게, 나름 잘 해오고 있다고 믿었던 것 같다. 나 정도면 괜찮다고 생각해오며. 그러다가도 좌절을 맛보고 힘들 때면 나만큼 남들도 다 힘들다고 느낄 테니 너무 걱정하지 않아도 된다고, 결국엔 괜찮다고 여겼던 것 같고, 가끔은 나보다 더 힘든 사람들도 있다며 애써 스스로를 다독였던 것 같다. 하지만 오늘 내가 본 '최 계장'은 그런 그간의 내 모습들을 한순간에 줌아웃시켜버렸다. 그리고 저 높은 곳에도, 나와 같은 타임라인에 존재하는 누군가가 있음을 증명해 보이고 말았다. 당연히 나보다 잘난 사람들은 어딘가에 있겠지만 막연하게 기준점을 높이 잡을 필요는 없다고 생각했었는데 그게 결국엔 자가당착에 빠진 자기합리화에 그치지 않았다는 결론이었다. 느닷없는 '최 계장'의 등장으로 생채기가 나버린 내 여린 마음이 안타깝기도 하고 어리석어 보이기도 했다.

"지민 쌤. 4대 보험 문의요."

마침 현주가 나에게 전화를 돌려주었다. 골똘히 생각하느라 멍해졌던 정신을 가다듬고 수화기를 올려 들었다.

아이보리 타워

"네. 김지민입니다."

"안녕하세요. 의대 신XX 교수라고 합니다."

"네. 안녕하세요. 교수님."

"다름이 아니고 제가 딸이 하나 있는데요. 외국에서 대학을 졸업하고 이번에 귀국을 했습니다."

"네. 그렇군요."

"그런데 이 녀석 의료보험이 어떻게 되는 건지 좀 여쭤보고 싶어서요."

건강보험 피부양자 등록에 대한 문의다. 교수님의 자녀가 취업이 되어 있는 상태가 아니라면 피부양자로 등록이 될 수 있을 것이다.

"자녀분은 현재 취업이 안 되어 있는 상황이신 거죠?"

"아직은요. 이제 취업 준비해야 하는데 걱정이네요."

"그렇군요. 그러면 취업하기 전까지는 교수님 건강보험에 피부양자로 등록이 가능합니다. 제가 이메일로 필요한 서류 목록 보내드릴 테니 작성하셔서 저희 쪽으로 보내주시면 됩니다."

"그렇군요. 감사합니다. 혹시 실례가 안 된다면 개인적인 질문 하나 드려도 되나요?"

"네? 무슨 질문을…."

"사실 저희 딸도 교직원으로 일하고 싶다는데…. 요즘 교직원 어떠신가요? 제가 뵙는 분들은 행정실에 계시는 분들뿐이라서, 본부 쪽은 분위기가 어떤지 궁금하네요."

"아…. 교직원이요…. 사실 저도 근무한 지 얼마 안 되어서요."

"그러시구나. 요즘 교직원 들어가기가 하늘의 별 따기라던데 능력 좋으시네요."

"…따님도 준비 잘 준비하시면 충분히 잘되실 겁니다. 그럼 이메일 보내드릴게요."

"네. 선생님. 감사합니다."

내가 계약직이라는 사실을 밝힐 걸 그랬나 싶었지만, 한편으로는 굳이 그럴 필요도 없다는 생각이었다. 나라는 개인에게 악의가 있었던 것도 아닌데, 딸의 취업 걱정이 앞섰던 죄 없는 교수님을 당황하게 만들 필요는 없었다. 그냥 우리 아빠가 날 생각하는 그런 마음일 거라 생각하고 덤덤하게 넘기기로 했다.

건강보험 피부양자 등록에 대한 내용을 정리해 해당 교수님의 이메일로 보냈다. 그러면서 문득 이 교수님의 딸은 어떤 모습으로 세상을 살아가게 될까 궁금했다.

적어도 나 같은 계약직으로 사회생활을 시작하지는 않을 것 같았다. 외국 대학이라고 다 좋은 것은 아니지만 적어도 아버지가 한국대 의대 교수인데 나름 이름 있는 대학과 학과를 나왔을 것 같았다. 한국대나 다른 대학교의 교직원에 지원한다면 아버지의 직업과 외국의 대학을 나왔다는 사실이 충분한 경쟁력이 될 것 같았다. 하지만 그런 그녀가 정규직이 아닌 계약직으로 첫 사회생활을 시작한다면 그건 지탄받아 마땅한 사건이 될 것이다. 나 같은 사람이야 계약직이든 알바든 뭘 해도 무엇 하나 이상하지 않왔다. 오히려 자연스럽게 여겨졌다. 하지만 그 교수님의 딸은 절대 그래서는 안 되었다. 남들이 우러러보는 엘리트 코스를 밟아왔을 내 상상 속의 그녀는 마치 '최 계장'과 같은 모습으로 안정적인 일상을 지내며, 결혼과도 같은 좋은 일이 생기면 주변의 아낌없는 축하를 받는 것이 당연지사일 것이다.

이런 이야기를 누군가에게라도 꺼내놓고 공감을 받고 싶었다. 나 혼자만의 생각이 아닌 우리 모두의 생각이란 믿음을 더 크게 그리고 공고히 하고 싶었다. 그러면서 함께 미래를 바라보며 희망을 갖자고 이야기하고 싶었다. 상황을 탓하지 말고 지금부터라도, 그리고 앞으로라도 우리가 열심히 지내면 그에 따른 여러 가지 보상이 뒤따를 것이라고, 그리고 계약직이라는 이 거적때기 같은 허물을 벗어내 버리면 결국 모든 게 다 나아질 거라고 함께 위로하고 싶었다. 그리고 내가 계획한 '상책'대로 그 어느 조직에선가 정규직으로 일하며 풍족한 일상을 누리게 될 것이라고 조금은 이른 축배를 들고 싶었다.

하지만 이렇게 함께 이야기를 나눌만한 사람이 주변에 없었다. 현주는 내가 욕심을 낸다고 말할 것 같아 섣불리 이런 생각을 말하기가 어렵게 느껴졌고 그 외 모든 사람에게는 이런 나의 생각이 열등감이라고 보여질까 봐 겁이 났다.

활화산

"혹시 고용보험 담당해주시는 분이…."

익숙하지 않은 얼굴의 젊은 남성이 사무실 문을 열고 들어왔다. 전화나 이메일로는 민원 응대를 여러 번 해봤지만 누군가가 직접 찾아온 것은 처음이었다. '고용보험'이라는 말을 듣자 용수철 튀어 오르듯 나도 모르게 자리에서 일어났다.

"안녕하세요. 고용보험 문의하러 오셨나요?"
"네. 혹시 담당자이신가요?"
"네. 맞습니다. 이쪽으로 앉으시겠어요?"

사무실 한가운데 있는 테이블로 방금 들어온 민원인을 안내하자 이를 지켜보던 팀장님도 자리에서 일어나 테이블로 다가왔다.

아이보리 타워

"정영환 계장은?"

"아…. 잘 모르겠습니다."

"전화해서 사무실로 오라고 해요. 내가 불렀다고 하시고요."

아마도 날 믿지 못했거나 아니면 혼자 일을 처리하는 게 어려울 수도 있을 거란 판단이었던 것 같다. 나는 조교에게 테이블로 차 한 잔을 가져다 달라고 부탁한 후 자리로 와서 정영환 계장에게 전화를 걸었다. 하지만 그는 전화를 받지 않았다. 결국 나는 팀장님과 함께 민원인을 응대하게 되었다. 업무적으로는 팀장님과 이야기를 나눠본 적이 거의 없었다. 그럼에도 내가 속한 팀을 이끄는 사람이 옆에 앉아 있다는 사실만으로도 든든함을 느꼈다. 〈미생〉에서 장그래가 오 과장에게서 느낀 그런 감정이 아마도 이런 것일까.

"무슨 일로 오셨나요?"

약간은 경직되어 보이는 표정의 민원인에게 팀장님이 물었다.

"다름 아니고…. 제가 계약직으로 근무하다가 얼마 전 퇴사를 했습니다."

"그러시군요."

"그런데 고용보험에 신고된 근무기간에 대해서 문의드릴 게 있어서요."

"그럼 성함과 생년월일 좀 적어주시겠습니까?"

팀장님은 이상한 낌새가 보였는지 테이블 구석에 있는 메모지와 펜을 민원인에게 건네며 아리송한 표정으로 나를 바라보았다. 잠시 후 민원인으로부터 메모를 받은 팀장님이 나에게 인사기록 카드를 출력해오라고 했다. 나는 자리로 돌아와 그의 인사기록을 조회해보았다. 이름은 최준석. 나이는 나보다 네 살이 많았다. 인사정보에 있는 사진과 실제 모습이 일치함을 확인한 후 인사기록 카드를 출력했다. 경영대학 행정실 소속으로 2년간 근무한 후 두 달여 전 퇴직한 것으로 확인되었다. 퇴사 사유는 계약기간 만료. 2년을 채우고 퇴직한 그에게 별다른 이력은 보이지 않았다. 퇴사한 지 얼마 되지도 않았고 평일에 이렇게 직접 찾아온 걸 보니 아직 다른 곳에 직장을 구하지 못한 것 같아 보였다. 취업난이 워낙 심각하니 그리 놀라운 일도 아닐 것이다.

고용보험 담당자를 찾아왔다고 했기에 고용보험 가입 이력도 함께 조회해보았다. 대학에서의 근무기간과 일치했고 표면적으로는 아무런 문제가 없어 보였다. 그런데 이곳에는 무슨 일로 찾아온 것일까.

출력된 자료를 프린터에서 꺼내와 테이블로 옮겨 앉았다. 보통 외부에서 손님이 오는 경우 이 테이블을 사용하곤 했는데 사무실 가운데에 위치해 있어서 대화 내용이 모두에게 들리는 그런 공간이었다.

"자. 최준석 선생님. 근무기간 관련해서 문의가 있다고 하셨는데 어떤 내용이실까요?"

팀장님이 한껏 목소리를 낮춰 말했다. 여유와 자신감이 은밀하게 드러나 보이는 그런 톤의 목소리였다. 통상 이런 말투는 나보다 나이가 많은 어른들로부터만 보이는 특징이 있었다. 동년배이거나 혹은 어린 사람으로부터는 이런 말투를 기대하기 어려웠다. 행여 따라 하려 한다 해도 낯간지러운 아류로밖에 보이지 않을 것이다.

"제 기록 보시면 아시겠지만 2년간 경영대학 행정실에서 근무했었는데요."
"네. 그렇게 확인되시네요."
"그런데 제가 그 전에도 학교에서 알바처럼 2주간 일을 했었거든요."
"2주요?"
"네. 2주 동안 알바처럼 일을 하고 나서 계약직으로 바로 이어서 근무를 했습니다."

순간 팀장님의 표정이 굳어졌다. 조금 전 들려왔던 그의 목소리가 가진 여유 그리고 자신감의 존재가 무색해졌다.

"말씀하신 그 알바도 경영대 행정실에서 하신 건가요?"
"네. 입시 앞두고 손이 부족하시다면서 연락을 주셨었어요."
"경영대에서요?"

"네. 면접 합격해서 출근 일자 받아놓고 있었는데 미리 나와달라고 하셨어요. 수당 주신다고 하면서."

"아…. 그랬군요."

힘이 빠진 팀장님의 목소리로 무언가 심각한 문제가 있음을 알아차릴 수 있었다. 무엇일까. 알바를 한 게 문제가 되려나?

"그런데 확인해보니 그 당시에 제가 4대 보험 가입이 안 되어 있었더라고요. 그래서 그걸 부탁드리려고 왔습니다."

이제야 이해가 되었다. 그래서 이 사람이 고용보험 담당자를 찾아왔던 것이었구나. 뒤늦게 머리를 굴려가며 내가 뭘 해야 할지 생각하기 시작했다. 4대 보험은 소급 가입 신고가 가능하다. 늦었지만 당시 2주간의 기간에 대해 소급 신고를 하면 일이 해결될 것이다.

"아마 계약직으로 근무하신 시점부터만 4대 보험에 가입되셨을 거예요."

"맞아요. 2월 1일부터였죠. 근데 저는 1월에도 근무를 2주 동안 했으니까 그 기간도 포함이 되어야 할 것 같아서요. 그리고 그렇게 되면…."

"네. 말씀 중에 죄송합니다만 잠시만요."

팀장님이 다급한 목소리로 준석의 말을 끊었다. 그리고는 작은 목소리로 내게 말했다.

"지민 선생, 잠깐 자리로 가볼까요?"

내 자리로 함께 온 팀장님이 나에게 준석의 일용소득 지급 내역을 조회해보라고 했다. 아마 그가 말한 '알바' 근무기간의 내역을 확인하려는 것 같았다. 기간을 입력해보니 손쉽게 지급 내역이 조회되었고 그가 계약직으로 근무하기 직전 2주간의 일용소득이 지급된 내역이 화면에 나타났다.

"하…. 진짜네."

함께 모니터를 지켜보던 팀장님이 크게 한숨을 쉬었다.

"팀장님, 4대 보험 신고는 제가 하면 될 것 같은데요."
"그게 문제가 아니고…. 일단 인사팀 권서영 계장 전화해봐요."

나는 서둘러 인사팀에 전화를 했다. 하지만 권서영 계장은 마침 휴가라고 했다. 팀장님은 나에게 자리에 있으라고 하며 본인 혼자 테이블로 다시 돌아갔다.

"죄송합니다. 말씀 이어서 하시죠."

나는 걱정도 되고 궁금하기도 하여 자리에서 일어나 테이블을 주시하고 있었다. 여유로워 보이는 준석에 비해 팀장님은 상당히 초조한 눈치였다. 아직까지도 나는 어느 부분이 문제가 되는 것인지 알 수 없었다. 단순히 4대 보험이 가입되지 않은 이유 때문은 아닌 것 같았다. 내가 공부한 바에 따르면 알바처럼 단기간의 근무를 했더라도 4대 보험에 가입되는 게 맞긴 하다. 하지만 그게 전부가 아닌 것 같았다.

"그런데 제가 2년간 근무한 거와 그 전에 2주 근무한 거를 합치면 총 근로기간이 2년 하고도 2주가 되는 거잖아요?"

"그게⋯."

"그럼 총 2년을 넘겨서 근무를 했다는 건데."

바로 이것이었다. 근무기간이 2년을 넘기면 기간의 정함이 없는 근로자, 즉 정규직으로 본다는 법 조항이 있다. 지금 이 최준석이라는 사람은 자기가 대학에서 2년 하고도 2주를 더 일했으니 정규직으로 인정을 해줘야 하지 않겠냐는 이야기를 하러 이 자리에 온 것이다.

"선생님, 그런데 그 부분은 인사팀하고 말씀을⋯."

"압니다. 그 말씀을 드리려고 했던 건 아니고요. 그런 부분 때문에 제 근무기간에 대한 증빙이 필요합니다."

"증빙이요?"

"네. 공적인 근거가 필요해서요. 그 알바기간에 대한 4대 보험을, 특히 고용과 산재보험 가입 신고를 해주실 수 있을까요?"

아이보리 타워

팀장님은 심히 당황한 표정으로 고개를 들어 나를 바라봤다. 나는 어찌해야 할지 몰라 원칙대로 말하기로 했다.

"소급 가입이…. 가능은 하죠."
"하지만 인사팀이 먼저 내용을 확인해서 공문을 보내와야 되는 부분입니다. 그렇죠? 김지민 선생님?"

팀장님의 눈이 그렁그렁거렸다. 실제로 울려고 하는 것인지 아니면 피로했기 때문인지는 알 수 없었지만 그의 눈을 보고 있자니 수긍의 답을 해야만 할 것 같았다.

"네? 아…. 그렇죠. 인사팀에서 먼저. 네. 맞습니다."
"그렇군요. 인사팀에 가보니 담당자가 안 계시다고 하던데."
"최 선생님. 연락처 남겨주시면 제가 확인해서 연락을 드려도 될까요?"

팀장님이 애써 웃어 보이며 말했다. 준석은 어느새 다리까지 꼬아가며 의자에 뒤로 기대어 앉아 있었다. 그런 그가 얄궂어 보였다.

"알겠습니다. 그런데 이건 사업주의 의무사항이라고 하더라고요."
"그렇죠. 잘 알고 계시네요."
"그러니 최대한 빨리 확인 부탁드리겠습니다."

준석이 자신의 핸드폰 번호를 메모지에 적으며 말했다. 사실 인사기록카드에도 이미 그의 핸드폰 연락처가 기입되어 있었지만 그건 크게 중요하지 않았다. 단지 이 상황을 마무리 지어가는 어떤 하나의 과정이 필요했던 것일 뿐이었다.

준석은 메모지를 팀장님에게 건넨 뒤 자리에서 일어나 깍듯하게 고개를 숙여 인사했다. 그리고는 나가는 길에 나에게도 또 한 번 예의를 갖춰 인사를 했다. 멍하게 있던 나는 화들짝 놀라 같이 인사를 했는데 허리를 펴고 고개를 들어보니 이미 그는 사무실을 빠져나간 뒤였다.

"김지민 선생. 잠깐 내 자리로."

호젓한 얼굴로 팀장님이 날 불렀다. 측은지심이 느껴질 뻔했지만 그의 목소리는 의외로 담담했다.

"이거…. 우리가 대응할 일이 아니에요. 인사팀에서 대응해야 할 문제니까 이 문제에 대해서는 말 아끼고 있읍시다."

팀장님이 입술에 검지손가락을 가져다 대며 속삭이듯 말했다. 짐작하건대 총무팀은 이 일에서 손을 완전히 떼고 인사팀이 내리는 결정에 따라 후속 처리, 즉 4대 보험 가입 처리 등에만 관여하게 될 것이다. 평소에도 총무팀은 인사팀에서 일차적으로 확인된 인력에 대해서만 그 후속 절차로 4대 보험 가입 또는 탈퇴 업무를 진행했다. 인사팀에서 하라면 하는 것이고, 말라면 하지 않는 것이다. 교수도 마찬가지였다. 교수님들의 인사를 관리하는 부서인 교무팀에서 공문으로 4대 보험 업무 처리 의뢰가 오면 그 인력들에 대해서만 후속 처리를 하지 그들의 인사와 관련된 사안에는 일절 관여하지 않았다.

"일단 경영대학에 저분 알바 근무 여부만이라도 확인해볼까요?"

"그것도 인사팀에서 할 일이에요. 우리는 상황만 전달해주면 되는 겁니다."

"네. 알겠습니다."

"내용 전달은 내가 직접 할 테니까 4대 보험 가입은 보류하고 있어요."

"네. 팀장님."

나는 잔뜩 위축되어 자리로 돌아왔다. 현주 쌤과 힐끗 눈이 마주쳤다. 그녀도 이 모든 상황을 함께 지켜본 목격자 중 한 명이었다.

〉다 들었죠. 현주 쌤?

〉네. 장난 아니네요.

〉자기 근무기간을 공식적으로 입증해서 소송 걸려는 걸까요? 정규직 시켜달라고?

〉아무래도 그런 느낌이….

〉그럼 어떻게 되는 거죠? 아까 그분 정규직 되시는 거예요?

〉글쎄요.

〉아니면 어떻게 해요. 방법이 없잖아요?

〉예전에도 비슷한 사례가 있었다고 들었어요.

〉그땐 어떻게 해결했대요?

〉그건 못 들었어요. 근데 확실한 건 정규직이 된 것 같진 않았어요.

〉하긴 저렇게 해서 다시 정규직 된다 한들 맘 편히 일할 수는 없을 것 같아요.

〉그렇죠. 이미 학교의 적이 된 사람인데.

〉그나저나 경영대학 행정실은 무슨 생각으로 알바를 시켰을까요.

〉크게 문제 될 거라고 생각하지 못했겠죠. 그런데 우린 원래 첫날 출근해서 소속 부서를 알게 되잖아요. 그러니 인사팀도 이 문제에서 자유로울 수는 없을 거예요.

〉그러네요. 인사팀에서 저분 정보를 사전에 경영대에 알려준 거니 말이에요.

〉이런 일이 실제로 생기니 좀 무섭네요.

　이런 와중에도 정영환 계장은 어딜 간 건지 통 자리로 돌아오질 않았다. 다른 날처럼 한참이 지나서야 회의가 길어져 바로 식사를 하고 왔다며 변명을 늘어놓을 것 같았다. 팀장님이 함께 도와줬기를 망정이지 정영환 계장이 나와 함께 민원인을 맞이했다면 어땠을지 상상도 하고 싶지 않았다.

　잠시 후 팀장님이 인사팀에 간다며 사무실을 나갔다. 뭔가 긴급하게 일이 진행되어가는 것 같았고 좀처럼 일이 손에 잡히지 않았다. 내가 하는 일이 관여는 되어 있지만 다행히도 그 결정 주체가 나나 우리 팀이 아닌 인사팀이라고 하니 그나마 마음을 놓을 수 있었다. 사람이 참으로 이기적이다.

잠시 후 사무실 문이 활짝 열리더니 나이가 조금 있어 보이는 중년의 남자 한 명이 들어왔다.

"직원분들 다들 안 계시나? 팀장님은 어디 가셨어요?"

탁하지만 나긋나긋한 목소리였다. 허스키한 음색에 비해 발음은 10대 소년처럼 명확했다. 건장한 체격과 큰 키 그리고 검붉은 피부에 대조되는 희끗희끗한 머리가 눈에 띄었다. 마침 사무실에는 현주와 나 그리고 조교만이 자리를 지키고 있었다.

"다들 잠시 나가셨습니다. 혹시 어떻게 오셨나요?"

현주가 자리에서 일어나 대답했다.

"조교이신가?"
"아닙니다. 직원입니다."
"아. 직원 선생님이시구나. 나 경영대 행정실장 김태구라고 합니다."
"안녕하세요. 실장님."

"네. 혹시 팀장님은 언제쯤 오시죠?"

준석의 옛 부서장이다. 그의 소식을 듣고 우리 사무실로 찾아온 것이란 짐작이 섰다. 이런 실제적이고도 구체적인 상황으로부터 오는 긴장감은 실로 오랜만이었다.

"팀장님은 인사팀 가신다고 하셨습니다. 급한 내용이면 핸드폰으로 연락드려볼까요?"
"내가 해봤는데 이 양반이 안 받습디다. 아마 인사팀장하고 회의 중인가 본데."
"그럼 잠깐 기다리시겠습니까? 차 한 잔 드릴까요?"
"잠깐 기다리죠. 고맙지만 차는 됐습니다."

부드러운 것 같으면서도 들으면 들을수록 냉철한 말투였다. 그리고 말 속 어딘가에는 짜증이 가득 차 있는 것 같았다. 그걸 참고 참아 이렇게 나긋나긋한 말투를 가까스로 흉내 내고 있다는 생각이 들었다. 마치 언제라도 폭발할 준비가 되어 있는 활화산 같았다.

"혹시 퇴사한 계약직 남자직원 한 명 왔다 가지 않았어요?"

현주가 난처한 듯 머뭇거리자 내가 대답했다.

"혹시 경영대 행정실 퇴사하신 분 말씀이신가요?"

아이보리 타워

"어? 맞아요. 최준석이라고."

"네. 조금 전에 다녀가셨어요."

"아…. 이 새끼가 결국. 쯧."

"…."

"에이씨. 내가 그렇게 잘해줬건만. 배은망덕한 새끼 같으니라고."

경영대 행정실장은 흥분한 듯 자리에서 일어났다가 다시 팔짱을 끼며 자리에 앉았다. 나는 놀라서 아무런 말도 하지 못했다. 이후 사무실에는 기분 나쁜 정적이 흘렀다. 그 누구라도 속히 사무실로 와주길 바랐다.

잠시 후 정영환 계장이 사무실로 들어왔고 행정실장은 바로 자리에서 일어나 어딜 그렇게 다녀왔냐고 그를 채근하며 회의실로 들어갔다. 정 계장도 그를 따라 회의실로 들어갔는데 그 뒷모습이 마치 도살장으로 끌려가는 동물 따위의 모습과도 같았다. 고개를 푹 숙이고 아무런 저항도 하지 못한 채 그는 회의실로 터벅터벅 들어갔다. 회의실 문이 닫히자 행정실장의 거칠고 짜증 섞인 목소리가 들려왔다. 내용은 정확히 들리지 않았지만 우리를 대할 때와는 완전히 다른 말투였다. 격앙된 그의 목소리가 둔탁하게 사무실 전체로 울려 퍼졌다.

내 머릿속에는 행정실장이 마지막으로 뱉었던 말이 계속 울리듯 맴돌았다. 정말로 듣기 싫은 소리임에 틀림없었다.

황금빛 여유

팀장님이 돌아와 회의실에 합류하고 나서야 사무실 분위기는 평온을 찾았다. 이후 팀장님과 행정실장 그리고 정영환 계장은 퇴근 시간이 지날 때까지 계속 회의실에서 나오지 않았다. 눈치만 보던 나와 현주는 퇴근 시간이 삼십 여분이나 지나서야 회의실 문을 살짝 열어보았다. 하지만 모두들 너무 심각하게 이야기를 나누느라 아무도 우리에게 시선을 주지 않았다. 어찌할 줄 모르는 우리에게 정영환 계장이 그만 가보라는 손짓을 해주었는데 그게 그렇게 반가울 수가 없었다.

"술이나 한잔할래요?"

본부 건물을 걸어 나오며 현주가 말했다.

"술이요?"

"네. 오늘은 기분이 영 별로네요. 시원하게 맥주 한잔 어때요?"

"그래요? 사실 저도 기분이 썩 좋진 않았거든요. 그렇다면 치맥 어때요?"

"좋지요!"

현주와 나는 대학 정문을 나와 치킨집으로 향했다. 나는 아직 학교 앞의 식당들을 잘 몰라 현주가 가자는 대로 함께 따라갔다. 근처에는 온갖 식당과 술집이 즐비했다. 한식, 중식, 일식 그리고 서양식까지 없는 메뉴가 없었다. 술집들도 워낙 다양하게 여러 곳이 있었고 늘 인파로 붐볐다. 매번 일이 끝나면 지쳐서 바로 집으로 향하곤 했는데 이렇게 저녁을 먹는다고 생각하니 기분이 들뜨기 시작했다. 얼핏 보면 현주와 나는 학생처럼 보이기도 했다. 옷이라도 더 편하게 입었다면 신입생까지는 아니어도 2학년이나 3학년처럼 보이는 게 무리는 아니었을 거다. 이제 갓 졸업해서 1년이 지났을 뿐인데, 아직도 이렇게 어린 티를 벗지 못했는데 벌써 직장인이라니 감회가 새로웠다.

현주가 데려간 치킨집으로 들어가니 이미 자리를 잡은 사람들이 많이 보였다. 대부분이 학생들이었고 젊은 직장인들도 한두 테이블 보였다. 구석에 자리를 잡은 우리는 치킨과 맥주 두 잔을 시켰다.

"좋네요. 이렇게 현주 쌤이랑 나오니까."

"그렇죠. 우리가 같이 먹은 건 늘 어쩔 수 없이 먹는 점심뿐이었으니.”

“하하. 배가 고프지 않아도 점심이 되면 의무감으로 먹게 되는 것 같아요.”

“그렇다고 적게 먹으면 오후에 또 배고프다니까요?”

“맞아요. 한 네 시 정도 되면 슬슬 허기가 느껴지더라고요.”

“제가 탕비실 간식들을 관리하잖아요. 은근 오후 시간에 많이 들 드시는 것 같아요. 지민 쌤도 그렇고요.”

“하하. 쌤 덕분에 제가 간식 잘 먹고 있습니다. 감사해요.”

“별말씀을요. 많이 드세요.”

500cc 맥주 두 잔이 테이블 위로 서빙되었고 우리는 잔을 들어 건배를 했다.

“지민 쌤. 그나저나 이렇게 만나게 되어서 반가워요. 이것도 인연이네요.”

“맞아요. 쌤이 항상 잘 도와주셔서 정말 감사해요.”

“감사하긴요. 자. 마시죠!”

시원한 맥주가 입 안을 청량하게 적시며 목구멍을 타고 흘러가는 게 느껴졌다. 그 시원함이 짜릿한 쾌감이 되어 온몸을 휘감았다. 꿀꺽꿀꺽. 이렇게 술이 잘 들어갈 수가. 한 번에 반 잔을 넘게 마신 내가 잔을 테이블 위에 올려놓자 현주가 말했다.

“뭐예요. 쌤 술 잘 마시나 봐요. 전혀 그렇게 안 보였는데.”

"끄억."

"완전 의외네요. 정말! 아 웃겨."

"하아. 이렇게 시원할 수가. 직장인들이 왜 일 끝나고 맥주를 마시는지 이해할 것 같아요. 너무 좋은데요?"

"하하. 쌤 너무 웃겨요."

현주가 박장대소했고 나도 내 자신이 너무 놀라워 싱글벙글 웃었다.

"이제 좀 스트레스가 풀리네요."

"다행이에요."

"학교에서 일한 지는 얼마 안 됐지만 오늘 최고로 긴장했던 것 같아요."

"그래 보였어요. 저도 긴장되던데요."

"이제 앞으로 어떻게 될까요?"

"글쎄요. 그런데 저는 어떻게 될까도 궁금하지만, 내가 만일 그 사람이었다면 어찌 했을까 하고 생각해봤어요."

현주가 시선을 내 뒤의 어딘가로 옮기며 턱을 괴었다. 아랫입술과 턱 밑 살이 밀려 나와 귀여워 보이기도, 다른 한편으로는 짓궂어 보이기도 했다. 평소 사무실에서 보던 모습과는 다른 모습이었다.

"아마…. 난 그냥 있었을 것 같아요."

"그래요?"

"네. 굳이 이런 문제를 일으키고 싶지는 않았을 것 같아요."

"하긴…."

"그리고 치사하잖아요. 회사가 날 받아줄 생각이 애초에 없다는 걸 생각해보면."

상상만으로도 지친다는 생각이 들었는지 현주가 표정을 찡그리며 말했다.

"피차 치사해지는 거죠."

"그리고 그럴만한 깡도 없어요. 저는."

"아까 그 최준석이란 분도 보통 배짱은 아닌 것 같아 보였어요."

되돌아보면 준석은 시종일관 평온한 자세로 있었던 것 같다. 배짱 하나는 두둑한 사람이란 생각이 들었다.

"아마 퇴사를 했기 때문에 그런 용기가 나오는 걸 수도 있겠죠. 재직 중이라면 그런 이야기를 함부로 하기가 쉽지 않을 테니까요."

"하지만 현주 쌤. 쌤을 누군가 옆에서 적극적으로 도와주거나, 혹 충분한 깡다구가 있었다면 그렇게 해보고 싶었을 것 같아요?"

"네?"

"그렇잖아요. 회사가 받아줄 생각이 없고, 깡도 없고…. 하지만 반대로 가능성이 있다면, 즉 회사가 받아줄 수 있다면, 그리고 깡도 있었다면 최준석 쌤처럼 뭔가 변화를 시도해봤을 것 같으냐고요. 법적으로는 우리가 이길 수도 있는 싸움 아니에요?"

현주가 턱에서 손을 내리며 팔짱을 꼈다. 그리고는 앞으로 굽어 있던 허리를 꼿꼿이 세웠다. 내려가 있던 눈꼬리도 다시 제 위치를 찾았다.

"지민 쌤. 갑자기 왜 이렇게 구체적이에요. 무섭게?"
"그냥요. 해볼 만한 싸움일 수도 있겠다는 생각이 들어서요."

현주는 말없이 고개를 끄덕였다. 그리고는 맥주잔을 들어 나에게 눈짓을 했다. 나는 내 잔을 함께 들어 그녀의 잔에 가볍게 부딪힌 후 남은 맥주를 다 마셔버렸다.

"현주 쌤. 만일에요."
"네."
"만일 오갈 데가 없는 상황이라면요?"
"오갈 데가 없다고요?"
"아까 그분이요. 최준석 쌤. 그분 나이가 서른이었어요. 근데 취업이 안 되고 오갈 데가 없으니까 결국 여기로 다시 찾아온 게 아닌가 하는 생각도 들었어요."
"최후의 보루가 한국대였다?"
"그렇죠."
"정말 절박했다면…"
"나이 서른에 취업 못 한 게 요즘 욕먹을 일은 아니지만, 본인 생각은 안 그럴 수도 있잖아요. 기껏해야 경력은 계약직으로 2년 일한 게 전부일 텐데 취업이 잘 안된다면 조급해지지 않을까요?"

"그럴 수도 있겠네요. 내가 절박하고 급하면 날 고용하기 싫어하는 회사라도, 아무리 치사하더라도 내 몫을 챙기고 봐야 한다는 생각이 들 것 같긴 해요."

"이런 일을 뉴스에서나 봤지 실제로 이렇게 보니까 되게 착잡하긴 해요."

"근데 그거 알아요, 지민 쌤?"

"뭐요?"

"지금도 우린 그 경영대 퇴사한 선생님 이야기를 남 이야기하듯 하고 있잖아요."

"음…."

"우리도 똑같은 계약직인데 말이죠."

"맞아요."

"아마도 우린 아직 희망이 있다고 보는 것 같아요. 여기서 계약직으로 일하고 나면 다른 데 가서 정규직으로 일할 수 있을 거라는 희망이요."

"현주 쌤 말이 맞아요. 그런 희망이 있으니까 아직은 여유가 있는 거죠."

"여유가 있으니까 이렇게 치킨도 먹으러 오고요."

"하하. 네."

나는 맥주를 한 잔 더 시켰다. 오늘은 술이 달게 느껴지는 날이다. 소주도 아닌 맥주인데 그런 게 있을까 싶지만 맥주만이 가진 구수함과 청량감이 유독 더 달게 느껴지는 그런 날이 있다. 그날이 바로 오늘이다. 주문했던 치킨과 함께 새로 시킨 맥주가 서빙되었다. 과연 현주가 추천한 곳이니 만큼 먹음직스러운 치킨이었다. 데리야키 소스로 버무린 치킨 위에 얇게 썰어진 청양고추가 골고루 뿌려져 있었다. 내가 가장 좋아하는 날개를 포크로 찍어 들어 올리려는데 현주가 말했다.

"그런데요. 어느 날 우리가 가진 희망이 헛된 꿈이었다는 걸 깨닫게 된다면."
"헛된⋯. 꿈이요?"
"네. 그렇게 되면 많이 실망스러울 것 같긴 해요."

치킨을 입에 넣고 싶은 마음을 꾹 참고 내가 말했다.

"우리 학교, 아니 우리나라 모든 계약직들의 꿈이 정규직일텐데⋯."
"지민 쌤 말이 맞네요."
"우선은 희망을 가지고 해봐야죠. 뭐. 어디 하나 우리 정규직으로 받아줄 회사가 없을까 봐서요."

난 포크에 걸려 있는 치킨을 냅다 입에 넣었다. 소스 맛이 일품이었고 육질의 식감도 훌륭했다. 그러자 문득 윤아에게 들은 이야기가 떠올랐다. 현주에게 말해줄까 싶었지만 꾹 참았다. 아무래도 불필요한 이야기가 될 것 같았다. 게다가 무엇 하나 확정된 것도 없었다.

"맞아요. 어딘가에는 있겠죠? 지민 쌤과 날 받아줄 그런 회사가."

"그럼요. 그게 어디가 되었든 간에요."

"일단은 우리에겐 한국대학교 총무팀의 서무와 4대 보험이란 일이 맡겨져 있으니 거기에 충실하면서 미래를 잘 준비해야겠습니다. 아. 이렇게 생각하고 말아야지!"

과장된 미소를 지어 보이며 현주가 말했다. 그 말이 너무 이상적으로 들려 어색하기도 했지만 반박의 여지는 없었다.

"정답입니다. 모범답안인데요?"

윤아가 말한 정규직 전환이 실제로 진행된다면 좋겠다는 바람이 오랜만에 마신 맥주의 취기를 타고 살금살금 올라오기 시작했다. 무소유로 있다가 갑자기 로또 티켓을 손에 쥔 백수가 된 기분이었다. 발표는 한참이나 남았는데 벌써부터 모든 마음을 로또에만 둘 수는 없는 법이거늘. 다행히도 아직 냉철함을 잃지 않은 나의 이성이 모든 게 한심한 생각이라며 내 전두엽을 자극하기 시작했다. 그럼에도 불구하고 현주의 말을 듣고 있으려니 그녀도 나도해피엔딩을 맞았으면 좋겠다는 열망이 가슴속으로부터 올라왔다.

계약직이 아닌 정규직이 되어 준석의 일을 한낱 남의 일처럼 여기고, 정규직이라는 사회적 지위가 뒷받침된 피상적 우월감이 가져다주는 풍족한 여유를 누릴 수 있다면 얼마나 좋을까. 그저 아직 오지도 않은, 게다가 그 존재마저도 확실하지 않은 미래의 희망으로 궁핍하게 긁어모은 잿빛 여유가 아닌, 쟁취한 자만이 누릴 수 있는 그런 진짜 황금빛 여유를.

"현주 쌤. 여기 치킨 진짜 맛있네요."
"맛있게 먹어요. 난 학교 앞에서 여기 치킨이 제일 맛있더라고요."
"맛있어요. 진짜. 쌤도 많이 먹어요."

치킨은 맛있었고, 술도 달았다. 현주도 좋은 사람이라 함께하는 그 시간이 좋았다. 우리는 즐겁게 웃고 있었고 모든 게 완벽했다. 그녀와 내가 계약직이라는 것을 제외한다면 말이다.

불편한 진실

준석이 다녀간 다음 날부터 이틀간 총무처장님 방에서 수차례 회의가 이어졌다. 현주가 다과를 나르느라 고생했고 나도 몇 번은 함께 회의 준비를 도왔다. 인사팀장과 권서영 계장이 주로 회의를 이끄는 모양새였고 총무팀장님과 정영환 계장도 계속 회의에 참석했다. 이 밖에도 감사실 및 예산 기획부서의 관련 실무자들이 함께 회의에 참여했고 경영대학 행정실장과 행정실 실무자도 당연한 결과로서 회의 참석 대상에 포함되었다.

권서영 계장과 마주칠 때마다 그녀는 나에게 눈인사를 해주었는데 평소와 다르게 지친 기색이 보였다. 그녀는 우리 대학의 계약직원 채용과 노무 관리를 담당하고 있다. 이번 문제의 처음과 끝을 그녀가 책임져야 할 것이다. 그럼에도 그녀는 미소를 잊지 않았다. 그런 모습이 안쓰러워 난 마음이 썩 좋지 않았다. 준석에 대한 미운 마음이 생겨난 것도 아마 이즈음부터였을 것이다. 어차

아이보리 타워

피 다 같은 계약직으로 들어온 걸 이미 잘 알고 있었을 텐데 굳이 이런 사단을 낸다는 사실이 어찌 보면 좀 치사하다는 생각이 들기 시작했다.

참석자가 가장 많았던 마지막 회의에는 윤아의 상사라는 부총장 행정실장과 또 다른 외부인이 함께 참석했었는데 우리 대학과 자문계약을 맺은 노무사라고 했다. 눈이 작고 상대적으로 작은 체형을 가진 사람이었다. 왜소한 몸에 맞지 않게 큼직한 검은색 양복을 입고 있었던 그의 목소리는 깊은 동굴 속에서 퍼져 나오는 소리 같아 마치 이선균이 이탈리안 주방에서 말하고 있는 것 같은 착각을 일으킬 정도였다.

회의 자료 배부와 다과를 나르고 있던 나에게 그가 넉살 좋은 말투로 새로 온 직원이냐고 물었다. 내가 그렇다고 하자 반갑다고, 앞으로 잘 부탁한다고 말했다. 나에게 부탁해봐야 아무 소용없다는 말을 해주고 싶었지만 나는 그저 웃으며 목례를 하고 말았다. 그는 회의에 참석한 모두에게 웃으며 인사했고 학교직원들도 꽤나 편한 말투와 태도로 그와 대화를 나눴다.

마지막 회의는 그간의 분위기와는 다르게 화기애애하게 마무리가 되었다고 현주가 나중에 말해주었다. 신기하게도 모두가 환하게 웃으며 회의실을 나왔다는 것이다. 그리고 이틀이 지난 후 총무처장님과 인사팀장님 그리고 권서영 계장이 부총장님께 이와 관련한, 즉 최준석 전 계약직원에 대한 최종 보고를 드리는 자리를 가졌음을 윤아를 통해 들었다. 무슨 이야기가 오고 갔는지는 알 수 없었지만 나는 다행이라고 생각했다. 마지막 회의에서 어떤 해결점이 나왔을 것이란 막연한 기대감이 들었기 때문이다.

며칠 뒤 점심시간이 끝나고 모두가 오후 근무를 시작하는 시간이었다.

"결국 왔네요."

우리 대학으로 수신되는 모든 외부 공문을 관리하는 박한철 계장이 말했다. 그는 평소 조용한 편이었고 남들과 대화도 잘 나누지 않았지만 오늘은 달랐다. 목소리가 한껏 크게 들려왔다.

"지방. 노동. 위원회."
"박 계장. 공문 왔나?"
"네. 기관장 출석 요구 공문입니다. 팀장님 공유 드리고 인사팀으로 배부 진행하겠습니다."
"그래. 아마도 최준석 건일 거야. 인사팀에서 잘 팔로우업 하겠지."
"그나마 빨리 움직여서 다행이네요."
"그러게."

준석의 이름을 듣고 어슬렁어슬렁 팀장님 자리로 다가갔다. 팀장님이 날 보고 기다렸다는 듯 말했다.

"지민 선생, 4대 보험 신고는 조금 기다려봐요. 근데 아마 안 해도 될 겁니다."

"정말이요?"

"상황 정리되면 곧 다시 이야기해줄게요."

팀장님이 흡족한 표정으로 말했다. 일이 잘 해결될 것이란 확신이 그의 얼굴에 드러났다. 하지만 나는 마음이 썩 놓이지 않았다. 일이 어떻게 결론 나느냐에 따라 내가 4대 보험 소급 신고를 하고 안 하고의 차이가 생긴다는 이유도 있었겠지만, 이 대학 하이어라키 구조의 가장 아래쪽에 있는 최약체 존재인 계약직, 그것도 퇴사한 계약직이 들이민 작지만 날카로운 발톱이 한없이 불안해 보였기 때문이다.

"잘 해결되는 건가요?"

"정영환 계장이 아무런 이야기도 안 해줬나요?"

"네. 아직 들은 건 없었습니다."

"하긴 민감한 사안이니. 근데 정영환 계장은 어디 갔나…."

"아까 노동조합 사무실에 가신다고 했습니다."

"노조에?"

"네."

"쯧. 알겠어요. 일단 일 봐요. 최준석이 건은 다시 이야기하겠습니다."

"알겠습니다."

준석에 대한 대응이 어떻게 진행되고 있는 것인지 무척이나 궁금했지만 더 이상 물을 수 없었다. 오늘도 정영환 계장은 점심시간 이후로 깜깜무소식이다. 이 부서의 일원으로써 분명 해야 할 일이 있을 텐데 그의 자리는 여전히 애타게 주인을 기다리고 있다. 오전에 그는 나에게 점심 식사 후 노동조합에 회의를 하러 간다고 했다. 어찌 보면 당연한 것이겠지만, 대학에도 노동조합이 있다는 사실을 처음 알게 된 나는 얼떨결에 알겠다고 대답했다.

우선 나는 다시 일에 집중하기로 했다. 오전부터 날 괴롭히던 시간강사의 휴직 신고를 끝냈다. 근무 시간이나 급여 같은 조건들이 일반적인 직원들과 다르고 공단별로 신고 방식이 각기 달라 시간이 생각보다 오래 걸렸다. 그리고는 퇴사자들이 요청한 이직확인서 입력 작업을 시작했다. 실업급여를 받기 위해서는 회사에서 각 근로자에 대한 이직확인서를 전산으로 입력해주어야 한다. 몇명 되지는 않았지만 뒤늦게 이메일을 확인하는 바람에 신고가 지연된 사람들이 몇 명 있었다. 이들 명단을 취합하고 각자의 소득 내역을 정리하려는데 이메일이 새로 도착했다는 알림이 떴다. 그리고는 받은 편지함에 새로운 제목이 표시되었다.

> **[노동조합]** 정규직 전환 대상 조합원을 돈으로 매수한 대학본부를 강력히 규탄한다!

길거리 현수막에서나 볼법한 문구가 순식간에 시선을 사로잡았다. 짧은 글로도 상당한 양의 분노가 표출될 수 있다는 사실을 깨닫는 순간이었다. 느낌표는 그 분노 표출의 화룡점정이었다. 이게 도대체 무슨 일이지. 마우스 커서를 올리려다가 일단 그만두었다. 겁이 났음을 인정할 수밖에 없었다. 이메일 제목을 클릭할 용기가 도저히 나지 않았던 것이다. 하단의 다른 이메일들은 모두 확인한 내용이라 회색 음영이 표시되어 있었지만 이 이메일만큼은 하얀 바탕에 파란색 볼드체로 자신의 존재를 뚜렷하게 알리고 있었다. 클릭을 마다할 이유가 없을 정도로 매력적인 모습이었다. 그럼에도 나는 잠시 동안 멍하니 아무것도 하지 못했다.

돈으로 매수를 했다니. 정규직 전환 대상자라고 한다면 아마 높은 확률로 준석에 대한 내용일 텐데. 어깻죽지가 움츠러진 채로 나는 인터넷 창을 꺼버렸다. 그리고는 고용보험 신고 화면으로 들어갔다. 아무리 생각해봐도 그 이메일은 나중에 읽는 게 좋을 것 같았다.

지금 현재 나에겐 집중해야 할 일들이 있고 그 일들을 정해진 기한 내에 마무리해야 했다. 가능한 한 빨리 처리하지 않는다면 자잘하지만 분명 다시 시간을 들여야만 하는, 그런 실재하는 다른 문제들이 생겨날 것이다. 그 문제들을 해결하느라 또 다른 일들을 처리하는 시간이 늦어질 테고 그러면 나는 남모르는 스트레스를 받게 될 것이다. 그러므로 나는 지금 현재 내가 해야 하는 일에 집중하는 편이 더 나을지도 모른다. 그 이메일을 클릭하여 내가 알게 될 불편한 진실들을 잠시 저 너머에 두는 편이 아마도 나에게는 도움이 될 것이다. 어쩌면 시간이 지나더라도 그 이메일의 내용을 영영 알지 못하는 편이 더 나을 수도 있을 것 같았다.

　그럼에도 이메일 제목의 워딩이 어찌나 탁월했던지 온갖 상상들이 이미 머릿속을 채워 들기 시작했다. 주체는 대학본부였고 상대는 정규직 전환 대상자 그리고 수단은 돈이었다. 이 모든 힌트들이 너무나도 명확한 나머지 상상해볼 수 있는 각 일련의 과정에 대한 잡스러운 생각들이 생겨났다 없어지기를 반복하고 있었다.

　차라리 사무실이 시끄러웠으면 좋았겠지만 하필이면 전화도 한 통 없었다. 팀장님과 다른 정규직원 한 명은 그 어느 때보다 조용히 묵묵하게 그들의 자리를 지키고 있었고 정영환 계장은 여전히 다른 곳에 가 있었다. 내 옆에 앉은 조교는 아이패드로 동영상 강의를 보고 있었으며 현주 또한 모니터를 조용히 주시하며 간간이 키보드로 무언가를 입력하고 있었다. 정적만이 흐르는 고요한 사무실이다. 이 차분한 분위기가 왠지 모르게 더 불안했다. 폭풍전야라는 말이 절로 떠올랐다.

　〉아무래도 물 건너간 것 같아요.

　모니터 하단에 팝업으로 윤아의 메시지가 표시되었다가 잠시 후 사라졌다. 나는 아무런 대답도 하지 않았다. 무슨 이야기를 하려는지 사실 감이 오지 않았지만 억지로라도 추리해본다면 짐작은 가능했다. 아마도 잠시나마 내가 꿈꿨던 그것일 것이다. 그리고는 드디어 사무실의 정적이 깨지고야 말았다.

"노동조합 이 빌어먹을⋯."

팀장님 자리에서 들려온 소리였다. 그리고 거의 바로 사무실 문이 열리며 처장님이 들어왔다.

"한 팀장!"
"처⋯처장님."
"노조 이메일 봤지?"
"네. 방금 봤습니다."
"인사팀장이 위원장 접촉한다고 하니까 총무팀은 경비업체 어서 대기 시켜."
"알겠습니다!"
"그리고 혹시 모르니까 본부는 폐쇄하지."
"네! 알겠습니다."

이메일을 차라리 읽어볼걸. 도대체 무슨 일이 일어나고 있는 것인지 갈피를 잡을 수 없었다. 그때부터였다. 저 멀리서부터 알 수 없는 노랫소리가 들려왔다. 가사는 들리지 않았지만 얼핏 듣기로는 민중가요 같은 구슬픈 가락이었다.

"박 계장. 지금 강현주 선생 데리고 나가서 본부 폐쇄한다고 각 사무실 가서 이야기하고 와. 컴퓨터 다 끄고, 각 사무실 전원 차단하고, 문도 다 잠그고 중앙강의동 대강당으로 가 있으라고 해.
그리고 지금부터 출입은 후문으로만!"

"알겠습니다!"

팀장님 이야기를 들은 박한철 계장과 현주가 급히 사무실 밖으
로 뛰어나갔다.

"김지민 선생은 경비실 가서 후문 제외한 모든 출입문 모두 다
잠가달라고 하세요. 지금 즉시!"

"정문이랑 양 측면 문들 말씀이시죠?"

"맞아요. 그리고 메신저로 텍스트 보내놓을 테니 잠그고 오면
그 내용으로 전 구성원 이메일 발송 바로 진행해주시고."

"알겠습니다!"

"정영환 계장은 아직 연락 없었고?"

"네."

"결국엔 이번에도 노조에 붙었나 보군."

"네?"

"아니에요. 어서 문 잠그고 와요."

경비실로 가기 위해 복도로 나오니 벌써부터 본부 폐쇄 소식을
들은 직원들이 허겁지겁 사무실을 빠져나오고 있었다. 그리고 창
밖으로는 검은색 캡 모자를 깊숙이 눌러쓴 경비업체 대원들이 뛰
어오는 모습이 눈에 들어왔다. 아까부터 들리던 노랫소리가 더 크
게, 선명하게 들리기 시작했다. 이메일을 읽어보고 싶은 마음이

간절해졌지만 타이밍을 놓쳐버린 지 이미 오래였다.

경비실로 가서 상황을 이야기하니 당직 경비직원이 분주히 마스터키를 챙겨 나왔다. 경비실 바로 앞에 위치한 정문은 커다란 철문이었다. 경비직원과 함께 양쪽에서 문을 밀어 닫으려는데 멀지 않은 거리에서 수십 여명의 군중이 몰려오는 모습이 보였다. 붉은색과 노란색의 커다란 깃발이 서너 개 보였고 '비정규직 철폐'와 '노동 인권탄압 중지' 같은 문구가 눈에 들어왔다. 시위에 참가한 사람들은 대부분이 빨간색 조끼를 입고 있었고 머리에 띠를 맨 사람들도 눈에 들어왔다. 너무도 놀란 나머지 난 그 자리에 그대로 서서 더 이상 움직일 수가 없었다. 정문에 대고 있던 내 손이 바르르 떨려오는 게 느껴졌다. 경비직원이 서두르라고 나에게 소리를 치는 바람에 정신을 차릴 수 있었다.

출입문을 폐쇄하고 사무실 자리로 돌아오니 메신저에 팀장님의 메시지가 도착해 있었다. 끊임없이 들려오던 노랫소리가 이제는 거의 문 밖에서 크게 음악을 틀고 있는 것 같은 착각을 일으킬 정도로 가까이서 들려왔다. 잔뜩 긴장한 몸을 가까스로 진정시키고 나는 대학 구성원 전체에게 팀장님이 보내온 메시지로 이메일을 발송했다. 학생, 교수 그리고 직원 모두에게 발송되는 이메일이었다.

제목: [긴급] 노동조합 시위에 따른 대학본부 임시 폐쇄 안내

안녕하십니까. 한국대학교 총무처 총무팀입니다.
금일 갑작스럽게 통보된 노동조합의 시위로 인하여 대학본부를 임시
폐쇄합니다. 구성원 여러분들의 양해 부탁드립니다. 차후 시위 경과에
따라 재개방 여부를 다시 안내드리겠습니다. 감사합니다.

PC의 전원을 끈 후 나는 현주와 함께 본부 건물을 빠져나왔다.
팀장님과 박 계장은 비상사태인 만큼 사무실에 남아 있는다고 했
다. 우리도 남아 있어야 하지 않겠냐고 하니 총무처 소속 직원들
대부분이 남아 있어야 하기 때문에 괜찮다며 먼저 나가보라고 했
다. 팀장님은 사실상 퇴근을 해도 아무도 모를 거라며 적당히 있
다가 집으로 가라고 했다. 지금은 학교 안에 있는 게 그리 좋은
상황이 아니라는 것이다.

팀장님 말씀대로 현주와 함께 후문을 나와 건물을 돌아가려는
데 도저히 시위대를 뚫고 지나갈 상황이 아님을 깨닫게 되었다.
생각보다 많은 사람들이 시위에 참가해 있었고 아마도 경비대원
들이 아니었다면 후문까지도 개방이 어려웠을 분위기였다. 어떻게
해야 할지 몰라 머뭇거리던 우리는 하는 수 없이 다시 사무실로
돌아가기로 했다. 그때 갑자기 익숙한 목소리가 시위대 방향으로
부터 들려왔다.

아이보리 타워

"현주 쌤! 지민 쌤!"

시위대 맨 앞단에 서 있는 정영환 계장의 목소리였다.

붉은색

"다른 대학 노동조합들도 함께 와 있어서 규모가 좀 큽니다."

우리는 정영환 계장을 따라 시위대 가장자리로 자리를 옮겼다.
그는 시위에 참석한 다른 사람들과 마찬가지로 붉은색 조끼를 착
용하고 있었고 머리에도 띠를 매고 있었다. 사무실에서 봐왔던 모
던한 모습과는 전혀 다른 모습의 그였다.

"팀장님께서 계속 찾으셨는데…"
"아…"

내 말을 듣고 정 계장이 어색한 웃음을 지었다. 그런 그에게 현
주가 물었다.

"계장님도 노동조합 편에 계신 거예요?"

아이보리 타워

"그간 노조 활동을 계속 해오긴 했어요. 팀장님도 그 사실을 알고 계시고요."

경영지원 부서에 있는 그가 열정적인 노조원이라는 사실이 무엇을 뜻하는지는 정확히 알 수 없었다. 하지만 그게 상당히 꺼림칙한 부분이라는 것은 그의 표정으로부터 충분히 인지할 수 있었다.

"오늘 시위는 그럼 최준석 선생님 때문에…."
"맞아요. 이메일 보셨죠? 대학에서 최준석을 반 협박하다시피 했어요."
"아직 못 봤어요. 제목만 보고 내용은 보지 못했어요."
"그렇군요. 현주 쌤도요?"
"저는 읽어봤습니다. 이번 사건을 계기로 무기한 농성에 들어가신다고요."
"네. 목표는 쌤들 같은 계약직원분들…."
"정규직 전환."

현주가 한숨을 쉬다시피 하며 내뱉은 말이었다. 이에 정영환 계장이 끄덕이며 대답했다.

"네. 맞아요. 정규직 전환."

그늘에 있었음에도 정영환 계장의 브라운색 구두가 반짝거렸다. 본래부터 광이 나는 구두인 것 같았다. 그에 비해 그가 걸친 붉은 색 조끼와 머리띠는 끊임없이 무거운 기운을 뿜어냈다. 서로 대조되는듯한 이 두 가지 모습이 한꺼번에 눈에 보이는 게 왠지 모르게 볼썽사나웠다.

"근데 그게 과연 될까요?"

바닥을 바라보며 내가 말했다. 차마 그의 눈을 바라볼 용기가 나지 않았던 것 같다. 마치 조금 전 노동조합의 이메일을 읽어보기가 어려웠듯이.

"이번 정권의 가장 대표적인 공약이기 때문에 정부에서도 비정규직 문제를 해결하려고 그 어느 때보다 열심히 노력하고 있어요. 이제는 우리 대학도 움직일 때가 된 거죠."
"…"
"다 여러분들을 위한 일이에요."
"그렇긴 하지만…"
"함께하시죠. 쌤들도."

그가 손을 내밀며 말했다. 나는 현주를 바라보며 어색하게 웃어보였다. 그것 말고는 할 수 있는 행동이 없을 것 같았다. 그때 산학협력단이라는 부서로 배정받았던 예린이 어느새 우리 옆으로 다가왔다. 정영환 계장은 내밀었던 손을 자연스레 예린 쪽으로 향했다.

"아 참. 최예린 선생님도 저희 노조원이세요. 지민 쌤은 알죠? 같이 입사했으니."

정영환 계장이 우리에게 그녀를 소개하듯 말했다.

"지민 쌤! 잘 지냈어요? 여기서 만나네요."
"최예린 쌤. 안녕하세요."

머리띠는 하지 않았지만 예린도 정 계장과 같은 붉은색 조끼를 입고 있었다.

"산학협력단은 구성원 대부분이 저희와 함께하고 계세요."

정 계장이 시위대 중앙을 손으로 가리키며 말했다.

"한 오십여 분 계시는데 거의가 저희 노조원이세요. 그리고 산학협력단 계약직원들의 정규직화가 이제 코앞입니다. 노조가 함께 움직인 성과죠."
"네? 그게 정말이에요?"

내가 화들짝 놀라며 말했다. 그러자 예린이 입을 열었다. 투쟁의 모습이라기엔 너무도 순결해 보이는 얼굴의 그녀였다.

"저도 들어와서 알았어요. 산학협력단에는 이미 2년 이상 근무하신 계약직분들이 많더라고요. 사실상 불법이죠. 그것 때문에 산학협력단에 자체 정규직원을 두는 논의가 이제 마무리 단계에 왔고, 저도 1년 지나고 나면 아마 정규직 전환 심사에 들어가게 될 것 같아요."

민을 수 없는 이야기였다. 실제로 이런 일이 일어나고 있다는 말인가?

"산학협력단 자체 직원이면 대학과는 별도인가요?"

함께 서 있던 현주가 나지막이 물었다.

"맞아요. 대학직원은 아니지만 자체 인사제도를 마련해서 정규직으로 전원 전환할 예정이에요."
"계장님, 그럼 저희는요? 저희도 그런 방식으로 전환해달라고 요구하시는 건가요?"
"그건 아직 몰라요. 이제 시작입니다. 방법과 절차는 논의를 해야겠지만 우리가 힘을 합치면 분명 해낼 수 있을 겁니다."

문득 윤아가 보냈던 메시지가 생각났다. '아무래도 물 건너간 것 같아요.' 왜 그런 것일까. 만일 대학에서도 정규직 전환을 계획하고 있었다면 오히려 잘된 일이 아닐까. 정말 그렇다면 나도 정규직원이 될 수 있는 가능성이 생기는 것일 텐데. 그런데 도대체 왜 물 건너간 일이라고 표현했던 것일까.

아이보리 타워

"지민 쌤이 4대 보험 일을 해봐서 알겠지만 지금 직원 중에 쌤들 같은 계약직들이 어마어마하게 많습니다. 거기에 환경미화직군의 나이 드신 분들도 많이 계시죠. 다 합치면 정규직보다 많은 숫자가 나올 거예요."

"네…. 맞아요."

"2년 쓰고 내보내는 지금의 상황은 대학으로서도 손해입니다. 현주 쌤도 이제 1년 지나서 2년 차인데 연말 되면 계약기간 만료로 퇴사하시게 될 거예요. 업무 다 배워서 익숙해지고 나니 퇴사란 말입니다."

"맞아요. 하지만 아직은 법이 그러니까…."

"그 법은 2년 쓰고 버리라는 이야기가 아닙니다. 2년 정도 근무했으면 그만큼 회사에 필요한 사람이 되어 있을 테니 그 이후부터는 정규직으로 채용하라는 이야기인\거죠."

"취지는 그렇죠."

"그러니까 함께하시죠. 이제는 변화가 필요합니다."

그는 강경했다. 그리고 그 옆에 서서 고개를 끄덕이고 있는 예린도 확신에 찬 모습이었다. 그의 모든 말이 맞았고 옳았기 때문에 굳이 반박할 필요는 없는 상황이었다. 그럼에도 나는 노동조합에 가입하겠다는 말을 할 수 없었다.

"시위에 참여한 분들은 그럼 우리 학교 계약직분들이랑 또 다른 대학 노동조합분들이라는 말씀이시죠?"

현주가 시위대를 바라보며 물었다. 무언가를 계속 확인하고 싶어 하는 눈치였다. 그런 그녀의 모습이 나에겐 불안하게 비쳤다.

"네. 우리 대학에서 오신 분들은 나이가 좀 있으신 환경미화직군 선생님들이 대부분입니다. 쌤들 같은 사무직 계약직분들도 소수 계시고요. 그런데 젊은 분들은 아직 그렇게 절박하지 않으신 것 같아요. 퇴사하고 나면 또 다른 데 가서 취업하시는 경우가 대부분이니까요. 하지만 나이 드신 분들은 그게 쉽지 않다 보니 많이 절박하시죠."

그러고 보니 시위대의 연령층이 아예 어리거나 아니면 나이가 많은 분들로 구성되어 있었다. 어린 참여자들은 누가 봐도 학생들이었고 나이 드신 분들은 청소나 시설 관리 등을 담당하는 직원들이었다. 그 외에는 대부분이 타 대학에서 온 사람들인 것처럼 보였다.

"계장님. 저는 생각 좀 해볼게요. 학교 들어온 지도 얼마 안 됐고 일도 아직 많이 바빠서…."
"강요하는 건 아니에요. 편하게 하세요. 현주 쌤은요?"
"전 가입하겠습니다."

현주가 내뱉은 결연한 발언에 나는 눈이 휘둥그레졌다.

"현주 쌤?"

"나 어차피 7개월 남았잖아요. 되면 되고 안 되면 안 되는 거지 란 생각으로 한번 해볼까 해요."

"아…."

"그리고 우리 어제 이야기했잖아요? 절박한 상황이라면 어땠을 까?"

"네. 그렇죠."

"7개월 후에…."

"…."

"그때는 내가 절박해질 수도 있다는 생각이 들었어요."

"쌤."

말없이 우리의 대화를 듣고 있던 정 계장이 자기의 조끼를 벗어 현주에게 건네주었다. 나는 무슨 이유에서인지 그녀가 거절하기 를 바랐다.

"그럼 오늘부터 함께하시죠."

그러나 현주는 정 계장이 건넨 조끼를 받아 들었다. 그 모습을 보고 나도 모르게 실망감을 느꼈다.

"네. 계장님."

난 아무 말도 할 수 없었다. 반대도, 또는 찬성도. 그 무엇도 해야 할 말이 떠오르지 않았다. 그런 나를 보며 현주는 따뜻한 표정으로 미소를 지었다. 하지만 그 미소는 이내 굳게 다문 입술로 끝나고 말았다. 그럴 수밖에 없었다는 것을 현주와 나 모두 알고 있었다. 그녀는 정영환 계장과 예린을 따라 시위대에 합류했다. 그들이 걸어가는 모습을 나는 그냥 넋 놓고 바라볼 수밖에 없었다.

난 다시 후문을 통해 사무실로 들어왔다. 예상과 다르게 사무실에는 아무도 없었다. 하지만 불도 켜져 있고 팀장님과 박 계장의 컴퓨터도 그대로인 걸 보니 아마도 잠시 다른 사무실에 갔거나 아니면 상황을 파악하기 위해 현장에 나가 있는 것 같았다. 나는 자리에 앉아 컴퓨터를 켜고 아까부터 읽어보고 싶었던 노동조합의 이메일을 읽어보았다.

[친애하는 조합원 동지 여러분! 그리고 한국대학의 사랑하는 동료직원 여러분!]

우리 조합은 이틀 전 충격적인 소식을 접했습니다. 우리 대학에서 계약직 노동자로 근무했던 조합원이 대학본부로부터 노동자의 권리를 포기하라는 종용과 협박을 당했다는 것입니다. 해당 조합원은 우리 대학에서 2년을 넘겨 근무했습니다. 그러나 비정규직 문제 해결에 늘 냉소적으로 반응했던 대학본부는 단순한 행정 착오였다며 이 조합원에게 정규직 전환이 불가함을 일방적으로 통보했습니다. 그리고 입을 막기 위해 위로금 명목으로 3개월 치 월급에 해당하는 금액을 지급하겠

과연 그랬던 것이구나. 이메일을 읽으며 나는 적잖은 충격에 휩싸였다. 이후의 내용은 꽤나 명료했다. 준석이 노동조합 조합원임에도 불구하고 대학에서 노동조합과 아무런 논의도 하지 않았고, 이번 사건의 책임이 명백하게 대학 측에 있음에도 정규직 전환이 어렵다는 통보를 한 것 모두가 용납할 수 없는 대학의 과오라고 주장했다. 게다가 이번 사태의 수습을 다름 아닌 돈으로 '은밀'하게 처리하려고 했던 것 또한 준석 개인은 물론 비정규직 직원 전체를 멸시하는 행태라고 했다. 대학의 이런 '몰상식'한 행태에 대해 노동조합과 그 조합원들이 상당히 크게 '분노'하고 있다는 것이다.

그리고 가장 중요한 내용은 마지막에 있었다. '협박' 당했던 해당 조합원을 즉각 정규직으로 전환시키고 나머지 재직 중인 계약직들도 모두 정규직으로 전환시키라는, 급진적이고도 비현실적인 요구사항이 붉은색 볼드체로 적혀 있었다. 그리고 이를 위한 농성을 바로 오늘부터 시작한다는 시위예고문으로 이메일은 끝을 맺었다.

이틀 동안 온갖 난리를 쳐가며 주요 부서들이 모여서 논의한 결과가 고작 돈 줄 테니 입 다물어라였다니. 이건 너무 무책임한 것 아닌가. 마지막 회의가 끝나고 모두가 밝은 표정이었던 현주의 말이 떠올랐다. 그걸 직접 목격했던 현주였는데. 그녀도 나와 같은 허탈함을 느꼈던 게 아닐까.

팀장님은 나에게 자신만만한 표정으로 말했었다. 아마 4대 보험 신고는 안 해도 될 것 같다고. 그는 이 모든 것을 이미 알고 있었던 것이다. 회의에 한 번도 빠지지 않고 참석했었으니 당연한 사실일 것이다. 심지어 부총장님께도 모든 게 잘 해결되었다며 보고된 사안이었을 텐데 결과는 전혀 그렇지 않았다. 한마디로 대학이 제대로 뒤통수를 맞은 셈이었다. 아마 누군가는 뒤통수를 친 사람이 정영환 계장이라고 생각할 수도 있을 것이다. 하지만 그건 이 시점에서 중요하지 않았다. 잔은 이미 엎질러졌고 모든 것이 세상에 드러나 버렸다.

이제 나는 무얼 해야 할까. 차라리 아무도 모르게 준석의 4대 보험 신고를 해버릴까 하는 충동이 올라왔다. 어차피 내 선에서 끝낼 수 있는 문제였기 때문이다. 하지만 이 또한 아무런 의미가 없었다. 이미 문제가 수면 위로 드러났고 4대 보험 신고를 한다 한들 달라지는 일은 없을 것이다.

내가 이 대학에서 담당하고 있는 일이 사실 그랬다. 크게 의미 있는 일이 아니었다.

뒷걸음질

시위 둘째 날 아침. 출근과 동시에 팀장님이 정영환 계장과 현주에 대한 이야기를 꺼냈다. 그들이 노동조합의 조합원이며 이번 시위에 참가하느라 사무실로 출근을 하지 않을 것이라고 했다. 사실상 문제를 삼을 수도 있는 부분이었지만 일단은 직원들이 시위에 참여하는 것을 용인하기로 대학 내부에서 결정이 났다고 했다.

팀장님은 이에 대해 내가 이해를 좀 해달라는 식으로 이야기를 했다. 그러면서 정 계장이 전부터 비정규직 노동조합 활동을 해왔고 이번에도 그런 사유로 정직원임에도 불구하고 시위에 참여하고 있다는, 이미 짐작이 가능했던 이야기를 해주었다. 하지만 이런 내용들을 팀장님을 통해 직접 듣게 될 것이라고는 생각하지 못했기에, 그리고 팀장님이 생각보다 평온한 분위기에서 마치 정 계장과 현주를 옹호해주는 뉘앙스로 말을 해왔기에 그 상황 자체가 나에겐 약간의 아이러니였다.

우선 처음 든 생각은 만일 나까지 시위에 참여했다면 어땠을까 하는 것이었다. 경영지원 부서인 총무팀에 있는 계약직들이 죄다 정규직 전환 요구 시위에 나섰고 그중 한 명은 4대 보험 담당자로, 대학이 돈으로 매수하려던 그 퇴사자의 4대 보험 신고를 의도적으로 미루고 있는 자라는 오명과 누명을 동시에 뒤집어쓰지 않았을까.

께름칙한 생각들로 머리가 어지러워지려는데 현주 생각이 났다. 잘 있을까 걱정도 되고 궁금하기도 해서 핸드폰으로 전화를 해보았다. 하지만 전원이 꺼져 있었다. 나는 후문을 통해 슬쩍 시위 현장으로 나가보았다. 출근길만 하더라도 그렇게 많은 사람들이 와 있지 않았는데 이제는 제법 큰 무리가 형성되어 있었다. 시위대 측면 구석에 권서영 계장을 비롯한 인사팀 직원들이 모여 있는 모습이 보였다. 그리고 가장자리에는 이선균 목소리의 노무사도 함께 와 있었다. 권서영 계장은 지금껏 봐왔던 모습 중 가장 근심스러운 표정으로 시위대를 지켜보고 있었고, 인사팀장을 비롯한 다른 팀원들과 노무사도 역시나 심각하고 어두운 얼굴로 자기들끼리 무언가에 대해 이야기를 나누고 있었다. 이번 사태에 대한 주무 부서이자 모든 책임을 떠맡은 그들이었기에 잘잘못을 떠나 측은함마저 느껴졌다.

그런 그들의 시선을 피해 다니며 현주가 어디 있는지 찾아보려 했지만 시야가 제한적이고 사람도 워낙 많아 결국 포기했다. 길 잃은 아이처럼 두리번거리기를 반복하다 다시 사무실로 돌아가려는데 또 한 번의 익숙한 목소리가 들려왔다. 이번엔 스피커를 통해 웅장하게 울려 퍼지는 소리였다. 주인공은 역시나 정영환 계장이었다. 뒤를 돌아보니 그가 시위대 맨 앞에 서 있었다. 두 손으로 마이크를 잡고 힘이 잔뜩 들어간 목소리로 그가 외치듯이 말했다.

"우리 대학에는 노동조합이 총 세 개가 있습니다. 교수, 직원 그리고 비정규직 노동조합이죠. 교수님들은 '노동조합'이란 용어를 쓰지 않고 '의회'라는 용어로 스스로를 지칭하고 있습니다. 직원의 노동조합은 정규직들만이 가입한 반쪽짜리 노조이고요. 이들 교수와 정직원 노조는 사실상 대학 정책과 함께 움직이는 친 대학 조직들입니다. 결국 노동자의 권리를 보호하고 주장하는 노동조합으로서의 기능을 하지 못한다고 봐야 한다는 말씀입니다!"

시위에 참석한 사람들이 함께 박수를 치고 환호성을 질렀다. 인사팀원 중 한 명이 핸드폰으로 그의 사진을 찍고 있었고 권서영 계장과 인사팀장은 모든 것을 포기한 표정으로 팔짱을 낀 채 그를 바라보고 있었다. 나는 인사팀에게, 혹은 이 대학에게 있어 정영환 계장의 존재가 어떤 것일까 궁금했다. 증오의 대상일까 아니면 두려움의 대상일까. 아니면 단순히 귀찮은 존재일까. 과연 무엇일까. 사람들의 환호에 정 계장은 어색하게 목례를 한 뒤 말을 이었다.

"그랬기 때문에 3년 전 우리 노동조합이 처음으로 출범했습니다. 그동안 퇴사한 직원들까지 생각해보면 정규직원보다 숫자가 월등하게 더 큰 비정규직의 노동조합입니다. 아시겠지만 계약직은 2년밖에 채용을 못 하기 때문에 조합을 함께 이끌어나갈 수 있는 지속가능성이 떨어집니다. 하지만 저처럼 뜻을 함께하고 있는 정규직들이 간부를 맡아 조합을 운영하고 있고, 2년 이상 근무하고 계시는 환경미화 계약직 선생님들도 상당수 저희와 함께해주시고 계십니다. 이 자리를 빌려 우리 환경미화직군 선생님들 그리고 모든 비정규직 선생님들께 존경과 감사의 말씀을 전합니다!"

또 한 번 사람들이 박수를 쳤다. 이번에는 어디선가 꽹과리 소리도 들려왔다. 정영환 계장의 호소력 짙은 목소리는 과연 시위 분위기에 잘 어울렸다.

한참을 우두커니 듣고 있던 나는 다시 정신을 차리고 서둘러 사무실로 들어왔다. 자리에 앉아 내 옆자리를 바라보았다. 그의 자리는 당연히 비어 있었다. 새삼 놀라웠다. 어떻게 저런 사람과 내가 한 공간에서 일을 할 수 있었던 것일까. 정영환 계장은 노동조합의 열성적인 간부였다. 그런 그에게 경영지원 부서에서의 근무는 한마디로 고역이었을 것이다. 아마 업무 시간에 자리를 자주 비웠던 것 또한 노동조합 활동을 위함이었을 것이고, 팀장님이 그것을 간과해주었던 것도 다 같은 이유였을 것이다. 농땡이를 피운 것이 아닌, 자신이 생각하기에 더 중요한 일을 하고 있었던 정 계장이었다. 그가 타 부서의 회의에 참석했다는 말은 모두 사실이었던 것 같다. 다만 그 부서가 일반적인 부서가 아닌 노동조합이던 것일 뿐.

〉 지민 쌤. 총무팀은 그대로 본부에 있죠?

윤아의 메시지가 화면에 표시되었다.

〉 네. 윤아 쌤도요?
〉 총장실, 부총장실은 다 아직 본부에 있어요.
〉 그랬군요. 종합강의동에 가서 계신 줄 알았어요.
〉 어제는 갔었는데 오늘은 아니에요. 본부 진입이나 총장실 점거도 안 한
   다고 합의했다던데요.
〉 그래요? 정말 다행이네요.
〉 그렇지만 저는 너무 분위기가 어수선해서 스트레스받네요.
〉 시위 때문이에요?
〉 그것도 그렇고 노조 이메일에 나온 사건 있잖아요.
〉 사건이요?
〉 2년 넘은 계약직을 학교가 돈으로 매수했다던.
〉 아…. 네.
〉 그것 때문에 부총장님 아마 곧 잘리실 것 같아요.
〉 헉. 정말요?
〉 총무처에서 보고를 올리긴 했지만 최종 결정은 부총장님이 하신 거니
   까요.
〉 아…. 부서 분위기가 정말 안 좋겠어요.
〉 그리고 어제 얘기했죠? 물 건너갈 것 같다고.

〉맞아요. 그건 무슨 이야기였어요?

〉우린 정말 운도 없죠. 정규직 전환 방안 가지고 계속 논의 중이었는데 이렇게 되었으니까요.

〉오히려 잘된 거 아니에요? 노조가 지금 요구하고 있는 게 바로 그거잖아요.

〉나도 처음엔 그렇게 생각했었는데…. 그게 아니더라고요.

〉그래요? 무슨 일인 거죠?

〉이게요. 노조가 요구하기 전에 대학이 먼저 정규직 전환을 하겠다고 발표해야 하는 건데.

〉아하.

〉이런 식으로 시위하면서 요구하니까 어쩔 수 없이 받아주는 모양새가 되면 안 되는 거죠.

〉엄청 정치적이네요.

〉맞아요. 전환시켜주면 대상자들한테 생색도 내고 언론 플레이도 하고 또 그걸로 교육부랑 정부에도 잘 보일 수 있는 기회였는데 그런 계획들이 완전히 무산된 거예요.

〉정말이네요. 물 건너갔다는 이야기가 이제 이해가 돼요.

〉망했어요. 하….

〉근데 정말 기분 별로네요. 우리 운명이 달린 일이 그들에겐 한낱 정치 쇼를 위한 수단이라는 게.

〉그렇죠. 씁쓸하죠.

〉네….

〉에휴. 나 또 회의 준비하러 가요. 노조 임원들이랑 부총장님이랑 회의하신대요. 이따 다시 연락할게요.

아이보리 타워

〉네! 수고하세요.

잠시 동안이었지만 너무 허무해서 아무것도 할 수 없었다. 큰 기대를 걸고 있었던 건 아니지만 내막을 듣고 나니 실망감이 밀려오는 것은 어쩔 수 없었다. 그런 상황에서 현주는 자신의 운명을 걸고 저 밖에서 시위를 하고 있다. 기대는 하지 않았지만 손에 쥐고 있던 로또 티켓이 휴짓조각이 되는 순간 느껴지는 그런 공허함이 나를 에워쌌다.

시위는 첫날을 포함해 총 삼 일간 이어졌다.

길다면 길고 짧다면 짧은 기간이었다. 시위 마지막 날 오전 노동조합 위원장과 부총장님이 직접 만나 사태의 원만한 해결을 위한 협의를 나눴다. 그 결과 노동조합은 그날 오후 시위대를 해산시켰고 그렇게 다소 허망하리라 싶을 정도로 쉽게 마무리가 지어졌다. 하지만 현주와 정 계장은 오후에도 사무실로 들어오지 않았다. 퇴근 시간이 다 되어 도착한 노동조합의 이메일에는 대학이 비정규직 문제 해결을 위한 TF를 만들기로 약속했다는 내용이 담겨 있었다.

하지만 이건 단순한 시간 끌기처럼 보였다. 부총장 직책은 교수님들 중에서 총장의 지명에 의해 임명이 되는데 어떤 정책을 지속적으로 추진하기엔 그 임기가 너무도 짧았다. 과거에는 6개월만하고 그만둔 경우도 있었다고 들었고, 지금의 부총장님 또한 임명

된 지 2년이 다 되어가고 있어 언제 교체될지 모른다는 교내의 분위기가 있었다. 하물며 윤아도 부총장님이 책임을 지고 그만두게 될 것 같다고 하지 않았던가.

물론 부총장 직책을 박탈당한다고 해서 대학에서 영영 떠나게 되는 것은 아니다. 단지 일반적인 교수의 위치로 돌아가는 것일 뿐이다. 하지만 그런 부총장이 그토록 어려운 '비정규직 문제 해결'을 약속한다는 것은 아무래도 한계가 있었다. 추측건대 아마도 총장님의 지시를 받고 사태를 진정시키기 위해 총대를 멘 것이 아닐까 싶었다. '당신이 벌여놓은 일이니 당신이 책임지세요.' 뭐, 이런 식이 아니었을까.

그럼에도 노동조합은, 높은 확률로 이러한 사실들을 익히 알법한 조직임에도 불구하고, 그들의 목적을 실현할 수 있는 커다란 희망이 생긴 것처럼, 그리고 마치 큰 고비를 넘긴 것처럼 이번 시위의 성과를 선전했다.

다음 날 정영환 계장과 현주가 사무실로 출근을 했다. 나는 반갑게 현주에게 인사했지만 그녀는 어색한 표정으로 나에게 목례만 했을 뿐 별다른 이야기를 하지 않았다.

그리고 그때부터였다. 현주와 나는 급격히 멀어지기 시작했다.

그녀는 업무 목적이 아니면 나에게 말을 걸어오지 않았다. 메신저로도 마찬가지였다. 그럼에도 업무 때문에 이야기를 나눌 일이 생기면 사무적인 톤으로 메시지만 전달하고 대화를 끝냈다. 내가 농담조로 말을 하거나 의미 없는 푸념을 해도 그녀는 굳이 반응하지 않았다. 예전엔 날 이해해주는 말과 표정으로 마음을 포근하게 해주던 사람이 바로 현주였는데 이제는 완전히 다른 사람처럼 느껴졌다. 그녀는 심지어 점심도 나와 함께 먹지 않았다. 노동조합회의가 있다며 거의 매일 점심시간이 되면 자리를 비웠다. 덕분에난 빈번하게 혼자 점심을 해결해야 했다.

처음엔 내가 노조에 함께 가입하지 않은 것이 섭섭했나 싶었지만 시간이 갈수록 날 좋아하지 않는다고 믿게 되었다. 하루아침 사이에 어떻게 그렇게 변할 수 있는지, 어떻게 그게 가능한지 묻고 대답을 듣고 싶었지만 이제 와서 오해가 풀어진다 한들 내가 느낄 수밖에 없었던 배신의 감정엔 큰 변화가 없을 것 같았다. 그래서 나 또한 현주에게 아무것도 묻지 않았다. 불편하게 만들고 싶지 않았고 그녀의 항변을 듣고 싶지도 않았다. 차라리 빨리 시간이 지나 현주가 퇴사를 하고 새로운 직원이 왔으면 하는 생각까지도 들었다. 현주라는 존재 자체가 나에겐 커다란 짐이었고 그짐은 그녀와 한 공간에 있다는 사실만으로도 무게가 무한정 늘어났다.

사실 난 그녀의 선택을 나무라거나 혹은 옹호해줄 수 없었다. 엄밀히 따져보면 노동조합 가입을 원하지 않았다라고 나의 선택을 표현하는 것은 상당히 불합리해 보였다. 왜냐하면 나는 그 문제에 대해 충분히 생각해보지 못했고, 좋고 싫고를 떠나 단순히 낯선 문제였기 때문에 익숙하지 않은 대상에 대한 두려움이 생길 수밖에 없었기 때문이다. 그래서 뒷걸음질 쳤던 것일 뿐 좋다거나 싫다에 대한 판단을 내릴 수 있는 상황이 아니었다. 그게 전부다. 현주의 말처럼 내가 절박하지 않았기 때문이 아니었다. 이런 나의 마음을 현주가 알아보려고 노력을 기울이거나 아니면 시도조차 하지 않고 나를 미워하게 되었다면, 그게 현주의 지금 마음이라면 나는 굳이 그 마음을 돌리고 싶은 생각이 없었다. 그렇다. 나는 그냥 현주에게 심히 화가 난 상태였다.

반면에 정영환 계장은 정반대였다. 메신저로 나에게 장문의 메시지를 보내 한국대에 계약직과 관련한 부조리가 얼마나 많은지, 그리고 그것들을 해결하기 위해 노조의 역할이 얼마나 중요한지, 나아가 자신은 노동조합에서 어떤 일들을 해오고 있는지 상세히 설명해주었다. 그동안 이런 이야기들을 나에게 혹은 현주에게 하고 싶어 얼마나 입이 근질거렸을까. 옆자리에 앉은 그에게 나는 어색한 미소를 지으며 '말씀하신 내용 잘 읽어보고 있다'고 두어 번 말했을 뿐 그의 메시지에는 일일이 답을 하지 않았다. 정 계장과의 대화창은 온통 그가 보낸 메시지로 도배가 되다시피 했다.

현주와 멀어지고 의지할 사람이 없어지자 엄마와 더 자주 통화를 하게 되었다. 엄마에게 노동조합에 대한 이야기를 하고 시위대에 대한 이야기를 했지만 엄마는 그런 거 함부로 참여하면 안 된다는 말만 할 뿐 더 이상의 구체적인 이야기를 하지 않았다. 아마 엄마도 나와 똑같은 입장이었던 것 같다. 1년이든 2년이든 주어진 기간 잘 채우고 나오면 다시 정규직으로 취업할 수 있을 거라 생각했던 것이다. 어차피 계약직인데 그 안에서 말썽 피우지 말고 일만 잘 배우라는 것이 엄마의 얄팍하지만 어찌 보면 가장 이상적인 대안이었다. 나는 그런 엄마의 말에 쉽게 동의했고 더 이상 토를 달거나 반문하지 않았다. 그럼에도 가슴 한편에는 '절박함'이라는 그 상태가 남이 아닌 내 것이 된다면 어떻게 해야 할까 하는 생각이 없어지지 않고 계속 남았다.

엄마에게 이야기를 들은 아빠가 내가 걱정이 되었는지 저녁에 자취방으로 찾아왔다. 내가 좋아하는 연어초밥을 한가득 사가지고 온 아빠는 오랜만에 와보는 내 자취방 이곳저곳을 살펴보며 정리정돈을 해주었고 화장실에 들어가더니 한참을 청소를 하느라 나오지 않았다. 배수구 청소부터 해서 모든 곳을 쓱싹쓱싹 닦고 광을 내주었다. 아빠가 정리를 하고 청소를 하는 동안 나는 초밥을 먹으며 계속 아빠와 대화를 시도했는데 아빠는 영 집중을 하지 못하는 눈치였다.

아빠는 본인이 계속 정리와 청소를 하는 이유가 '엄마가 해주고 오래서'라고 했지만 나는 그게 거짓말임을 잘 알고 있었다. 아빠는 집에서도 저렇게 눈에 띄는 더러운 것들을 즉흥적으로 청소하곤 했다. 고로 아빠 눈에는 단순히 내 방이 더럽고 지저분했던 것이다. 아빠 같은 남자와 결혼해서 살고 싶단 생각을 아주 어릴 때부터 해왔지만 이렇게 현실적인 이유로 그런 생각을 해본 건 또 처음이었다.

 취업 이후 내 방은 급격히 지저분해지기 시작했다. 그전에는 나도 아빠를 닮아 나름 깔끔한 편에 속했는데 이제는 그렇게 할 수 있을만한 에너지가 턱없이 부족했다. 일이 끝나고 집에 오면 진이 빠져 아무것도 할 수 없을 만큼 무기력해지기 일쑤였다. 내일모레면 예순을 바라보는 아빠가 회사 일을 마치고 이렇게 딸의 집에 와서 정리와 청소에 힘쓰고 있다는 것은 존경받아 마땅한 일이었다.

 "노동조합 활동은 나중에 정규직으로 회사에 들어가면 하는 게 어떨까?"

 어느 정도 정리와 청소를 마무리한 아빠가 의자에 앉으며 조심스레 말했다.

 "…응?"
 "지민이랑 아빠 사이에만 하는 이야기지만, 계약직원들이 노조 활동을 통해서 정규직 전환이 되는 게 아무래도 걸림돌이 많을 것 같아서 말이지. 게다가 기존 직원들의 시선이 어떨지도 모르는 일이고."
 "응. 나도 그런 생각들 해봤지."
 "지민이 네가 애초에 교직원이란 직업에 깊은 뜻이 있었던 것도 아니라서…. 아빠는 조금 조심스럽네."

아이보리 타워

"아이. 걱정 말아요. 나 노조 활동 안 해. 그냥 그 최준석이란 사람 비하인드 스토리를 아니까 신경이 쓰인다는 것뿐이야."

"그 사람은 정규직 시켜준다니?"

"아직은. 근데 그 새로 생긴 TF에서 논의한다고는 하더라고. 그리고 사실 어떤 큰 변화가 생길 거라고는 기대 안 하고 있어."

"그렇구나."

"그리고 또 잘 안될 것 같다고 들은 이야기도 있고."

"그래. 아빠는 지민이가 자기 원하는 대로 하면 좋겠지만, 노동조합이나 이런 민감한 문제는 일단 조용히 있어보는 게 더 좋을 것 같다는 생각이야. 아직 회사 들어간 지 1년도 안 된 신입이니까."

"알겠어. 걱정 마요. 참."

"그래. 아빠 말 잘 이해해줘서 고맙다. 그리고 자…"

아빠가 주머니에서 반으로 접힌 흰색 봉투를 꺼내 나에게 내밀었다. 누가 봐도 돈이다.

"이게 뭐예요? 나 돈 필요 없어."

"주는 거 아니고 맡기는 거야."

"응?"

"기회 될 때마다 조금씩 줄 테니 은행에 차곡차곡 모아놔."

"이제 안 그래도 되는데…"

"그러다가 나중에 돈 많이 벌면 갚아. 그러면 되는 거야. 알겠지?"

"아이고. 알겠어."

"정민이한텐 비밀. 오빠가 아빠보다 돈을 더 잘 버는 것 같더라고."

"오빠 연봉이 그렇게 높아?"

"연말정산 할 때 보니까 그렇던걸."

충격이었다. 20년 넘게 일하고 있는 아빠보다 직장생활 5년도 안 된 오빠가 더 연봉이 높다니.

"오빠 성공했네?"

"그렇지. 그런데 정민이 말로는 10년 정도 남은 것 같다더라."

"뭐가?"

"회사에서 잘릴 날이…."

"어머. 근속기간이 그렇게 짧아? 대기업이라서 그런가."

"지금 정민이가 서른하나잖아. 그런데 마흔 넘어가면 오래 못 버틴대."

우리 대학은 대부분이 나이 먹은, 특히 마흔이 넘은 사람들뿐인데 대학이 어떻게 보면 더 좋은 곳인가 싶었다. 하지만 연봉 총량으로 따지면 돈은 오빠네 회사가 더 많이 주는 것 같았다. 요즘 시대엔 그런 회사가 더 좋은 곳일지도 모른다.

"그래도 오빠가 잘돼서 다행이지. 나도 빨리 잘될게요."

"그래. 엄마랑 아빠는 지민이한테 거창한 거 바라지 않아. 알지?"

"늘 하던 이야기잖아. 내가 하고 싶은 거 하란 이야기지?"

"그렇지."

"알겠어. 감사해요."

이런저런 이야기를 조금 더 나누다가 아빠를 배웅하러 밖으로 나왔다. 공기가 깨끗했던지 밤공기가 시원하고 청명했다. 이런 날엔 밤 산책을 해야 하는데 이미 시간이 너무 늦어버렸다. 산책을 할 겸 아빠를 지하철역까지 데려다주고 싶었지만 아빠는 내가 다시 되돌아오는 길이 걱정된다며 그러지 말라고 했다. 나는 알겠다고 하며 양팔로 아빠를 꼭 껴안았다. 갑작스러운 내 행동에 놀란 듯 아빠는 양손을 어깨 위로 올리며 뒤로 한두 걸음 밀려났지만 이내 안정을 되찾고 나를 포근하게 안아주었다.

그렇게 아빠와 함께 집으로 같이 가서 엄마를 만나고 싶었다. 엄마와 아빠 집에서 그냥 당신들의 딸로, 어린아이처럼 잠을 자고 내일을 맞이하고 싶었다. 회사에 가지 않아도 되고, 학교에 가지 않아도 되는, 그냥 엄마 아빠와 함께 계속 지내도 괜찮은 그런 어린아이처럼.

암흑

날씨가 점점 더 더워지기 시작했다. 기말고사가 끝나고 방학이 시작되자 캠퍼스는 한결 여유로운 모습으로 탈바꿈했다. 수많은 학생들로 바글거리던 도서관과 각 건물들은 인적이 드물 정도로 한산해졌고 출근길에 함께 같은 방향으로 바삐 걸어오던 학생들도 눈에 띄게 줄어들었다.

학생 시절에도 방학기간에는 거의 학교에 와본 적이 없었기에 이런 모습이 생소하게 느껴졌다. 그럼에도 대학본부는 본래 학생들이 많이 오지 않는 곳이라 그런지 그렇다 할 변화가 없었다. 여느 때와 같이 많은 직원들이 출퇴근을 하며 일반적인 회사원의 모습과도 같은 생활을 이어나갔다.

날씨와는 상관없이 현주는 여전히 나에게 냉담한 태도를 보이고 있었다. 점심시간이 아닌 업무 시간에도 노동조합 회의에 참석한

아이보리 타워

다며 빈번하게 자리를 비웠고 종종 노동조합 전체가 학교 밖에서 이루어지는 다른 집회, 즉 시청 앞이라든지 광화문 광장에서 열리는 비정규직 철폐 시위에 참여할 때도 함께 가곤 했다. 그때마다 노동조합은 대학으로 공문을 보내와 소속 조합원들이 노동자의 권리를 누릴 수 있도록 '협조'해달라는 통보를 해오기도 했다.

　정영환 계장은 더 이상 나에게 노조 가입을 권하지 않았다. 하지만 정체가 드러난 만큼 자신의 생각을 가감 없이 나에게 이야기하는 경우가 잦아졌다. 옆자리인 탓도 있겠지만 그의 이야기에 고개를 끄덕이며 들어주는 내가 편했던 것 같기도 하다. 그럼에도 나는 그런 이야기들에 크게 관심을 갖지 못했고 그럴수록 나는 내 일에 집중하기 위해 노력했다. 크고 심각한 일은 많이 없었어도 자잘하게 처리해야 할 일들이 많았기에 다른 것에 생각을 할애하고 싶지 않았다. 그에게 업무적으로 도움을 받을 수 있다면 모를까 이제 4대 보험에 대해서라면 내가 더 능숙하게 업무를 처리할 수 있었기 때문에 그가 없이도 나는 전혀 불안하지 않았다.

　그가 타 부서로 발령이 나길 기다렸으나 총무팀에서는 아무런 인사이동이 없었다. 대신에 인사팀장님과 권서영 계장이 타 부서로 발령이 났다. 팀장님은 의과대학 행정실로 부서를 옮겼고 그곳의 행정실장 보직을 맡게 되었다. 권서영 계장은 학생관리처의 취업지원팀으로 이동했다.

　'문책성 인사'라고 정영환 계장은 말했지만 내 눈엔 그들의 행선지가 썩 나빠 보이지 않았다. 문책이라고 보기엔 너무나 멀쩡한 부서들이었기 때문이다. 게다가 비정규직 문제 해결을 위한 TF가 운영되고 있는 상황에서 실무자와 팀장이 다른 곳으로 옮겼다는 것은 책임을 회피할 수 있는 좋은 기회가 될 수도 있지 않은가.

권서영 계장 자리에는 다른 젊은 남자직원이 새로 왔는데 입사한 지 1년밖에 되지 않은 신입직원이었다. 그러나 인사팀장 자리는 그 누구도 오지 않고 공석으로 남겨졌다. 정영환 계장은 아무도 팀장 자리로 오고 싶어 하지 않았기 때문에 끝내 충원을 못한 것이고, 실무자는 어떻게든 누군가가 와야 했기에 애꿎은 신입직원이 불려온 거라며 한참을 화를 냈다. 문책성 인사는 대부분 윗선의 암묵적인 지시에 의해 이루어지는 것인 만큼 이런 불합리한 인사가 자행되면 정규직원 노동조합에서 성명을 내고 대학본부에 불만을 제기해야 하지만 '어용노조'인 그들이 기꺼이 이런 일들을 좌시하고 있다고 했다. 그는 비정규직 노조에서도 열심이었지만 스스로가 포함된 정규직원들의 권리에 대해서도 할 말이 많아 보였다.

그런 중에도 부총장님은 본인의 자리를 계속 지키고 있었다. 윤아는 부총장님이 비정규직 문제를 끝까지 해결하고 난 후에야 자리에서 물러나야 할 것 같다는, 어찌 보면 더 가혹해 보이는 소식을 나에게 전해주었다. 부서 이동보다는 차라리 이게 더 무서운 문책이라고 나는 생각했다.

아이보리 타워

윤아는 부총장님이 비정규직 문제 해결을 위한 TF의 위원장 역할을 맡고 있어 부쩍 더 바빠졌다고 했다. 그러면서 우리도 아직 희망의 끈을 놓지 말자는, 내 마음을 간지럽히는 말을 종종 하곤 했다. 나는 그 말에 크게 의미를 두고 싶지 않았고 윤아가 그런 말을 할 때마다 애써 다른 이야기를 꺼내 화제를 돌리곤 했다.

이 모든 문제의 시작인 준석이 우리 사무실에 두 번 더 들렀었는데 팀장님과 회의실에서 이야기를 나누고는 매번 밝은 표정으로 사무실을 나갔다. 무슨 이야기를 나누었는지는 알 수 없지만 아마도 팀장님이 차후 인사팀장을 겸직할 수도 있다는 소문이 있었기 때문에 찾아온 게 아닌가 싶었다. 그는 나에겐 가벼운 목례만 했고 현주와는 반갑게 안부를 물으며 인사를 나눴는데 아마 노동조합의 회의나 모임에서 안면이 있었기 때문인 것 같았다. 하지만 이상하게도 그와 인사를 나누는 현주의 표정이 썩 밝지만은 않아 보였다. 나는 평소 현주가 짓는 미소와 그로부터 이어지는 해맑은 표정을 잘 알고 있다. 그러나 그녀가 준석을 대할 때 보이는 표정은 내가 아는 그것과는 사뭇 대조되는 모습이었다. 한배를 탔으니 으레 더 가까워졌을 거라 생각했는데 실상은 그게 아닌 것 같기도 했다. 아무렴 어떤가. 이제 나와는 상관없는 일이었다.

팀장님은 준석이 나가고 나면 꼭 정영환 계장을 찾았는데 그때마다 그는 역시나 자리에 없었다. 비정규직 노조의 의견을 듣기 위해 그를 찾은 것인지 아니면 다른 이유에서인지는 알 수 없었지만 이제는 그의 공백이 너무나 당연하게 여겨지기 시작했다.

한 학기가 끝나면서 시간강사들의 근로계약이 종료되는 시기가 다가왔다. 나는 이들에 대한 4대 보험 퇴직 신고 작업을 위해 야근을 하게 되었다. 인원도 워낙 많고 낮 시간에는 전화가 많이 걸려와 집중해서 업무를 처리하기가 쉽지 않았기 때문이다. 배달시킨 자장면으로 간단히 저녁을 해결한 나는 그간 며칠에 걸쳐 취합해온 강사 명단을 최종 정리하고 그들의 소득 내역과 강의 시간을 확인해가며 방대한 양의 신고 자료를 엑셀파일로 작성했다.

고용보험의 경우 두 곳 이상의 직장을 다니게 되면 급여가 더 많은 곳에서만 가입 신고가 가능했다. 시간강사들은 우리 대학뿐 아니라 다른 대학에서도 근무하는 경우가 많았고 이런 내용들을 챙기는 것이 자료를 작성하는 데 있어 가장 큰 복병이었다. 공단 시스템에서 복수 고용 여부가 자동으로 확인되는 게 아니라, 강사 본인이 직접 챙기거나 아니면 공단에서 나중이 되어서야 개별 통보를 해오는 방식이었기 때문에 이를 일일이 챙겨 확인하는 데까지 시간이 오래 걸린 것이다. 시행착오를 수차례 겪은 뒤에야 나는 가까스로 이번 학기 시간강사들의 퇴직 신고를 마칠 수 있었다.

일을 모두 마무리하고 나니 열한 시가 조금 넘은 시간이 되었다. 퇴근을 위해 한참 만에 자리에서 일어나려는데 허리와 등 그리고 어깨가 딱딱하게 굳어 있는 느낌이 들었다. 이렇게 며칠을 더 일하라고 한다면 절대로 하지 못할 것 같았다. 나는 기지개를 한번 크게 켜고 부랴부랴 사무실 문을 잠그고 나왔다.

어두운 복도를 지나 본부 건물 밖으로 나오니 뜨뜻미지근한 기운이 공기 중에 가득 차 있는 게 느껴졌다. 내가 무척이나 사랑하는 여름의 밤이었다. 한없이 차분하고도 어두운, 그럼에도 온도가 여전히 상대적으로 높아 마치 열대 지방에 와 있는 것 같은 그런 느낌을 나는 좋아했다. 본부 앞 공간이 넓게 트여 있었기에 하늘만 우두커니 바라본다면 마치 태평양 한가운데 있는 섬에 와 있다고 해도 믿겨질 정도였다. 나는 내 모든 감각들이 그 황홀한 느낌을 온전히 만끽하게 해주고 싶었다. 그래서 한참 동안 하늘을 바라보며 가만히 서 있었다. 간간이 보이는 별들과 시간이 지날수록 채도가 높아지는 밤하늘의 암흑이 아름답게 느껴졌다.

하지만 이런 여유로운 시간이 나에겐 호사였을까. 이내 퇴직 신고를 마친 시간강사들에 대한 생각들이 떠올랐다. 따져보면 그들 역시도 나와 같은 계약직이었다. 나보다 고학력에 장차 교수님이 될 사람들도 있겠지만 일단은 그들도 비정규직 근로자인 것이다. 심지어 학기 중에만 고용되니 나보다도 계약기간이 짧았다. 아마 그들 중에는 다음 학기에 우리 대학으로 돌아오지 못하는 강사들도 있을 것이다. 물론 한국대만이 아닌 다른 여러 대학에서 동시에 강사로 활동하고 있는 경우가 다수였다. 그래서 우리 대학이 아니더라도 다른 곳에서 더 좋은 조건으로 근무를 할 수 있는 기회가 언제든 열려 있었다. 하지만 공통적인 사실은 그들 모두가 방학이 시작되면 각 대학으로부터 실직을 하게 되고, 다시 개강을 할 때야 새로이 고용이 된다는 것이었다.

사정이 그렇다 보니 개인별로 상황은 다르겠지만 매 학기마다 그들의 고용 조건이 변동될 수 있는 가능성이 존재했다. 근무 시간이나 급여가 달라질 수도 있고, 어쩌면 아예 고용이 이루어지지 않을 수도 있었다. 사실상 직업안정성이라는 것과는 거리가 먼 그런 직업인 것이다.

이런 생각들의 끝은 결국 그들에 대한 측은함과 동질감으로 이어졌고, 그 덕에 늦은 시간까지 힘들게 일하며 끝낸 업무에 대한 보람은 물론 여름밤을 즐기던 느긋한 마음까지도 온데간데없이 사라지고 말았다.

그러면서도 한편으로는 대학에 이렇게 교수님들이 많은데 강사들 또한 많다는 것이 모순되게 보이기도 했다. 그 많은 교수들을 두고 이렇게 많은 시간강사를 추가로 고용해서 4대 보험 신고를 하고, 급여를 주고, 또 강의를 배정한다는 것이 어찌 보면 대학 입장에서도 상당히 번거로운 일이기 때문이다.

도무지 정리가 되지 않는 착잡한 생각들에 사로잡혀 집으로 가고 있는데 오빠에게서 전화가 왔다.

"이렇게 늦게 웬일이야?"
"잘 지내고 있어? 얼마 전에 아버지 너 자취방에 가셨었다면서?"

"어. 아빠 와서 초밥 사주고 가셨어."

"특별대우네. 역시 아빠한텐 딸인가? 하하."

"으이구. 무슨 일이야?"

"다른 건 아니고. 아는 선배가 변리사인데 특허사무소 대표시
거든."

"특허사무소 대표? 오. 멋지네."

"근데 거기 사무소에서 영어 잘하는 사람을 뽑는대."

"아하. 무슨 일 하는 건데?"

"해외사업팀이라는데, 외국에 있는 클라이언트 관리하고 우리
나라에서 해외 특허 내는 거 관리하는 팀이래."

"나 근데 특허는 아무것도 모르는데…"

"괜찮대. 나도 물어봤는데 특허에 대해서 몰라도 와서 배우면
된다고 하네."

"아…."

"무엇보다 정규직이고 워라밸도 보장해준다고 하고…. 아, 연봉
은 초봉 삼천오백 조금 넘는다네. 상여는 또 별도란다. 나쁘지 않
은 것 같아."

"상여가 뭐야?"

"보너스 같은 거지. 너흰 그런 거 없나?"

"없어. 하하. 보너스는 무슨."

"사기업은 보통 상여 포함해서 연봉 따지거든. 근데 여기는 상
여 별도로 치고 연봉만 삼천오백만 원이라는 이야기인 거지."

"조건은 괜찮네. 그래서 나 지원해보라는 거지?"

"야, 근데."

"응?"

"연락이 오니까 너한테 알려주기는 한다마는…. 네가 재미있게 할 일 같진 않아."

"응. 맞아."

"너 마케팅이나 홍보 그런 거 하고 싶어 했잖아."

"헤헤. 잘 아네. 그리고 특허라는 분야가 낯설긴 하다."

"그래도 일단은 정규직이고 또 네가 지원한다고 하면 잘 말해줄 수 있을 것 같아서 이야기하는 거야. 그냥 너 편하게 하면 돼."

"살다 보니 오빠가 나한테 이런 것도 도와주고. 오래 살고 볼 일이다. 그치?"

"하하. 그나저나 요즘 괜찮아? 얼굴 못 본 지 오래네. 주말에 집에도 좀 오고 그래."

"일하고 나니까 주말엔 그냥 쉬고 싶더라고."

"나도 알지. 그 마음."

"오빠도 그랬구나. 하긴 오빠 취업하고 나서 한동안 주말엔 잠만 자더라. 옛날 기억나네."

"한 1년은 그랬던 것 같다. 근데 그러고 나니까 이젠 다 적응해서 뭐…."

"흐흐. 나도 그러려나. 아무튼 나 어떻게 해볼까?"

"당장 대답 안 해도 돼. 잘 생각해보고 내일 저녁 정도까지만 알려줘."

"고마워. 그럼 내일 연락할게."

사실 한국대에서 직업에 대한 사명감이라든지 혹은 조직에 대한 충성심 같은 걸 가져본 적은 없었다. 매일 같이 출근해서 열심히 일을 했지만 그건 그저 나에게 주어진 일들을 성실하게 해내는 것일 뿐 그 이상도 이하도 아니었다. 계약직이란 포지션에 대해서도 처음엔 어색했지만 결국 자연스럽게 물 흐르듯 받아들인 상태였다. 물론 어디에 가서 자랑스럽게 말할 수 있는 건 아니었지만 늘 그래왔듯이 이 시기가 지나면 난 어디에선가 정규직으로 일을 하게 될 것이고, 그런 날이 반드시 올 것이라는, 절대로 계약직을 전전하다 실패하는 삶을 살진 않을 것이라는 막연한 믿음이 있었기에 마음에서 크게 문제가 되지는 않았다.

그럼에도 정규직 전환이라든지 아니면 오빠가 말한 것처럼 정규직 자리에 대한 채용 이야기를 들으면 나도 모르게 마음이 조급해지거나 혹은 내가 갖지 못한 그 타이틀에 대한 열망이 피어오르는 걸 느꼈다.

집에 도착해 그 어느 때보다 지치고 피곤한 몸을 이끌고 화장실로 들어가 샤워를 했다. 내 자취방의 화장실은 작은 직사각형 구조였다. 한쪽 긴 변에 변기와 세면대가 나란히 설치되어 있었고 샤워기는 세면대에 함께 부착되어 있었다. 원룸에 딸린 화장실이라 크기가 작아 샤워를 할 때마다 주의를 기울이지 않으면 물이 새어 나가곤 했다. 하지만 오늘은 샤워를 하고 나오니 물이 유독 많이 새어 나와 있었다. 때문에 바닥이 흥건히 젖어 있었고 샤워 시간도 다른 날에 비해 더 오래 걸린 것 같았다. 멍하니 걸레로 바닥을 닦고 대충 잘 준비를 마친 나는 불을 끄고 침대에 누웠다.

처음엔 철저하게 암흑뿐이었지만 시간이 지나며 서서히 방 안 이곳저곳의 형체가 눈에 보이기 시작했다. 그런데 무슨 이유에서 인지 내 자취방이 작게 느껴졌다. 처음 이사를 왔을 땐 생각보다 방이 넓어 매우 만족스러웠는데 오늘은 전혀 그렇지 않았다. 아마도 방이 작아졌거나 아니면 내가 커졌거나, 둘 중에 하나일 것이다. 아니면 그 두 말이 똑같은 뜻일지도 모르겠다.

일탈

다음 날 아침 일찍 일어나 오빠에게 연락해 특허사무소에 지원 하겠다고 말했다. 대신 부모님께는 비밀로 해달라고 부탁했는데 이유는 엄마 아빠가 나 때문에 괜히 생각이 복잡해지지 않길 바 랐기 때문이었다. 내가 현재 직장에 만족하지 못하고 있다는, 계 약직이 싫어서 정규직으로 입사하고 싶어 한다는 뉘앙스를 풍기 고 싶지 않았다. 모두가 익히 알고 있는 사실이라고 해도 결국 터 부였다.

사무실에 도착한 지 얼마 되지 않아 오빠가 채용공고 링크와 지원서 서식을 이메일로 보내주었다. 공고 내용은 오빠가 전날 이 야기했던 내용과 대동소이했다. 다만 연봉은 협의 후 결정이라고 적혀 있었다. 지원서는 워드 파일로 된 크게 특별할 게 없는 전형 적인 모습의 입사지원서였다. 이력서와 자기소개서로 구성되어 있 었고 자기소개서는 특정한 질문 없이 자유양식으로 원하는 만큼 작성할 수 있게 되어 있었다.

대기업 공채만 하더라도 지원하는 기업의 채용 사이트로 들어가 본인인증을 하고 사진을 사이즈에 맞게 업로드한 후 모든 필요한 정보들을 하나하나 정해진 빈칸을 옮겨 다니며 입력해야 했다. 물론 그게 더 편할 때도 있지만 그들이 정해놓은 틀에 조금이라도 맞지 않거나 정보가 일부 누락되기라도 하면 다음 단계로 넘어갈 수가 없었다. 그러다 가까스로 자기소개서 작성 단계에 다다르면 질문이 여러 개인 데다가 각 글자 수에 대한 제한도 있어서 뭘 쓸지 고민하는 데에만도 시간이 훌쩍 가곤 했다. 그에 비해 이런 워드 파일 형식의 지원서는 너무도 간단했다.

급히 해야 하는 업무들을 최대한 빠르게 처리한 후 점심시간을 한 시간여 앞두고 지원서를 작성해보았다. 옆자리에 정영환 계장이 앉아 있긴 했지만 그는 여느 때처럼 내가 어떤 업무를 하는지 크게 신경을 쓰지 않는 눈치였고, 그 또한 자기 모니터를 집중해서 바라보고 있었기 때문에 나는 어느 정도 마음을 놓고 일탈을 할 수 있었다.

학교에서 일을 하게 되기 전까지 매일같이 했던 일이 이력서와 자소서 쓰는 일이었기에 나는 마치 내 전문 분야를 만난 것처럼 익숙한 내용들로 지원서를 채워나갔다. 자유양식인 자기소개서는 평소 내가 비교적 자신 있게 써왔던 단골 답변들을 떠올려가며 마치 에세이를 쓰듯 편하게 써내려갔다.

그렇게 지원서를 다 작성하고 나니 사십 분이 채 걸리지 않았다. 역대 최단 기록이었다. 지금 당장 백수가 아닌 취업된 상태로 있기도 하고, 또 오빠가 아는 사람의 회사라고 소개해준 탓에 그만큼 긴장하지 않고 편하게 썼기 때문인 것 같았다. 그리고 무엇보다 이 특허사무소에 반드시 합격하고 싶다는 간절함이 없었던 게 지원서를 빨리 작성할 수 있었던 가장 큰 원인인 것 같기도 했다. 검토를 해볼 겸 자기소개서를 다시 읽어보니 그간 썼던 자기소개서와는 다르게 문장이 짧고 간결해 보였다. 덕분에 더 수월하게 읽혔고 미사여구 따위 없는 단순한 내용이 어찌 보면 더 세련되어 보이기까지 했다. 지금까지는 아무리 빨라도 두세 시간이 기본인 데다가 다 쓰고 나서 읽어보면 어색한 문장이 한가득이었는데 힘이 빠지고 나니 오히려 글이 더 잘 써진 것 같았다.

오빠에게 파일을 보내 한번 봐달라고 했는데 바로 답장이 왔다. 군더더기 없이 잘 쓴 것 같다며 바로 선배에게 보내겠다고 했다. 그리고 저녁 시간이 다 되어 오빠에게 연락이 왔다.

"이번 주 금요일 오후에 면접 보자고 하네. 휴가 낼 수 있어?"
"와! 진짜? 반차 낼 수 있지."
"응. 그런데 너만 보는 건 아니고 다른 지원자들도 함께 볼 거래. 이제부터는 네가 잘 준비해야 할 것 같아. 면접 관련한 내용은 문자로 다시 연락해줄 거래."
"알겠어. 고마워 오빠."
"채용공고에 회사 홈페이지 나와 있으니까 들어가서 공부 좀 해보고 가. 알겠지?"

"알겠어. 아이고. 이렇게 또 면접 준비를 하게 되네."

"공부하다가 모르는 거 있으면 연락하고. 내가 알아봐 줄 테니까."

"그래. 근데 막상 면접 보라고 하니까 고민된다. 오빠."

"뭐가?"

"정규직이면 진짜 거기서 오래 일하게 될 텐데…."

"그렇겠지. 또 다른 데로 이직을 하지 않는 이상은."

"정규직이니까 지원한 거긴 한데 사실 잘 모르겠어."

"솔직히 말하면 나도 잘 모르겠어. 하지만 일단 붙고 보자. 나중에 붙고 안 가도 되는 거니까."

"그럼 오빠 난처해지는 거 아냐?"

"괜찮아. 네 인생이 중요하지. 안 그래?"

"어머. 감동인데?"

"뭘 또. 오버하지 말고 일단 붙고나 이야기하자. 이러고서 떨어지면…."

"개망신이지. 하하! 알겠어."

방향이 어찌 되었든 간에 나는 주어진 일은 일단 열심히 하고 보는 편이다. 다음 날 면접 안내 문자 메시지를 받자마자 특허에 대한 공부를 시작했다. 아무것도 모르는 상태였기 때문에 우선 특허가 무엇이고 특허를 내기 위해서는 어떤 과정이 필요한지 등 아주 기본적인 것들부터 공부를 했다. 그리고 특허사무소 홈페이지에 들어가 회사 소개에서부터 사무소가 하는 일들까지 모두 차근차근 살펴보았다. 홈페이지에는 소속된 변리사들의 프로필도 함께 나와 있었는데 학력과 경력 모두 화려한 고스펙 능력자들이었다. 오빠의 선배라는 대표 변리사도 그들 중 한 명으로 소개가 되어 있었는데 대표라고 거창하게 별도의 페이지가 있는 건 아니었고 경력 칸에 아주 작게 '대표'라고 적혀 있었을 뿐이었다. 때문에 나는 이 특허사무소가 왠지 수평적인 분위기의 회사일 거란 기대를 하게 되었다.

변리사들의 업무 경력 중 중 눈에 띄는 내용이 있었는데 바로 대학과 협력해서 진행하는 프로젝트가 상당수 있었다는 것이다. 그리고 그런 프로젝트들은 모두 해당 대학의 산학협력단을 통해 이루어지고 있었다. 사실 난 산학협력단이 예린이 일하는 부서라는 것 외에는 그다지 아는 것이 없었다. 그래서 난 그 부서에 대해서도 공부를 해보기로 했다.

대학의 교수들이 외부 기관에서 연구비를 받아 오는 경우 개인이 아닌 대학을 통해서 그 돈을 받게 되는데, 이때 이 업무를 담당하는 부서가 산학협력단이었다. 그런데 신기한 건 산학협력단이 대학 내에 있는 부서이긴 했어도 사실상 별개의 법인이라는 것이었다. 연구비 관리만을 위해 존재하는 특수한 회계조직이었다. 그러다 보니 자체적으로 정규직을 운영할 수도 있었고 이에 필요한 예산도 직접 충당할 수 있었다. 지난번 예린이 부서 자체의 정규직으로 전환이 될 거라고 말했던 게 바로 이런 맥락에서였다.

산학협력단은 연구비 관리 말고도 대학의 지식재산권에 대해서도 관여를 했는데 아마도 이런 부분이 특허와 관련되어 있는 것 같았다. 나는 한국대의 산학협력단이 특허사무소와 어떤 일들을 하고 있는지 좀 더 알고 싶어졌다. 하지만 더 이상의 자세한 내용을 찾기가 힘들었고 고민 끝에 예린에게 한번 연락을 해보기로 했다. 그녀 또한 노동조합의 일원이기에 현주처럼 날 냉담하게 대하면 어쩌나 하는 걱정이 앞섰지만 면접을 봤던 날의 밝고 명랑했던 기운을 믿어보기로 했다.

"여보세요?"
"예린 쌤. 안녕하세요. 저 지민이에요. 총무팀 김지민."
"어머, 쌤! 안녕하세요!"

다행히 예린은 반갑게 내 전화를 받아주었다.

"입사하고 나서 따로 연락드려보는 게 처음이네요. 갑자기 연락해서 미안해요."
"아니에요. 안 그래도 저도 쌤이랑 윤아 쌤 따로 한번 보고 싶었는데 건물도 다르고 일도 바빠서 여유가 없었네요."
"그러셨구나. 앞으론 종종 연락해요. 그래도 동기인데."
"네. 진짜로요. 그런데 갑자기 어쩐 일이세요?"
"다름이 아니고 혹시…. 산학협력단에서 하는 특허 관련된 일에 대해 조금 아세요?"
"특허요? 제가 있는 부서가 성과활용팀이라고 해서 특허 관리하는 부서예요."

"아! 정말요?"

"네. 부서 이름만 보면, 우리 학교 교수님들 연구 성과를, 지적재산권으로 활용하는, 그런 부서인 거죠."

"그런 뜻이군요. 그래서 성과를 활용하는 팀이군요. 이름이 멋진데요?"

"하하. 맞아요. 그런데 갑자기 특허는 왜요?"

"아…. 그게…. 제 친구가 특허에 관심이 많아서요."

내 솔직한 상황을 설명하긴 부담이 되었는지 나도 모르게 거짓말이 나왔다. 그럼에도 예린은 거침없이 내 말을 받아주었다.

"친구분이 발명가세요?"

"네? 하하. 아니요. 그런 건 아니고요."

"그럼요?"

"음…. 그 친구가 변리사를 준비하고 있거든요."

거짓말은 또 다른 거짓말을 낳는다고 했던가. 이런저런 말을 지어내려니 의도하지 않은 이야기가 튀어나오기 시작했다.

"와. 정말요? 변리사 진짜 힘든 직업이던데."

"그래요? 어떻던가요?"

"변리사가 되는 것도 힘들지만 또 일도 만만치 않은 것 같더라고요. 저희 부서에도 변리사 쌤이 계시는데 지재권이라는 게 날로 복잡해진다고 해요."

"지재권이요?"

"지적재산권이요. 줄여서 지재권이라고 불러요."

"아하!"

"이제는 지재권이 예전보다 범위가 크게 넓어졌다고 해요. 그리고 그게 돈으로 이어진다는 인식이 곳곳에서 생겨나니까 관련된 시장이나 업계 생태계가 날로 치열해지고 있다고 하고요."

"그렇군요. 저는 몰랐던 세상이네요."

"실은 저도 잘은 몰라요. 아직 배우는 중이에요. 헤헤."

"우리 학교도 특허 많이 내요?"

"그럼요. 좋은 대학일수록 특허 출원도 많이 하고, 연구 결과 가지고 기술이전이나 사업화 활동도 많이 해요."

"와. 그렇군요."

예린에게 밥을 한번 사야겠다는 생각이 들 정도로 나에겐 유익한 정보들이었다.

"우리 대학 자문 특허사무소가 따로 있는데 거기 변리사분들 오시면 전문적으로 컨설팅도 해주고 하세요."

드디어 기다리던 내용이 등장했다.

"그렇군요. 어떤 컨설팅을 해주시는 거예요?"

"교수님들하고 직접 미팅하시면서 연구 성과 가지고 어떻게 특허를 출원할지 그리고 또 어떻게 사업화할지에 대해 컨설팅을 해주시죠. 그리고 직접 그런 일들을 진행해주시기도 하고요."

"되게 전문적이네요. 혹시 우리 대학이 자문받는 특허사무소가 어디인지 여쭤봐도 돼요?"

"한 곳만 있는 건 아니어서요. 여러 곳이 있는데 내일 출근하면 좀 알아봐 드릴까요?"

"아니, 아니에요. 그냥 여쭤봤어요."

"근데 지민 쌤, 궁금한 게 뭐에요? 그 변리사 공부하는 친구가 궁금한 게?"

예린의 이야기를 더 듣고 싶었다. 하지만 내 입장을 솔직하게 밝힐 수 있는 상황이 아니라 더 이상의 이야기를 이어가기가 힘들 것 같았다.

"그냥…. 대학에서도 특허를 많이 낸다고 들어서 한번 여쭤본 거예요."

"그렇구나."

"아무튼 쌤! 어떻게 지냈어요? 학교생활은 할만해요?"

"학교생활이요? 학생 같네요. 그렇게 물어보니까. 하하."

"그러게요. 우린 직장이 학교니까 말이 이상해지네요."

"학교 직장생활…. 솔직히 힘들어요. 일도 어렵고 처리할 것도 많아서 야근도 자주 하고 있어요. 그리고 주말마다 노동조합 행사 나가는 게 또 쉽지 않네요. 참석해야 하는 행사가 워낙 자주 있어서 말이죠. 참. 쌤 부서에 현주 쌤도 꼬박꼬박 잘 나오고 있어요."

"현주 쌤…. 그렇군요."

"노조 활동이 쉽지는 않지만 산학협력단 정규직 제도 도입이 이제 얼마 남지 않아서 계속 나가서 상황도 듣고 의견도 내고 있답니다."

"정말 잘됐네요. 제도 도입은 언제 된다고 해요?"

"가을 정도 보고 있나 봐요. 한 10월 정도? 빠르면 9월?"

"얼마 안 남았네요."

"산학협력단 다음은 대학 차례인데, 현주 쌤은 12월에 계약 만료라면서요?"

"아마 그럴 거예요."

"에고. 그 쌤도 생각이 많을 거예요. 괜히 헛수고하는 게 아닌지 몰라요."

"헛수고요?"

"우리끼리 이야기지만 계약기간 끝날 때까지 정규직 전환 안 되면 헛수고잖아요. 퇴사하면 끝이니까."

틀린 말은 아니지만 아무렇지 않다는 듯 현주의 이야기를 하는 예린이 내심 못마땅하게 느껴졌다.

"음. 아무리 그래도…."

"지민 쌤은요? 쌤은 노조 나올 생각 없어요?"

"저는…. 소심해서 그런 거 잘 못해요."

"에이. 저도 이런 거 처음 해봐요. 그런데 정규직 전환 계획이 나오게 되면 조합원과 비조합원 간에 차이가 있을 수도 있대요."

"어? 그게 무슨 말씀이에요?"

"노조 조합원을 우선적으로 전환하게끔 할 거라고 해요."

"정말요?"

"네. 노동조합이 요구하면 그렇게 될 가능성이 있다고 하네요. 노조의 힘이 그렇게 센지 저는 몰랐어요."

"저도 몰랐던 부분이네요. 음…. 노조 가입은 한번 고민해볼게요."

"네. 그러세요. 우리 어서 점심도 한번 먹어요. 윤아 쌤이랑도 같이요."

"좋아요. 곧 날 잡아보아요!"

산학협력단의 특허 업무에 대해서만 알고 싶었는데 그 이상으로 너무 많은 것을 알게 되었다. 하지만 듣고 나니 과연 내가 궁금했던 이야기들이기도 했다. 사실 나는 그간 우물 안 개구리처럼 생활해왔다. 4대 보험 업무에만 경주마처럼 집중하고 있었고 주변에서 들리는 소식에는 굳이 귀를 기울이지 않았다. 윤아가 알려주는 내용들도 애써 외면하기 일쑤였다. 비정규직의 처우에 관한 일이 남의 일이 아닌데도 너무 무관심하게 지내왔다는 생각이 들어 아쉬움이 남았다.

일단은 예린에게서 들은 내용 중 면접에 도움이 되는 내용들만 간단하게 메모를 해보았다. 그리고 그 밖의 다른 내용들은 어떻게든 신경을 끄기로 했다. 면접 준비에 만전을 기하고 나머지 생각은 그 후에 하고 싶었다.

면접을 하루 남겨놓고는 특허와 관련된 영어 용어들을 찾아 공부했다. 명색이 영문과였지만 말 그대로 영국과 미국의 문학을 공부한 것이었기에 특허에 대한 내용들은 완전히 새로웠다. 게다가 각 용어들이 가진 우리말 뜻도 그 일부는 나에게 여전히 생소한 개념들이었기에 필요할 때마다 검색도 해가며 단어들을 암기했다. 고등학교 이후로 한 번도 쓰지 않았던 '깜지'까지 동원해가며 나는 최선을 다해 면접을 준비했다.

그리고 금요일 아침이 되자 어떻게든 빨리 면접을 보고 싶다는 생각이 들 정도로 마음이 들떴다. 특허에 대해 잘 몰라도 지원할 수 있다고 했으니 내가 공부한 수준이라면 아마 만족스러운 답변을 할 수 있지 않을까 싶은 희망적인 생각들 때문이었다. 불과 며칠 전까지만 해도 특허에 대해 아는 것이 전무했는데 이제 기본적인 내용은 물론 특허사무소와 대학과의 관계 그리고 영어 용어들까지도 공부했으니 마치 내가 뭐라도 된 것처럼 기분이 좋아졌다.

오전 업무를 마친 후 미리 결재를 받아놓았던 오후 반차를 내고 퇴근을 했다. 사무실을 나서는 발걸음이 어찌나 가벼웠던지 천천히 조깅을 해도 좋을 것 같은 기분이 들었다. 지하철역 화장실에서 미리 준비해온 면접 복장으로 옷을 갈아입고 오빠에게 메시지를 보냈다.

〈이제 면접 가는 길.〉

〈굿럭! 끝나면 연락하고.〉

짧지만 담백한 오빠의 응원을 받으며 지하철 전동차에 올라탔다. 평소 즐겨 메는 백팩 대신 들고나온 핸드백에는 파운데이션과 립스틱 그리고 핸드폰과 무선 이어폰이 들어가 있었고, 내 왼손에는 갈아입은 옷과 그간 공부하며 정리한 노트가 한가득 담긴 에코백이 들려 있었다. 합이 척척 들어맞는 내 모습이 마음에 들었다.

오늘 면접을 잘 봐서 정규직이 된다면 하루하루가 더 즐거울 것 같았다. 왠지 곧 좋은 일이 생길 것 같은 예감이었다.

Fault

"대학이면 일도 꽤 편하고 정년도 보장될 텐데 왜 굳이 저희 회사에 지원을 하셨나요?"

자기소개 직후 받은 질문이었다. 충분히 예상했던 질문이긴 하지만 조금은 공격적인 톤에 나도 모르게 긴장이 됐다.

"네. 전 세계는 지금 특허 전쟁 중입니다. 때문에 지식재산권의 중요성은 앞에 계신 면접관님들뿐만이 아니라 일반인들도 인지할 만큼 매우 대중적인 개념이 되었습니다. 그 범위가 날로 확대되고 있고 관련된 시장 분위기도 그 어느 때보다 치열해지고 있습니다. 그런 가운데 제가 지원한 해외사업부는 세계 주요 국가에 대한 특허 출원과 해외 클라이언트를 관리하는 전문적인 업무를 진행하고 있는 것으로 알고 있습니다. 저는 늘 전문적인 분야에서 제 커리어를 시작하고 싶었습니다. 귀사는 저의 그런 바람을 실현할

아이보리 타워

수 있는 이상적인 직장이라고 생각합니다."

"네. 좋습니다."

세 명의 면접관들은 서로를 바라보며 흡족한 미소를 지었고 나 또한 만족스러운 표정으로 그들의 반응을 살폈다. 위기를 잘 넘긴 것 같았다. 그러다 맨 오른쪽 면접관이 물었다.

"대학에서 근무한 지는 얼마 안 되셨네요. 하고 계신 업무가 어떻게 되죠?"

"올해 3월 초부터 근무하기 시작했고 현재 총무팀에서 4대 보험 업무를 담당하고 있습니다. 대학이라는 조직의 특성과는 크게 관련이 없어 보이는 업무지만, 소속 교직원분들의 다양한 직종과 직급체계를 고려하여 사회보험 자격을 효율적으로 관리하고 있습니다."

"그런데 대학은 사학연금 아닌가요?"

중간에 앉은 면접관이 물었다. 미간이 살짝 찌푸려져 있었다. 그러나 어려운 질문이 아니었기에 나는 차분하게 대답을 이어갔다.

"전임교수와 정규직원은 사학연금법 적용 대상자로 사학연금 가입 대상입니다. 하지만 그 외의 교직원들은 일반적인 경우로 구분되어 4대 보험 자격취득 대상입니다."

"그렇군요. 김지민 씨 만일 이직하시면 사학연금 가입이 안 될 텐데 이런 부분은 상관없으시겠어요? 교직원에게는 사학연금이

상당히 큰 메리트일 텐데요."

"상관없습니다. 저는 지금 현재 계약직으로 근무 중이라 사학연금 가입 대상이 아닙니다."

"네? 뭐라고요? 계약직이요?"

퍽 신경질적인 면접관의 대답을 듣자 얇은 얼음 위에 긴 금이 생긴 것처럼 명치끝이 찌릿했다. 하긴 첫 질문에서도 '정년'을 언급했었다. 그들은 처음부터 내가 정규직이라고 생각했던 것이다.

"네. 계약직입니다."

"왜 이력서에는 계약직이라고 적지 않았죠?"

"네? 그게…."

"아이, 참. 이런 거 속이시면 안 되는데요."

가운데 앉은 면접관이 손에 쥐고 있던 펜을 신경질적으로 책상에 내려놓으며 말했다. 속이긴 누가 속였단 말인가. 지원서에는 근무지와 기간 외에 별도로 직급을 적는 칸이 없었다. 굳이 내가 거기에 새로운 칸을 만들 필요는 없었다.

"아닙니다. 속이려던 것은 아니었습니다. 직급 적는 칸이 없어서 따로 기재하지 않았습니다."

"어? 음…. 그렇긴 하네요."

그러자 오른쪽 면접관이 거들었다.

"다음부터는 직급이랑 담당 업무도 같이 적도록 이력서를 바꿔야겠습니다."

"그러게. 면접 끝나면 이따가 총무부랑 이야기하시죠."

그들은 내 이력서를 펜 끝으로 가리키거나, 손으로 집어 들고 이리저리 고개를 돌려 쳐다보며 자기들끼리 말했다. 마치 불경스러운 어떤 물건에 대해 이야기하는 것처럼 보였다.

"계약직이긴 하지만 저에게 주어진 업무를 신속하고 정확하게 배워 익혔고 저와 함께 근무하고 계시는 담당 정규직원에 상응하는 업무량을 소화하고 있는 중입니다. 계약직이라고 해서 업무를 소홀히 하거나 업무 지식이 부족한 건 아니라고 말씀드리고 싶습니다."

되도록 차분한 톤으로, 약간의 억지웃음을 지어가며 내가 말했다. 겉으로 티가 났는지는 모르겠지만 목소리가 아주 미세하게 떨려 나왔다.

"교직원 일이 그렇게 어려운가요? 신의 직장이잖아요. 업무 강도도 세지 않고 꼬박꼬박 칼퇴한다고 들었습니다만."

맨 처음 질문을 던졌던 가운데 앉은 면접관이었다. 그는 아주 정중하고 예의 바른 목소리로 나에게 지저분한 시비를 걸어오고 있는 중이었다.

"네. 일이 크게 어렵진 않지만 워낙 대상자도 많고…."

"4대 보험은 그냥 정해진 대로 신고만 하면 되는 걸로 알고 있는데, 그 일 말고도 하고 계신 업무가 있나요?"

"그거 말고는…. 없습니다."

어이가 없어서 눈물이 나오려는 걸 이를 꽉 물고 참아냈다. 틀린 말은 아니지만 왜 저렇게 얄밉게 말을 하는 것인지.

"그럼 계약직이라 벌써 퇴사하고 싶으신 거예요? 정규직으로 일하고 싶으셔서? 그래도 1년은 채우시는 게 낫지 않나…."

"물론 정규직으로 일하고 싶은 마음이 있는 것은 맞습니다만, 제가…. 특허를…."

목이 메어 더 이상 정상적으로 말을 이어갈 수 없었다. 억울한 마음과 짜증이 동시에 밀려왔다.

"네? 뭐라고요?"

"아…. 아닙니다!"

가까스로 마음을 부여잡고 다시 눈에 힘을 주었다. 아마도 압박 면접일 거라고 스스로를 다독여보았다.

"영어는 잘하시나요? 영문과 나오셨는데 토익은 만점을 못 받으셨네요."

"으음…. 네."

"그럴 수 있죠. 괜찮습니다. 그런데 요즘은 상경계열 전공자들도 토익 만점이 워낙 많아서요."

왜 이 사람들은 나에게 특허와 관련된 질문은 하나도 하지 않고 고작 4개월짜리 계약직 경력과 내 토익 점수에만 이렇게 집착하는 것일까. 면접이고 뭐고 이 자리를 빨리 떠나고 싶었다.

"다른 질문은 됐고요. 음…. 자기소개나 한번 영어로 해보시겠어요?"

이 자들은 더 이상 나를 채용하고 싶은 생각이 없어 보였다. 그럼에도 면접을 이렇게 마무리 지으면 내가 크게 절망할까 봐서 동정의 의미로 마지막 질문을 한 것이다. 자. 옜다. 네가 잘하는 걸로 한번 대답이나 해봐라 하며.

"자기…. 소개요?"

"네. 영어로 한번 해보시죠. 지원하신 분야가 해외사업부이시니."

모든 게 다 내 잘못이었다.

나는 영문학 전공자다. 어릴 때부터 책 읽기를 좋아했고 초등학교를 들어가면서부터 영어를 좋아했던 내가 직접 선택한 진로였다. 비록 토익은 만점이 아니었지만, 그리고 원어민처럼 영어를 구사하는 수준도 아니었지만 나는 늘 즐겁고 성실하게 그리고 누구보다 열심히 대학 생활을 했다. 물론 시와 소설 그리고 희극 같은 수많은 영문학 작품들을 직접 읽고 해석해가며 공부하는 게 결코 쉽지는 않았다. 그럼에도 항상 긴 시간을 들여 미리 작품을 읽어보고 수업에 들어갔으며, 수업 중에도 교수님의 말씀을 하나라도 놓칠까 싶어 성심성의껏 필기를 하며 공부했다. 학회에도 자주 참석하고 논문들도 찾아가며 바쁘게 대학 생활을 보냈던 나였다. 그런 나를 보고 지도 교수님께서 석사과정을 제안하기도 하셨지만 나는 다른 길을 가기로 결심했다.

3학년 2학기 겨울방학이 시작된 지 얼마 안 된 날이었다. 진로에 대해 여러 가지 고민을 하던 나는 결국 취업에 도전해보기로 마음을 먹었다. 영문학을 사랑했던 나였지만 조금 더 세상 밖으로 나아가 보고 싶었던 마음, 그 다부진 마음 하나로 취업문을 두드려보기로 결심한 것이다. 그때부터 난 학교보다는 기업에서 좋아하는 사람으로 거듭나기 위해 소위 스펙이라는 것을 쌓기 시작했다.

하지만 그렇게 취업 전선에 뛰어든 것이 바로 내 잘못이었다. 오늘 이런 수모를 겪는 것이 저 모진 면접관들이 아닌 내 스스로의 잘못이었음을 나는 뼈저리게 느꼈다. 미리 알았더라면 나는 영문학을 버리지 않았을 것이다. 그리고 취업 전선에 뛰어들지도 않았을 것이다. 또한 취업이 어렵다고 무턱대고 계약직으로 취업해 그 누구도 가치를 알아주지 않는 얄팍한 업무 지식을 쌓지도 않았을 것이다.

"굿 애프터 눈. 아이 엠 지민 킴. 아이 엠 뤼얼리 쏘리 댓 아이 해브 컴 투 디스 잡 인터뷰. 디스 이즈 올 마이 폴트. 아이 슈든트 해브 컴 히어. 아이 어폴로자이즈."

안녕하세요. 김지민입니다. 오늘 이 면접에 참석한 것을 대단히 죄송하게 생각합니다. 모든 게 제 잘못입니다. 오지 말았어야 했습니다. 사과드립니다. 나는 울먹이며 이렇게 말하고 자리에서 일어났다. 눈물이 앞을 가려 면접관들이 어떤 표정으로 날 바라봤는지는 알 수 없었다. 나에게 줄곧 아무런 질문도 하지 않았던 다른 면접관 한 명이 함께 자리에서 일어나 '저기요' 하고 나를 불렀던 것까지는 인지할 수 있었다. 하지만 나는 그렇게 면접실 밖으로 걸어 나왔다. 면접을 보러 와서 왜 이런 죄인 취급을 받아야 하나. 돌덩이 같은 무거운 마음으로 나는 특허사무소를 빠져나왔다.

길거리로 나서기 전 건물 1층에 있는 화장실로 들어가 눈물로 번진 얼굴을 정리했다. 거울에 비친 내 모습은 쉬이 봐주지 못할 정도로 침울해 보였다. 꺼놨던 핸드폰을 핸드백에서 꺼내 전원을 켜고 오빠에게 전화를 걸었다.

"면접 끝났어? 안 그래도 전화하려고 했는데."
"끝났지. 완전…. 끝."
"잘 봤니? 나 오늘 외근 나왔는데 일이 빨리 끝나서 그쪽으로

가는 길이야."

"어? 여기로?"

"15분 정도 있다가 도착할 거야. 가서 전화할게. 근처 카페 같은
데에 들어가 있어."

"어…. 빨리 와. 최대한 빨리."

"뭘 그렇게 재촉한대. 알았어. 금방 갈게."

　

오빠와 전화를 끊고 가장 듣고 싶었던 목소리를 듣기 위해 다
시 전화를 걸었다.

　

"지민아?"

"엄마."

"응. 지금 회사 아냐?"

"엄마…."

"어. 왜 그래?"

"엄마…."

"응. 엄마 듣고 있어."

　

엄마 목소리를 듣자마자 다시 눈물이 나오기 시작했다. 내 우는
소리를 들은 엄마는 그냥 아무 말도 하지 않고 가만히 있었다. 나
와 엄마만이 아는 시간이다. 나는 그렇게 한참을 핸드폰 건너편
의 엄마를 붙잡고 울었다. 아주 원통한 일을 겪은 사람처럼 엉엉
소리를 내며 울었다. 그리고 엄마는 끝까지 아무 말 않고 내 우는
소리를 들어주었다.

"미안. 나 이제 그만 울게. 휴우."

울음을 그치고 한 템포 진정된 내가 크게 한숨을 내쉬었다.

"우리 딸."

"나 오늘 정말 말도 안 될 정도로 엄청나게 짜증 나는 일이 있었어."

"어머나. 정말? 무슨 일인지 물어봐도 돼?"

"미안. 말할 수 없어."

"오케이. 그런데 지금은 마음이 좀 어때? 괜찮아?"

"아니."

"어쩐담…."

"복수하려고."

"그렇구나. 알겠어. 뭐든 간에 엄마는 지민이 편이야."

"그래야지. 엄마는 내 편 해줘야지."

"암. 그렇고말고."

"내일 집에 갈게. 삼겹살 먹고 싶은데…. 해줄 수 있어?"

"그럼. 몇 시에 올 거니?"

"일어나 보고 상황 봐서. 점심 전엔 갈게."

"그래. 무슨 일이든 간에 엄마한테 전화해줘서 고마워."

"치. 그게 뭐가 고마워. 내일 봐 엄마."

"그래. 지민이 힘내렴. 필요하면 또 전화해."

"응…."

엄마가 세상에 없었다면 나 또한 이 세상에 없었을 것이다. 여전히 오늘 있었던 일만 생각하면 심장이 콩닥콩닥 뛰었지만 마음은 한결 나아졌다. 오빠가 오면 모든 걸 쏟아내리라.

그때였다. 뒤에서 누군가가 날 부르는 소리가 들렸다.

"김지민 씨!"

뒤돌아보니 면접관 중 한 명이 나를 향해 달려오고 있었다.

"헉헉. 김지민 씨. 한참을 찾았네요. 건물 밖으로 나와 계실 거란 건 생각도 못 했어요. 전화도 계속 연결이 안 되고."
"아…."
"면접 보다가 그렇게 나가시면 어떻게 해요."

숨을 헐떡이며 그가 말했다. 나에게 아무런 질문도 하지 않았던 그 면접관이었다. 다른 면접관들에 비해 조금은 더 젊어 보이는 외모였다.

"어차피 저를 뽑을 생각이 없으신 것 같아서…."
"아니, 아무리 그래도…."
"죄송합니다."

나는 힘없이 말하고 뒤돌아섰다. 다시 가던 길을 가려는데 그가 말했다.

"사과를 받으러 온 게 아니라, 사과드리러 왔습니다."

가던 길을 멈추고 다시 뒤돌아서서 그 면접관을 마주했다.

"네?"

"사정을 말씀드리면…. 최근 그 자리에 뽑았던 직원이 두 번이나 갑작스럽게 퇴사를 했습니다. 첫 번째 분은 입사 2개월 만에 다른 회사에 취업 됐다고 갑자기 퇴사하시고, 그다음 분은 연락도 없이 첫 월급 받으시더니 연락이 두절됐어요."

"…."

"그런데 두 분 모두 계약직이셨습니다."

"계약직이요? 이 자리는 정규직 자리라고 들었는데…."

"맞습니다. 그래서 이번엔 정규직으로 처우를 업그레이드해서 제대로 된 분을 모실 생각이었습니다."

"그런 거군요."

"김지민 씨는 사실 저희가 서류상으로 괜찮게 봤던 몇 안 되는 지원자 중 한 분이셨습니다."

"…."

"그런데 직전 근무 경력이 계약직이시라고 하니 다른 면접관분들이 조금 실망하셨던 것 같습니다. 게다가 지금 직장에서 오래 근무하신 게 아니다 보니 저희 회사에서 갑자기 나갔던 직원분들과 의도치 않게 오버랩된 부분이 있었던 것 같기도 합니다. 다 저희 불찰이죠."

"아니에요…."

"아무리 그래도 그런 무례한 분위기로 면접을 진행하면 안 되는 거였는데…. 제가 저희 회사를 대신해 사과드리겠습니다. 정말 죄송합니다."

면접관의 이야기를 듣고 있으려니 긴장이 풀리며 눈이 다시 뜨거워지기 시작했다.

"아닙니다. 제 불찰이에요. 계약직인 제가 잘못인 거죠."

이윽고 두 뺨에 눈물이 흘러내리는 게 느껴졌다. 그러자 면접관이 내 앞으로 한 발 더 다가왔다.

"아닙니다. 저희가 무례했습니다."

그가 나를 향해 고개를 낮게 숙이며 진중한 목소리로 말했다. 나보다 키가 컸던 그 면접관의 머리가 내 눈보다 낮은 곳까지 내려왔으니 그는 가능한 한 힘껏 허리를 굽혔던 것 같았다. 누군가 나에게 그런 종류의 인사를 해온다는 것은 평생에 처음 겪어보는 일이었다.

"그만하셔도 돼요. 괜찮습니다."

그가 숙였던 고개를 들고 일어나며 나에게 손수건을 내밀었다. 그의 얼굴은 벌겋게 변해 있었고 미안함이 가득 묻어난 표정이었다. 이해할 수 없었다. 어차피 같이 일할 사람도 아닌데 왜 이렇게까지 하는 것일까.

"괜찮습니다. 그럼 이만 가보겠습니다."

나는 손수건을 내민 그의 손을 가볍게 밀어내는 시늉을 해 보이며 그의 옆을 지나 다시 가던 길을 향해 걸음을 재촉했다. 그는 더 이상 나에게 아무 말도 하지 않았고 나를 쫓아오지도 않았다.

사적인 이야기

오빠에게 하나도 빠뜨리지 않고 있었던 일을 모두 이야기했다. 뒤늦게 나를 찾아왔던 면접관 이야기까지도.

"미안하다. 내가 그런 상황도 모르고."

"오빠가 뭘…."

"사람 뽑는 게 힘들다고 선배가 말하긴 했어."

"그 이야기 들으니 이해는 간다만 이건 너무하잖아."

"그러게. 내가 뭐라고 좀 할게."

"그럴 수 있는 사이긴 해?"

"불편해지더라도 감수하고 이야기해야지."

"하긴 그 선배도 면접 본 사람들한테 내 이야기를 들을 테니 오빠가 어떻게라도 이야기해놓는 게 좋긴 하겠다."

"응. 맞아. 그런 것도 있지."

"미안해. 내가 그냥 참고 있어도 되는데. 괜히 중간에서 난처하게 됐네."

"아냐 네가 뭘. 그런 회사를 소개해준 내가 잘못이지. 게다가 내가 선배한테 너 계약직이란 이야기를 따로 안 했어. 굳이 하지 않아도 된다고 생각했거든."

"그랬구나. 혹시….."

"혹시 뭐?"

"혹시 오빠도 내가 창피했어?"

"창피하긴. 이력서 보내면서 너 대학에서 일하고 있다고 했거든. 그러니까 선배가 신의 직장을 왜 때려치우고 오냐, 뭐 그런 이야기를 하길래 내가 대충 얼버무렸지. 창피해서 그런 건 아닌데, 괜히 불이익 가면 어쩌나 하고 걱정했던 건 사실이야."

"그랬구나."

"미안하다. 다 내가 초래한 문제인 것 같아. 생각해보니."

"아냐. 애써 외면하고 싶었던 현실을 덕분에 오늘 깨닫는 것 같다. 이제 진짜 자존심 상해서 계약직으로 못 살겠어."

"미안하다. 지민아."

"아니래도. 그런데 이제 이렇게는 안 살려고."

"어떻게 하게? 그만두게?"

"글쎄…. 모르겠어. 생각 좀 해봐야지."

"그래."

"이제 이 이야기는 그만하자. 지금은 이야기해봐야 답도 안 나오는 거."

"응…."

"요즘 오빠 어때. 별일 없었어?"

이후로는 오빠와 한참을 이런저런 이야기를 나누며 카페에서 시간을 보냈다. 오랜만에 얼굴을 봤기 때문인지 은근 나눌 이야기가 많았다. 각자 회사에서 있었던 일들부터 시작해서 건강에 대한 이야기, 주식, 부동산 그리고 암호화폐 같은 경제에 대한 이야기 그리고 결국에는 엄마 아빠에 관한, 오빠와 나 같은 가족만이 나눌 수 있는 그런 지극히 사적인 이야기들까지.

아무런 꾸밈없이 편하게 오빠와 대화를 나눈 그 시간이 나에겐 생각지 못한 힐링이 되었다. 자연스레 면접 이야기는 더 이상 하지 않게 되었고 잠깐씩 생각이 나도 그냥 무시해버릴 수 있었다. 오빠와 저녁을 함께 먹을까 했지만 아무래도 몸이 조금 피곤하기도 하고 어차피 다음 날 또 보게 될 테니 그냥 헤어지기로 했다.

집으로 가는 길에 선배와 통화를 했다며 오빠가 메시지를 보내왔다. 가능하면 다시 한번 면접을 볼 수 있겠냐고, 그 대표가 직접 면접을 보고 싶어 한다며 말을 전해주었다. 나는 단번에 싫다고 했다. 한 번 아니면 아닌 거지 뭘 또 미련이 남아 그 특허사무소를 다시 찾아가겠는가. 오빠 말로는 직원들이 연달아 그만둔 것도 그렇고, 남자들끼리만 모여 있는 회사라 면접관들이 아무렇지 않게 말을 내뱉었던 것 같다고 했다. 나 때문에 중간에서 신경을 써주는 오빠가 고맙긴 했지만 사실 크게 의미 있는 항변은 아니었다. 이 모든 것이 내가 계약직이었기 때문에 생긴 문제라는 사실은 달라지지 않고 그대로 남아 있기 때문이었다.

다음 날 아침 일찍 일어난 나는 지하철을 타고 집으로 향했다.

토요일 오전이라 평일 러시아워 못지않게 지하철에 사람들이 많았다. 곳곳에 점잖은 복장을 갖춰 입으신 어르신들이 보였다. 아마도 결혼식 같은 가족 행사에 참석하기 위해 길을 나서신 것으로 보였다. 그분들을 보니 시골에 계신 할머니 할아버지가 떠올랐다. 내가 결혼한다고 하면 할머니 할아버지도 저렇게 곱게 옷을 차려입고 오시겠지. 그나저나 난 언제 결혼을 할 수 있을까. 남자친구도, 돈도, 집도 그리고 안정적인 직장도 없는 나였다. 일반적인 범주에서의 결혼이라는 것은 생각보다 많은 것을 수반했다. 그런 필수적인 요건들이 갖춰진 후에야 비로소 넘볼 수 있는 고난도의 사회제도였다. 문득 이 모든 것을 다 갖추고 있을 '최 계장'이 떠올랐다. 내가 그토록 갖고 싶어 하는 것들이 그녀에게는 이미 삶의 일부가 되어 있었다. 쉽게 넘볼 수 없는 레벨에 다다른 그녀에 비해 나는 가진 게 너무도 없었다.

〈나는 가수다〉라는 예전의 TV 예능 프로그램의 제목이 자꾸만 '나는 계약직이다'라는 말로 머릿속에서 되풀이되고 있었다. 직접 눈으로 본 적은 없었지만 그 프로그램의 로고가 계속 '계약직'이라는 말로 바뀌어 있는 게 생각 속에서 그려졌다. 망상에 젖는 걸 좋아했지만 이런 반복된 의미 없는 생각은 무엇 하나 유익할 게 없었다. 할머니 할아버지가 생각난 김에 전화를 드려봐야겠다 싶었다.

"치익…. 칙…. 칙."

늘 그렇듯 할머니는 전화를 받으면 아무 말씀도 하지 않으셨다.
마치 전화를 건 사람이 먼저 말을 해보라는 듯 할머니는 그냥 우
두커니 계셨다.

"할머니. 저예요. 지민이."
"지민?"
"네. 지민이!"
"지민이?"
"네!"

예전에는 이 정도까지는 아니었는데 왜 이렇게 못 들으시는 걸
까. 바라건대 시끄러운 지하철 소음이 함께 들린 탓일 것이다.

"어…. 지민아. 아이고. 그래. 어디니?"
"지금 집에 가는 길이에요."
"어디 갔다가?"
"토요일이라 자취방에 있다가 엄마 아빠 집에 가고 있지요!"
"오늘이 토요일이구나!"
"네. 토요일. 할머니는? 잘 지내셨어요?"
"어. 그럼. 할머니 네 할아비랑 아침 먹고 이제 다 치웠어."
"아침은 뭐 드셨어?"
"밥에 그냥 있는 반찬이랑 김치랑 해서 먹었지."

"고기반찬은?"

"뭔 반찬?"

"고기요. 고기! 고기반찬 없었어?"

"어. 아침부터 무슨 고길 먹어. 체해."

"하하. 알겠어요. 할머니 아픈 데는 없으시고?"

"아이. 다 아파. 무릎이랑 허리랑 팔까지 그냥 다 아픈데."

"아. 정말?"

"괜찮아. 원래 나이 먹으면 다 그런 거야."

"아프지 마세요. 할머니."

"그래. 나중에 오면 할미 어깨나 좀 주물러줘라."

"응. 할머니. 알겠어요!"

"맞다. 지민이가 요새 회사 다닌다며?"

"맞아요. 엄마가 이야기했어요?"

"어. 네 엄마가. 그래. 잘 다니고 있어? 돈 많이 주니?"

"그럼. 잘 다니고 있어요. 돈도 많이 주고."

"잘했다. 네가 어릴 때부터 공부를 잘했어. 그래서 할미는 네가 잘할 줄 알았단다."

"호호. 네."

"그만두지 말고 쭉 잘 다녀. 알았지?"

"네. 알겠어요."

"아! 그…. 둘째네 아들. 어. 걔가…. 용준이지."

"용준이 오빠요?"

"걔는 또 그만뒀대. 왜 그렇게 회사를 그만두는지 모르겠네?"

사촌오빠랑은 따로 연락을 안 하는데 할머니를 통해 이렇게 또 근황을 업데이트하게 되었다.

"정말요? 용준 오빠 소식을 할머니 통해서 듣네?"
"용준이는 미국까정, 엉? 유학까정 갔다 와서 영어를 잘해가지고 좋은 회사 들어갔는데, 맨날 그만두고 나와서 걔 아비가 아주 속이 썩어들어 간다."

사촌오빠는 유학파다. 한국에 있을 땐 학교에서 전교 1등을 밥 먹듯 해서 집안의 자랑이었다. 그러다 외삼촌이 오빠를 미국으로 유학 보냈는데 그게 오빠의 인생을 바꿔놓았다. 날라리 문제아로 전락한 것이다. 엄마 말로는 친구를 잘못 사귄 거라고 하던데 결국 대학은 간 모양이었다. 하지만 미국 대학은 들어가기가 비교적 쉽고 졸업하는 게 어렵다고 했다. 좋은 대학도 아닌데 소위 말하는 유급을 해서 7년이나 대학을 다녔다. 중간에 군대 2년을 더하면 자그마치 9년을 대학생으로 산 것이다. 그런 사촌오빠를 뒷바라지하느라 외삼촌은 경제적으로 어려움을 겪으셨고 오빠가 졸업후 미국에 살겠다는 걸 가까스로 한국으로 데려왔다.

외삼촌은 사업을 하셨기에 인맥이 넓었고 어찌어찌해서 아는 분이 운영하는 중소기업에 용준 오빠가 취업을 할 수 있었다. 하지만 자유분방하게 살던 오빠가 그 회사에서 적응하기란 쉽지 않은 일이었던지 3개월을 넘기지 못하고 회사를 나왔다. 그게 내가 들었던 마지막 소식이었다. 아마 그 이후 또 여러 번 회사를 옮겨 다닌 모양이었다.

"지민이는 엄마 아빠 말 잘 듣고. 회사 잘 다녀야 한다. 중간에
그만두지 말고. 알았지?"
"네…."
"대학교에서 일한다고?"
"네. 한국대학교요."
"아이고 우리 손녀. 기특하기도 해라. 그런 어려운 데를 어떻게
그렇게 잘 들어갔을까."
"아니야. 할머니. 그냥…. 들어왔어."
"그래. 회사 힘들어도 잘 참고 열심히 하고. 알았지?"
"네…. 할머니."
"용준이도 지민이처럼 잘하면 얼마나 좋겠나 싶다. 에휴. 지 애
비 생각을 하지."

이런 이야기를 듣고 싶어서 할머니께 전화를 드린 게 아니었는
데 참으로 난감했다. 예전엔 할머니랑 통화를 하면 별거 아닌 이
야기를 해도 기분이 좋고 정겨운 마음이 느껴졌는데 이제는 많은
게 달라져 있었다. 할머니도 연세가 많이 드셨고 나 또한 더 이상
어린애가 아니었다. 아마도 할머니는 당신의 손녀딸이 돈 잘 주는
직장을 다니며 열심히 일하다가, 하루빨리 좋은 남자와 결혼해서
예쁜 아기를 낳길 바라고 계실 것이다.

요즘 이런 스테레오타입을 논하면 꼰대라고 비난하겠지만 난 그

런 생각에 동의하지 않았다. 그건 우리 모든 인류가 살아온 길이
자 내 이전 세대들도 직접 겪어온 삶의 방식이었다. 그러니 이건
선택이 아닌 어쩔 수 없는 필연인 것이다. 할머니 마음에서는 자
식들은 물론 손주들 모두가 각자 자리에서 잘 생활하는 것, 즉 회
사 잘 다니고 돈 잘 벌어서 잘 먹고 잘사는 것, 바로 그것이 마음
에서 가장 간절히 바라는 바였을 것이다. 그리고 그게 당신께서
품을 수 있는 최고의 사랑하는 마음이다.

　나는 그런 할머니의 사랑을 받을 자격이 충분히 있는 손녀딸이
지만 죄송스럽게도 할머니의 마음을 만족시켜드릴 정도로 잘 지
내고 있는 것은 아니었다. 아무리 열심히 일을 하고 오래 다니고
싶어도 그럴 수 없는 나는 계약직이기 때문이다. 이런 낭패가 또
있을까.

　"할머니. 나중에 놀러 갈 테니 건강하게 잘 지내고 계세요."
　"그래. 우리 지민이가 제일 착하다. 회사 그만두지 말고 잘 다녀
라. 알았지?"
　"알겠다니까 또 그 말씀이시네. 아유. 참."
　"그래그래. 지민이가 최고야."
　"아, 참. 할머니. 할아버지는?"
　"네 할아비 밖에 나가셨어. 이 더운데 동네 마실 나가셨나 보다."
　"하하. 안부 전해드려 주세요."
　"그래. 지민아 또 전화하고 찻길 조심해서 다녀라. 알았지?"
　"웅! 또 연락드릴게요."

할머니가 원한 건 절대 아니었겠지만 다시금 마음이 무거워졌다. 물론 가벼운 마음으로 집을 향하고 있었던 건 아니었다. 그래도 이건 아니다 싶을 정도로 온몸에서 힘이 빠졌다. 계약직은 죄가 맞았다. 그 누구에게도 밝힐 수 없는 나의 부끄러운 신분.

할머니한테 내가 계약직이며 일단은 1년, 그리고 길어봐야 2년까지만 근무하고 그만둬야 한다고 말씀드렸다면 아마 할머니는 오늘 하루를, 아니 적어도 며칠간을 우울해하셨을 것이다. 이 계약직이란 자리는 나를 포함한 그 누구도 원하는 자리가 아니었다.

난 어떻게 해야 할까. 지금 현재의 시간이 무의미한 시간처럼 느껴졌다. 앞으로 내가 하고 싶은 일이 4대 보험 담당자도 아닌데 내가 여기서 2년 동안 온갖 4대 보험 관련 신고를 성실하게 잘 해낸다고 해도 내 인생에 과연 무엇이 달라질까. 사람들은 말한다. 꿈을 크게 갖는 것도 좋지만 그 꿈을 이루기 위한 작은 그림들을 하나하나 잘 그려가는 것이 더 중요하다고. 그렇다면 내 꿈은 무엇일까. 그걸 알아야 작은 그림들을 그리든 말든 할 것 아닌가. 내꿈은 정규직일까? 계약직이 아닌 정규직으로 직장생활을 하는 것이 과연 나의 꿈이었을까? 대답을 해보고 싶은데 좀처럼 생각이 나지 않았다. 다른 사람도 아닌 '나의 꿈이 무엇일까'라고 스스로에게 물어보는데 왜 이렇게 답하기가 어려운 것일까.

어느덧 지하철에서 내릴 시간이 다가왔다. 자연스레 나는 지하철역 출구와 가장 가까운 출입문 앞으로 다가가 섰다. 창밖으로 작은 조명들과 배선 파이프 따위가 아주 빠르게 지나쳐 가버리는 모습이 눈에 들어왔다. 그걸 어떻게든 좇아가 보려고 내 눈동자가 좌우로 왔다 갔다 하는 게 느껴졌다. 찰나의 모습을 연속적으로 목격하고 보내버리고, 다시 또 그 찰나를 눈에 담으려 시선을 옮기는 내 눈동자의 반복된 운동이 애처롭게 느껴졌다. 왜 이렇게 지나가는 것에 집착하는 것일까.

전철이 서서히 속도를 낮추고 완전히 멈추자 밝은 조명이 비치는 지하철역 내부의 모습이 눈에 들어왔다. 그리고는 출입문이 열렸다. 시야가 넓어지며 답답함이 사라졌다. 이제는 내가 움직여야 할 시간이다.

아이보리 타워

세 번째 방법

    나는 삼겹살을 먹자고 했지만 우리 가족들은 소고기를 사다 놓고 날 기다리고 있었다. 쌈 채소와 각종 밑반찬 그리고 평소와 다르게 마늘과 명이나물 장아찌까지 식탁 위에 놓여 있었다. 어디서 났냐고 물어보니 엄마는 그런 거 신경 쓰지 말고 맛있게 먹으라고 했다. 아마도 단단히 내가 걱정된 모양이었다.

    오빠는 나와 끝까지 비밀을 지키기로 약속했기에 아무 말 없이 밥을 먹었고 나는 평소처럼 엄마 아빠와 이런저런 이야기를 나누며 맛있게, 정말 아주 맛있게 차려진 음식들을 먹었다. 그러다 내가 엄마에게 물었다.

    "엄마. 할머니한테 나 대학교에서 일한다고 말씀드렸어?"
    "어? 응. 얼마 전에 통화하다가 이야기했지. 할머니가 네 걱정 많이 하시길래."

"그랬구나."

"그건 어떻게 알았니? 할머니랑 통화했었어?"

"응. 할머니가 용준 오빠 이야기하면서 나보고 회사 잘 다니라고 하시더라고."

"엄마도 참. 기어이 그걸 다시 너한테 이야기하셨네."

"그나저나 용준 오빠는 어떻게 된 거야?"

"엄마도 할머니 통해서만 들었어. 근데 애가 많이 힘들어한다더라. 적응이 어려운가 봐. 똑똑한 아이였는데…."

"그럴 바엔 그냥 외국으로 다시 가는 게 낫지 않아? 자기가 그토록 원하는 건데?"

"외국에서 돈이라도 벌고 자기 앞가림만 잘하면 안 보낼 이유가 없지. 그런데 미국에서도 취업이 쉽지 않다더라."

"아…."

하긴 유학생 신분이었으니 영주권을 취득하지 않는 이상 정상적으로 일을 하기는 어려웠을 것이다. 게다가 미국에서도 취업하는 게 쉬운 일은 아니었을 테고.

"용준이 형은 고생 좀 빡세게 해봐야 돼."

조용히 밥만 먹고 있던 오빠가 심드렁한 말투로 참견했다. 표정을 보니 무언가 못마땅한 눈치였다.

"얘는. 그래도 사촌 형인데."

"맞잖아요. 중학교 때까지 공부 잘한 건 인정하는데 그 이후로 는 죄다 외삼촌 외숙모 등골 빼먹으면서 편하게 살아왔지, 뭐. 그 러니 회사생활을 하고 싶겠어요?"

"그건 정민이 말이 맞는 것 같다. 애가 고생 안 하고 자랐으니 직장생활도 더 힘든 게지."

우두커니 듣고만 있던 아빠가 끼어들었다. 나는 엄마 눈치가 보 여 아무 말도 꺼내지 못했다.

"당신은 뭘 또 편을 들고 그래?"

엄마가 미간을 찌푸리며 말했다. 하지만 아빠는 여유 있게 엄마 말을 받아쳤다.

"응? 그냥 걱정돼서 말해본 거야."

"걱정은. 그럼 뭐, 당신네 식구들은 다 잘했어?"

오빠가 놀라며 엄마를 바라봤다. 당황한 기색이 역력했다.

"그게 무슨 말이야?"

"셋째 형님네 은영이. 모델 한다고 집에서 돈을 얼마나 가져다 썼어? 모델 일 바쁘다고 가족 행사도 다 빠지던 애가 지금은 서른 이 다 되도록 백수구만."

잔뜩 먹은 소고기가 위 끝자락에 얹히는 느낌이 들었다. 엄마 아빠는 왜 갑자기 집안싸움을 시작한 걸까. 아빠는 왜 오빠 말에 편을 들어서 엄마의 마음을 건드린 것이며, 오빠는 왜 대뜸 용준 오빠 흉을 본 것이냔 말이다.

"자. 여기까지. 내가 말을 잘못했어. 미안합니다."

아빠가 양손을 들고 항복한다는 듯 말했다.

"꼭 저런 식이야. 상대방 화나게 만들어놓고는 혼자 저렇게 쿨하다니까."
"그만…."

아빠가 입을 굳게 다물며 익살스러운 미소를 지어 보였다. 하지만 이미 속에서부터 부아가 난 내가 입을 열었다.

"인서울 4년제 대학 나와서 계약직으로 일하고 있는 나, 허구한 날 회사 옮겨 다니는 용준 오빠나, 모델은커녕 백수인 은영 언니나 다 그게 그건데 뭘 그렇게 싸우신대."

뜬금없는 내 말에 모두가 날 바라보았다.

"나는 나 때문에 다른 친척들이 이렇게 싸울 일은 만들지 말아야겠어."

　　　　　　　　　　　　　　　　　아이보리 타워

"지민아…."

"이런 말 안 하려고 했는데…. 더럽고 치사해서 이제 계약직 안 하려고."

아빠는 모든 감정이 사라져버린 듯한 무표정으로 날 바라봤고 엄마는 고개를 떨궜다. 오빠는 올 것이 왔구나 하는 표정으로 저 멀리 어딘가를 주시하고 있었다. 몇 초간의 정적이 흐른 뒤 아빠가 말했다.

"그럼 어떻게 하고 싶은데. 지민아?"

따뜻하고 포근한 아빠의 목소리를 듣자 나도 모르게 눈이 뜨거워졌다.

"사실 잘 모르겠고. 그냥…."

"지민이 엄마랑 이야기 좀 하자."

엄마가 갑자기 자리에서 일어나며 한가득 냉소 섞인 목소리로 말했다. 그런 엄마의 목소리를 듣는 게 실로 오랜만이라 나는 깜짝 놀랐다.

"설거지는 당신이랑 정민이가 해요. 나 지민이랑 이야기 좀 하게."

"어? 어…. 그래."

"지민이는 서재로 들어와."

엄마가 먼저 방으로 들어가며 문을 세차게 밀어 닫았다. 끝까지 문이 닫히진 않아 쿵 소리가 난 건 아니었지만 바람이 횡 하고 부는 게 식탁까지 느껴질 정도였다. 생각지 못한 상황에 나는 덜컥 겁이 났다. 아빠와 오빠를 번갈아 바라보니 둘 다 방금 무슨 일이 일어난 건가 하는 멍한 표정들이었다.

서재 문을 열고 들어가 보니 엄마는 방긋 웃으며 날 바라보고 있었다. 엄마가 빨리 문을 닫으라는 시늉을 해 보이길래 내가 방문을 닫으며 작은 목소리로 물었다.

"뭐야. 왜 그렇게 무섭게 이야기했어?"
"그래야 네 아빠 설거지시키지."
"잉? 그게 다야?"
"아까도 얄밉게 굴잖아. 용준이 개가 그래도 나름 착한 애인데 지금 와서 무슨 고생을 안 해서 그렇다고 말을 하니."
"알지 나도."
"그리고 어릴 때 꽤나 친하게 지냈는데 정민이 말하는 것도 좀 그렇고."
"못 말려 정말."

새침한 표정을 지으며 속내를 털어놓던 엄마가 내 손을 잡았다.

"이건 엄마의 복수인 셈이지."

"복수?"

"엄마 기분을 상하게 만든 데에 대한 복수."

"귀여운 복수네."

"자, 그럼 지민이의 복수는 뭔지 한번 물어봐도 돼?"

"응? 갑자기 그게 무슨 말이야?"

"어제 네가 그랬잖니. 복수한다고."

그렇지. 내가 그랬다. 복수할 거라고. 그런데 그 복수라는 게 도대체 뭐였을까. 나는 왜 그 순간에 복수라는 생각을 한 것일까.

"나 이제 더 이상 계약직으로 일하고 싶지 않아서, 그리고 계약직이라는 신분 때문에 내가 겪어야 하는 일들도 더 이상은 감당하고 싶지 않아서…. 그래서 내가 계약직이기 때문에 겪는 그런 불쾌한 마음들에 대해 복수를 한다고 말했던 것 같아."

"그랬구나."

"그런데 아직 어떻게 해야 할지는 잘 모르겠어."

"아이고 김지민. 우리 딸 귀여워 죽겠네."

엄마가 함박웃음을 지으며 내 머리를 감싸 안았다. 나는 엄마 품에 머리를 파묻고 눈을 감았다. 몇 초간이지만 참으로 포근했다. 그 품 안에서 나오고 싶지 않았지만 엄마가 내 어깨를 잡고 나를 떼어내며 말했다.

"복수에는 세 가지 종류가 있어."

"뭐야. 갑자기. 복수 전문가야?"

"첫 번째 복수는 상대를 없애는 거야."

"뭐?"

"제일 확실하지만 가장 어려운 방법이기도 해. 그래서 추천하지는 않아."

"하하. 뭐야. 알겠어. 그럼 두 번째는?"

"두 번째 방법은 내가 처참하게 무너져서 그 대상으로 하여금 미안함을 느끼게 하는 거야. 고난도 방법이긴 한데 단점은 내가 너무 힘들다는 거야."

"묘하게 설득력이 있네?"

"농담 아니니까 잘 들어봐. 딸."

"응. 알겠어. 계속해봐."

"마지막 세 번째 복수는 당했던 내가 가능한 한 더 잘되는 거야. 그 누구보다 멋지고 아름다운 모습으로 거듭나는 거지. 그걸 보고 미치도록 배가 아프게 해주는 거, 그게 바로 세 번째 방법이야."

나는 미소를 지으며 고개를 끄덕였다.

"엄마가 봤을 때 지민이는 첫 번째나 두 번째 취향은 아닌 것 같아."

"이해했어. 엄마가 하려는 말이 뭔지."

"그래."

엄마가 나를 다시 한번 꼭 안아줬다. 나는 엄마의 어깨 위에 내 턱을 댄 채로 한참을 그렇게 앉아 있었다. 불편할 법도 하지만 엄마는 나를 떼어내지 않고 충분히 내가 기대어 있을 수 있게끔 나와 함께 있어 주었다.

엄마 어깨너머 창밖으로 건너편 아파트가 보였다. 늘 그랬다. 우리 동의 위치상 창밖 정면에는 항상 건너편 아파트가 있었고 그게 늘 우리의 시야를 가득 채웠다. 애석하게도 우리 집은 아파트 뷰를 가진 아파트였다. 하지만 밑을 내려다보면 주차장과 놀이터가 보였고 조금만 위를 올려다보면 탁 트인 하늘이 보였다. 그래서 나는 시선을 조금만 더 올려보기로 했다. 조금 더 멀리, 더 높은 곳으로.

가려던 길

어영부영 시간을 보내다 결국 저녁까지 먹은 후에야 자취방으로 돌아왔다. 엄마 아빠는 자고 가라고 몇 번을 이야기했지만 나는 고집을 부리며 집에서 나왔다. 하고 싶은 일이 떠올랐기 때문이었다.

다음 날 아침 일요일임에도 불구하고 나는 평소보다 일찍 일어났다. 그리고는 한동안 입지 않았던 등산복을 꺼내 입고 바로 집을 나섰다. 근처에 있는 24시간 분식집으로 가 김밥 한 줄을 샀다. 은박지에 싸인 김밥을 끝부분부터 우걱우걱 먹으며 지하철역으로 향했다. 걸으면서 밥을 먹는 게 정말 오랜만이었다. 일요일 아침이라 그런지 사람들이 거리에 별로 없었다. 덕분에 마음 편히 김밥을 먹으며 지하철역까지 갈 수 있었다.

지하철을 타고 한 번의 환승을 거쳐 드디어 목적지에 도착했다.

서울 도심 한가운데 위치한 작은 산이었다. 이곳에는 초보자도 쉽게 걸을 수 있는 둘레길이 조성되어 있었다. 지하철로 쉽게 올 수 있어 학생 때 자주 찾았던 곳이지만 최근 얼마간은 취업 준비로 바빠 잘 오지 못했다. 물리적으로 시간이 부족했다고는 볼 수 없었지만 아무래도 이곳에 올 만큼 마음이 여유롭지 못했다. 그러던 중 어제 엄마와 대화를 나눈 뒤로 줄곧 이곳에 오고 싶었다. 기분전환을 할 겸 둘레길을 한 바퀴 돌아보고 싶었던 것이다.

사실 이 산은 3년 전 헤어졌던 남자친구가 처음 알려준 곳이었다. 하지만 처음 한 번만 함께 왔을 뿐 그 이후로는 여기에 오자는 이야기를 하지 않았다. 나는 또 오고 싶었지만 그는 이곳에 오는 것을 귀찮아했고 활동적인 데이트를 하고 싶어 하지 않았다. 함께 만나 밥을 먹고 나면 그는 술을 먹고 싶어 했고, 그리고 나면 은근슬쩍 스킨십을 시도하곤 했다. 처음엔 그런 패턴을 한두 번 따라줬지만 내가 원하는 데이트는 그런 것이 아니었다. 더군다나 나는 술에 취해 스킨십 하는 것을 좋아하지 않았다. 결국 나의 소극적인 태도에 남자친구는 화를 냈고, 내가 이 산에 함께 왔었던 이야기를 하며 그런 예전 모습이 좋았다고 말하자 그는 나에게 헤어지자고 했다. 나와 맞지 않는다는 걸 이미 알았음에도 억지로 맞춰가며 누적되었던 피로가 결국 터져버린 것 같았다.

남자친구와 헤어진 후 나는 줄곧 싱글로 지냈다. 약간의 썸이 있긴 했지만 나에게 억지로 맞추려 하거나 혹은 내가 억지로 맞춰야 하는 사람인 것 같으면 나는 바로 줄행랑을 쳤다. 다른 사람들은 내가 도도하다고 생각하겠지만 나는 시행착오를 재차 겪고 싶지 않았던 것 같다. 한동안 잊고 지냈던 일인데 이 산의 초입에 오면 어쩔 수 없이 그때의 생각이 나곤 했다.

둘레길 자체가 험난한 코스도 아니고 한 시간 반에서 길어야 두 시간이면 완주할 수 있는 길이었기에 지역 주민들이 많이 보였다. 맨손체조로 가볍게 준비운동을 한 후 이어폰을 귀에 끼고 스트리밍으로 흥겨운 재즈음악을 재생시켰다. 등산하기에 더할 나위 없이 좋은 컨디션이었다. 힘찬 걸음으로 발을 막 내딛으려는데 갑자기 음악이 꺼지며 전화가 걸려왔다. 현주였다.

오만 가지 생각이 다 들었지만 일단은 전화를 받아보고 싶었다.

"여보세요?"
"쌤…. 저예요. 현주."
"네. 현주 쌤. 안녕하세요."
"일요일 아침부터 미안해요."
"아니에요. 괜찮아요."
"오늘 혹시…. 괜찮으면 잠깐 볼 수 있어요?"

현주의 목소리에서 약간의 떨림이 느껴졌다. 눈 앞에 펼쳐진 활기차고 밝은 산속 풍경에 비해 핸드폰 너머의 공기는 한없이 차분했다.

"만나서 하고 싶은 이야기가 있는데, 내일까지 기다릴까 하다가…."

"쌤."

"네?"

"저 보고 싶으시면 지금 당장 운동화 신고 제가 있는 곳으로 오실래요?"

"네? 운동화요?"

"네. 아직 안 씻었으면 그냥 모자 쓰고 나와도 돼요. 대신 빨리 오셔야 돼요."

"아…. 알겠어요. 바로 갈게요. 지금 어디 있는데요?"

나는 현주에게 내가 있는 곳의 위치를 알려주었다. 내가 아는 한 그녀의 집과는 그리 멀지 않은 곳이었고 택시를 탄다면 15분도 안 걸리는 거리였다. 현주는 내 말을 잘 따랐고 금방 오겠다며 전화를 끊었다.

얼떨결에 유휴상태가 된 나는 잠깐 다리 스트레칭을 하다가 다시 옆에 있는 벤치에 앉았다. 등산의 시작을 앞두고 어쩔 수 없이 맥이 풀리긴 했지만 과연 그녀가 오면 무슨 이야기를 할지 궁금했다. 이런저런 시나리오를 떠올려봤지만 도저히 감이 잡히지 않았다. 일단은 현주를 보고 이야기하는 게 좋을 것 같았다.

그리고 시간이 조금 지나 저 멀리서 현주가 탄 택시가 모습을 드러냈다. 둘레길 초입 근처까지 와서 택시가 멈추고 차에서 현주가 내리는데 무엇 하나 꾸미지 않은 너무도 자연스러운 모습이라 나도 모르게 웃음이 나왔다. 얼핏 보면 그냥 동네 슈퍼에 물건을 사러 나온 것 같았다. 흰색 운동화에 검은색 야구 모자 그리고 누가 봐도 집에 있던 복장 그대로인 듯 추정되는 흰색 반팔 티셔츠와 남색 반바지. 정말이지 현주는 전화를 끊자마자 나를 보기 위해 집을 빠져나온 것 같았다. 웃고 있는 날 보며 현주도 어색한 미소를 지어 보였다. 서로를 바라보며 웃는 게 정말 오랜만이었다.

"이야기는 나중에 하고 이제 저 따라오세요."
"네?"
"이쪽입니다."

나는 둘레길 입구로 그녀를 데리고 갔다. 화장도 하지 않아 창백한 얼굴의 그녀가 눈을 휘둥그레 뜨고 나를 따라왔다.

"자. 이제부터 빠른 걸음으로 한 바퀴 도는 거예요."
"아…. 알겠어요."
"시작 전에 한 가지 말씀드릴 게 있어요."
"네. 쌤."
"이 산이 작긴 해도 매우 아름다운 곳이에요."
"그렇게 보이네요."
"앞으로 난 길만 바라보지 말고 양옆, 그리고 하늘을 고루 바라보면서 걸어주세요."
"알겠어요."

입가에 은은한 미소를 지으며 현주가 대답했다.

"그럼 시작합니다."
"네!"

큰 보폭으로 내가 발을 내딛자 현주도 나를 바로 뒤따라 왔다. 내가 좋아하는 이 길을 현주와 함께 걷게 되리라는 것은 상상도 하지 못한 일이었다. 그런데 그 일이 현실로 일어나고 있다는 사실이 퍽 흥미로웠다.

산책로는 데크로드로 된 길이 대부분이었지만 종종 흙길로도 이어지곤 했다. 우리가 걷고 있는 방향의 오른쪽으로는 탁 트인 하늘과 건너편의 산 그리고 저 멀리 광활한 서울의 도심이 보였다. 그리고 왼쪽은 푸른 빛깔의 크고 작은 나무들과 화려한 색으로 물든 꽃들이 이어져 있었다. 힐끔힐끔 뒤를 돌아보니 현주는 내가 말한 대로 왼쪽과 오른쪽을 번갈아 바라보며 힘차게 걷고 있었다. 평소 보이는 얌전한 표정이 아닌, 숨이 어느 정도 차올라 양쪽 볼이 발그레해진 생기 있고 활기찬 모습이었다. 오랜만의 운동이었던지 입도 반쯤 벌어져 약간의 거친 숨소리가 들리기도 했다. 우리는 서로 아무 말도 하지 않았고 열심히 쭉 걷기만 했다. 데크로드 위를 걸을 땐 통통거리는 나무 소리가 울려 퍼졌다. 경쾌한 그 소리가 늘 나 혼자만의 소리였는데 이번엔 현주의 소리도 함께 들려왔다.

한참을 그렇게 걷다가 내가 제일 좋아하는 구간이 나왔다. 메타세쿼이아 나무들이 널찍하게 심겨 있는 아주 멋진 곳이었다. 얼핏 보면 삐죽삐죽 수염이 난 기다란 연필들이 빽빽하게 땅에 꽂혀 있는 것처럼도 보였다. 키가 큰 나무들이 한데 모여 있어 이 구간만큼은 산 밖에서도 도드라지게 보이는 곳이라고 들었다. 처음 이곳에 왔을 때 나는 그 모습에 매료된 나머지 한참을 우두커니 서서 넋을 놓고 바라봤다. 당시 함께 왔었던 전 남자친구는 이런 나에게 몇 번이나 이제 그만 가자고 재촉했지만 나는 그 자리를 쉽사리 떠날 수 없었다.

사실 이걸 보러 여기에 오는 것이라 해도 과언이 아닐 정도로 나는 이곳을 좋아했다. 나는 현주를 바라보며 말없이 손가락으로 전방에 펼쳐진 메타세쿼이아 나무숲을 가리켰다. 오. 하고 짧게 말하며 그녀의 눈이 놀란 토끼처럼 커졌다. 멀리서 봐도 이렇게 놀라는데 그 가운데로 걸어 들어가면 그녀도 내가 그랬듯 그 장관에 곧 매료되고 말 것이다.

이윽고 우리는 메타세쿼이아 숲길 한가운데로 접어들었다. 자연스럽게 현주의 걸음이 느려졌고 나 또한 그녀의 속도에 맞춰 느리게 걸었다. 거대한 메타세쿼이아 나무들이 만들어낸 그늘 덕에 한순간 공기가 시원해졌다. 그리고 한참 전부터 맡아지던 상쾌한 산내음이 더욱 짙은 농도로 우리를 에워쌌다.

"여기 오니 눈이 시원해지네요."

현주가 말했다. 나는 아무 말 없이 고개만 끄덕였다. 그리고 자연스럽게 우리는 데크로드의 레일에 기대어 섰다. 현주가 숨을 크게 들이마셨다가 내쉬는 소리가 들려왔다.

"처음 여기 왔을 땐 저 나무들 가운데 집을 짓고 살면 좋겠다고 생각했었어요."

"그러면 정말 좋겠네요."

"그런데 그건 불가능한 일이더라고요. 그래서 두 번째 왔을 땐 여기 이곳에서 이렇게 서서 '여기가 내 집이다' 하고 생각해 봤어요."

"쌤…."

"그러니까 정말 여기가 내 집 같더라고요. 등산로를 등지고 있으면 지나가는 사람들도 안 보이니까요."

"그렇겠네요."

"평생을 서울에서 살아서 그런지 이런 자연 속에만 들어오면 저는 미칠 것 같아요."

"미쳐요?"

"네. 너무 좋아서요."

"하하. 정말…."

"그래서 쌤한테도 보여주고 싶었어요."

"…."

"내가 가장 좋아하는 산책로를 쌤한테 보여주고 쌤도 기분이 좋아지면 좋겠다 싶었어요."

"고마워요."

"원래 혼자 오려고 했었던 건데 얼떨결에 이렇게 쌤이 같이 왔
네요."

"지민 쌤…."

"쌤도 여기 너무 좋죠?"

"네. 정말 좋은 것 같아요. 서울에 이런 곳이 있는 줄 몰랐어요."

"그렇죠. 맘껏 즐기세요."

나는 눈을 감았다. 그리고는 한참 동안을 그렇게 서 있었다. 아
주 짧게나마 아무런 생각도 하지 않고, 말 그대로 무념무상의 상
태에 머무를 수 있었다.

잠시 후 눈을 떠보니 현주가 허리를 굽힌 채 종아리를 주무르
고 있었다. 아차 싶었던 나는 현주를 메타세쿼이아 숲 옆에 위치
한 작은 광장으로 데려갔다. 평소엔 그곳에 들르지 않고 지나쳐가
기만 했는데 오늘은 현주가 잠깐 쉴 수 있도록 배려를 해야 할 것
같았다. 그곳에 있는 벤치에 앉으며 내가 말했다.

"힘들죠. 쌤?"

"공복이기도 하고 오랜만에 열심히 걸었더니 쉽진 않네요. 하지
만 괜찮아요. 저 너무 지금 좋아요. 힐링되고 있어요."

"그렇다면 다행이고요. 이제 돌아갈 땐 천천히 걸어가요. 무리
하면 안 돼요. 내일 출근도 해야 하잖아요."

"지민 쌤."

"네."

"그동안…. 미안했어요."

"…휴우."

현주가 고개를 숙이며 말했다. 난 그런 그녀를 지긋이 바라보며 숨을 크게 내쉬었다.

"제가 너무했죠. 갑자기 돌변해서는…."

"네. 맞아요. 너무했어요."

"미안해요. 제가 부족했던 탓이에요."

"…"

"노조 시위에 처음 참가했던 날 기억나요?"

"네. 기억나죠."

"시위가 끝나자마자 노조 모임이 있다며 정 계장님이 절 데려갔어요. 가면 저녁도 주고 이런저런 이야기도 들을 수 있다고 해서 따라갔죠. 가보니 정규직 전환에 대한 이런저런 이야기를 해주더라고요. 그러면서 대학은 조합원과 비조합원을 반드시 구별해서 정규직 전환 정책을 마련할 거니까 전환되고 싶으면 조합에 잘 붙어 있으라고 했어요."

"…"

"그러면서 나오는 이야기가 전환을 하게 되면 어쩔 수 없이 계약직 수를 줄여야 할 수도 있고, 그렇게 되면 부서별 계약직 티오도 줄어들 거라고 하더라고요."

"…"

"그래서 그랬어요. 학교에서 정규직 전환 계획이 나오면 내가 쎔

하고 경쟁하게 될까 봐, 그리고 내가 노조에 소속되어 있으면 쌤보다 유리한 위치에 서게 될까 봐…."

현주의 입장을 이해해보려고 노력해봤지만 쉽게 되지는 않았다. 게다가 더 많은 생각이 향한 곳은 바로 그녀가 말한 정규직 전환 계획에 대한 것이었다.

"예린 쌤 말로는 시간이 좀 걸릴 거라고 하던데…."
"산학협력단 먼저 하고 바로 대학에서 한다고 해요."
"올해 안에 되는 거예요?"

현주는 곧 계약기간이 끝난다. 올해 12월이면 퇴사를 해야 할 운명이다. 만일 정규직 전환 계획이 그 전에 진행된다면 그녀가 나보다 우위에 있겠지만 그 이후라면 내게도 승산이 있었다.

"정확한 시기는 알 수 없지만 아마도요."
"…."

머릿속이 하얘졌다. 내가 하려던 복수는 사실 이 대학과는 상관이 없었다. 나는 4대 보험이고 뭐고 대학 교직원과는 다른 길로 나아가고 싶었다. 하지만 현주의 말을 듣고 나니 마음이 요동치기 시작했다.

"그러면 쌤이 나한테 이런 이야기 하는 이유가 뭐예요?"

"사과하고 싶어서요."

"나한테 무뚝뚝하게 행동한 거에 대해서요? 그러고 나서 정규직 전환 계획이 나오면 저는 잘리고 쌤은 전환 대상자 하게요?"

나도 모르게 말이 빨라지고 목소리가 커졌다. 근처에 앉아 있던 사람들이 우리를 향해 바라보았다.

"그게 아니고…"

"그래서 이제 나한테 그 속내를 다 이야기해주고 이해를 구하러 오신 거예요?"

"지민 쌤. 내 말 들어봐요."

"맞잖아요. 쌤이 나한테 하는 이야기가 노조 미가입자는 전환에서 배제당할 가능성이 있어서 날 그간 없는 사람 취급하며 지냈었던 거고, 그게 마음에 불편하니까 이제 와서 나한테 알려주려 온 거네요."

"지민 쌤…"

"지금이라도 알려줘서 고마워요. 그런데 지금 그런 이야기를 나한테 해준다고 해서 바뀌는 게 있을까요."

더 이상 그곳에 앉아 있을 자신이 없어 자리에서 일어났다. 얼굴이 화끈거리기 시작했다.

"쌤은 왔던 길 돌아서 가시면 돼요. 왔던 만큼 되돌아가면 아까 택시에서 내린 데로 가실 수 있을 거예요. 저는 원래 가려던 길로 갈게요. 아무래도 그게 나을 것 같네요."

"지민 쌤."

현주가 자리에서 일어나더니 내 손을 잡았다. 하지만 나는 그 손을 뿌리쳤다.

"저 이틀 전에도 정말 속상한 일이 있었어요. 가까스로 일어났고 오늘 새로운 시작을 하려고 이 산에 온 거예요. 거기에 쌤이 나한테 연락 준 게 너무 반가워서 이 산으로 초대했어요. 그런데 이런 이야기나 듣고 있다는 게 너무 속상해요. 쌤은 힐링이 되셨는지 모르겠지만 저는 지금…. 미안한 이야기지만 더 화가 나요."

현주가 다시 내 손을 잡았다.

"나 노조 탈퇴했어요."
"…."

순간 온몸에 힘이 풀린 나는 그 자리에 풀썩 주저앉고 말았다.

"일어나봐요. 다시 벤치로 가서 앉아서 이야기해요."

현주가 나를 부축해 일으키며 말했다. 나는 아무 말도 하지 못한 채 현주와 다시 벤치로 돌아왔다.

"그 이야기 하러 온 거예요. 나 노조 탈퇴했다고."

"…."

"정규직 전환만 보고 노조에 붙어 있으면서, 그리고 쌤한테 무표정한 얼굴로 대하면서 너무 미안했었는데, 저 지난 금요일에 노조 탈퇴했어요."

"그 이야기를 왜 지금에서야 해요?"

"미안해요. 하려고 했는데…."

"왜…. 왜 탈퇴한 거예요?"

현주는 입을 꾹 다문 채 코로 크게 숨을 내쉬었다. 그리고는 날 바라보며 말했다.

"지민 쌤은 지금 하는 일이 좋아요?"

"네?"

"4대 보험 업무 좋아하세요? 그래서 그 일 하라고 정규직 시켜주면 정년까지 그 일 하고 사실 거예요?"

"…."

"저는 그렇게 못 해요."

"쌤."

"저는 총무팀의 가정부 같은 존재예요."

"가정부…."

윤아도 그런 말을 했었다. 자기가 가정부가 된 것 같다고.

"정규직원분들 회의하면 커피랑 차 타서 들어가고, 회의 끝나면 회의실 정리하고 테이블 청소하고…. 사무실에서도 어디 지저분한 곳 있으면 늘 가서 빗자루로 쓸고 걸레로 닦고 해요."

내가 그랬던 것처럼 현주의 눈이 붉어졌다. 그리고 그녀의 말이 빨라지기 시작했다.

"사무비품 목록 정리해서 부족한 거 있으면 문구점 가서 사 오고요. 커피랑 녹차 그리고 과자랑 사탕 같은 간식들도 매일같이 정리하다가 떨어지면 이것들도 슈퍼 가서 사 와요. 그리고 처장님부터 계장님들까지 정직원들 밥 먹고 술 먹고 온 법인카드 영수증 주시면 그것도 일일이 정리해서, 이런저런 사유 다 거짓으로 끌어다가 써서 지출결의 올리고요."

"…."

"저번 주에는 복사기 토너 갈다가 손끝이 크게 베었는데 아무도 신경 쓰지 않아요. 제가 말하지 않으니 당연히 다들 모르시겠죠. 그럴 수 있어요. 하지만 저는 다른 분들 다치시면, 어디서 아! 소리만 나도 달려가서 괜찮은지 여쭤봅니다. 그러다가 상처라도 났으면 구급약 상자에서 연고랑 밴드 챙겨가서 드리고 오는데, 내가 다친 건 아무한테도 말을 못 하겠더라고요. 그냥 내가 알아서 처리하면 되니까."

그녀의 손을 내려다보니 오른쪽 검지손가락에 커다란 붕대가 감겨 있었다. 아마 상처가 깊었던 모양이었다.

"병원 안 가보셔도 돼요?"

"그 정도는 아니에요. 괜찮아요."

"…."

"하루 종일 바쁘게 일하는데도 퇴근하고 집에 가면 하나도 보람되지 않아요."

현주의 말에 내 심장이 갑자기 거칠게 뛰기 시작했다. 나 역시 퇴근을 하고 집에 가면 했던 그 생각을 현주도 똑같이 하고 있었다.

"지난주에 엄마가 올라오셨었어요. 근데 엄마 얼굴도 못 봤어요."

"왜요?"

"퇴근하려는데 서울역에서 엄마한테 전화가 왔더라고요. 집에 반찬들 가져다 놨으니까 먹으라고. 엄마는 내가 일하느라 바쁜데 방해될까 싶어 반찬들만 놓고 다시 간다고…."

"…."

"저 그날 화장실 가서 펑펑 울고 왔어요. 대학생 때는 내 자취방에 와서 며칠 지내다가 가시기도 하고, 엄마 모시고 여기저기 외출도 하고 그랬었는데…. 일 시작한 이후로 엄마는 절대 그렇게 안 해요. 나한테 방해된다고요."

"배려하신다고 그러시는 거군요."

"네. 근데 보세요. 내가 학교에서 하는 일들 엄마한테 이야기하면 엄마 마음 찢어질걸요."

"…."

"엄마는 내가 되게 중요한 일하는 줄 알아요."

"아…."

"커서 이런 일 하라고 고등학교 때 서울서 내려온 선생님한테 과외 시켜주고 학원 보내주고 독서실 보내준 게 아닐 텐데. 이렇게 대학교 안 나와도 할 수 있는 잡일들 하라고 엄마 아빠가 힘들게 번 돈으로 등록금 대주면서 4년 동안 대학 다니고 어학연수까지 다녀온 게 아닐 텐데."

현주의 얼굴은 어느새 눈물로 흠뻑 젖어 있었다.

"내 현실을 보니 엄마한테 너무 미안했어요."

"…."

"정규직 전환되어도 우리 처우는 그대로일 거예요."

"그대로라고요?"

"네. 그렇게 들었어요. 그게 아마 대전제가 될 거라고요. 그러지 않으면 전환 자체가 어려울 거래요."

"아무리 그래도…. 우린 최저시급인데."

"그리고 계약직일 때 했던 일도 그대로 할 거예요. 지금처럼 부서장은 교수님들이 하고, 중요한 실무는 기존의 정규직들이 하겠죠. 그러고 나서 남은 잡일들은 우리 같은 계약직 출신들로 구성된 전환된 정규직들이 하게 될 거예요. 말이 정규직이지 근무기간만 늘어난 무기계약직과 마찬가지인 거예요."

"2년 연한만 없어지는 거군요."

"맞아요. 그래서 저 지난 금요일에 노조 탈퇴했어요. 노조 활동 하는 동안 저 공기업 취업 준비 공부를 하나도 못 했거든요. 주말 에도 계속 노조 총회 같은 거 참석하고, 비정규직 철폐 시위 참석 하고 평일에도 계속 회의에 나갔어요. 정규직 전환될 때 불이익 없게 해야지 하는 일념 하나로 그랬던 건데 이젠 다 소용없게 됐 어요."

"그런 것도 모르고 내가…."

"노동조합 탈퇴한다고 말하러 갔을 때 환경미화 선생님들한테 엄청 욕먹었어요. 같이 힘을 합쳐야 할 때에 왜 그러냐며."

"에고."

"사실 노동조합에 우리 나이대 쌤들은 거의 없어요. 있어도 산 학협력단분들뿐이고 그 외에는 거의 없다시피 해요. 그래서 제가 처음 갔을 때 환경미화 선생님들이 좋아하셨어요. 그런데 이제 와 서 나간다고 하니 서운하셨겠죠. 그런데 어쩔 수 없었어요."

"휴우."

내가 한숨을 쉬자 현주도 크게 한숨을 내쉬었다. 우리는 그렇게 말없이 정면을 향한 채로 앉아 있었다. 우리 앞에 펼쳐진 메타세 쿼이아 숲의 모습은 여전히 웅장하고 고요하며 아름다워 보였다. 하지만 현주와 나는 한바탕 폭풍우가 지나간 것처럼 만신창이가 되어 있었다. 몸과 마음 모두.

"복수해요. 나랑 같이."

현주의 손을 잡으며 내가 말했다. 하지만 그녀는 굳게 입을 다문 채 아무런 말도 하지 않았다. 잠시 후 우리는 아무 일 없었다는 듯 함께 자리에서 일어났다. 그리고는 원래 가려던 방향을 향해 걷기 시작했다. 처음에는 힘없이 천천히 걸었지만 점차 자연스럽게 속도가 붙기 시작했다. 우리는 아무런 대화도 나누지 않았고 그 공간에 존재하고 있는 이유가 오로지 걷기 위함인 것처럼 남들을 앞질러 나갔다. 앞에 이미 가고 있는 사람이 있으면 그 사람을 따라잡았고, 또 다음 사람이 보이면 그 사람을 따라잡길 반복했다. 메타세쿼이아 숲이 있던 곳은 이미 전체 코스의 반을 지난 지점이었기에 우리는 머지않아 처음 시작했던 지점으로 돌아올 수 있었다.

움직일 땐 몰랐는데 걸음을 멈추자 온몸에서 열이 올라오는 게 느껴졌다. 갑자기 땀이 더 많이 나는 것 같았고 하늘에서 내리쬐는 햇볕도 한결 강렬하게 느껴졌다. 현주도 상황은 다를 바 없어 보였다. 땀을 많이 흘려 티셔츠가 군데군데 젖어 있었다.

"오랜만에 운동하니까 기분 좋네요."
"맞아요. 이 기분 느끼려고 운동하는 거죠."
"오늘 초대해줘서 고마워요. 지민 쌤."
"아까…. 미안했어요. 한순간에 쌤이 너무 미웠나 봐요."
"아니에요. 다 제 잘못이에요."
"정규직 전환되는 거에 신경 쓰고 싶지 않았는데 저도 모르게 자꾸만 마음이 흔들리는 것 같아요."

"나라도 그랬을 거예요."

"미안해요. 현주 쌤."

"괜찮다니까요. 내가 더 미안하죠. 참."

"헤헤."

"이제 나는 그냥 가려던 길을 계속 갈 것 같아요."

"가려던 길이요?"

"복수하자면서요."

"네. 맞아요."

"난 겁이 나서, 너무 나약해져서 잠시 샛길로 들어왔던 것 같아요. 노조라는 그늘에 숨어서 정규직 전환만 기다렸던 것 같아요. 그런데 그건 내가 원하는 길이 아닌 것 같아요. 다시 공기업 들어가는 걸로 목표 삼고 열심히 해보려고요."

"네. 저도 응원할게요."

"열심히 하면 뭐라도 있겠죠. 안 될 거란 생각으로 지금부터 움츠러들긴 싫어요. 쌤은 어떻게 할 거예요?"

"저도 사실 같아요. 올해는 늦은 것 같고 내년 상반기 공채 노려보려고요. 퇴근하면 매일 무기력하게 누워만 있었는데 정신 차리고 열심히 준비해볼 생각이에요. 다만…."

"다만?"

"취업해서 뭘 하고 싶은지는 좀 더 고민해봐야 할 것 같아요. 일단은 스펙 쌓기에 전념하려고요."

"정규직 전환 계획이 곧 나올 텐데 그때도 지금 생각 잘 지킬 마음 있어요?"

"지켜야죠."

다짐하듯 고개를 끄덕이며 내가 말했고 현주도 미소를 지어 보였다.

우린 홀가분한 마음으로 산에서 내려왔다. 십여 분 정도 걸어 내려오니 완연한 도시의 모습으로 주변이 모두 바뀌었다.

조금 전까지만 해도 맑은 공기와 상쾌한 풀냄새 그리고 서로 비슷한 목적을 공유하는 사람들이 전부였지만, 도심 속 분위기는 정반대였다. 퀴퀴하고 답답한 냄새와 각종 이동수단들이 만들어내는 시끄러운 소음, 그리고 각자의 목적지를 향해 이곳저곳으로 바삐 흩어지고 모이는 사람들이 끊임없이 오감을 자극했다.

산에서는 몰랐는데 도심 속으로 들어오니 땀에 젖은 후줄근한 행색이 너무도 어색하게 느껴지기 시작했다. 우리는 인사를 나눈 뒤 서둘러 각자의 집으로 향했다. 어서 빨리 집으로 들어가 샤워를 하고 편안한 새 옷으로 갈아입고 싶었다.

아이보리 타워

내부자

"사립대학 총장과 만나다."

총장님의 인터뷰 기사가 실린 메이저 일간지의 특집기사 시리즈 제목이었다. 국내 주요 사립대학 총장들과 릴레이 인터뷰를 진행한다고 했는데 그 첫 번째 순서가 우리 대학이었다. 지면 두 개가 모두 한국대학교에 대한 내용으로 채워져 있었고 왼쪽 면은 총장님 인터뷰, 오른쪽 면은 한국대의 교육과 연구 성과 등에 대한 홍보성 기사들로 구성되어 있었다. 지면 하단에는 대학원생 모집과 기부 캠페인 같은 작은 광고들도 함께 들어가 있었다. 특집기사의 온라인 웹페이지 링크와 실제 신문 지면의 이미지 파일이 대학의 모든 구성원에게 이메일로 공유되었다.

총장님의 개인 약력으로부터 시작해 총장님이 바라보는 한국대의 현재와 미래, 그리고 4차 산업혁명 시대에 대학이 나아가야 할 방향 등 흥미로울법하면서도 결국엔 원론적이거나 어찌 보면 조금은 따분한 주제들이 인터뷰 내용으로 들어가 있었다. 기사가 하도 길어 모든 내용을 다 읽진 않았지만 한 가지 눈길을 끄는 내용이 있었다. 바로 '대학의 사회적 책무'에 대한 부분이었는데 결국은 비정규직 문제에 관한 내용이었다. 총장님은 대학 내의 비정규직 근로자 비율을 획기적으로 줄일 것이며, 행정직원의 채용규모도 확대해나갈 것이라고 했다. 그리고 이를 신속하게 진행하기 위한 TF가 이미 운영 중이고 새 학기가 시작되기 전 최종 계획을 발표할 예정이라고 했다. 대수롭지 않게 여기려고 했지만 그 내용이 어떻게 되는 것인지 궁금한 건 어쩔 수 없었다.

인터뷰 내용 상단부에는 총장님의 상반신 사진이 풀컬러로 아주 크게 들어가 있었다. 얼핏 보면 환하게 웃고 있는 것처럼 보였지만 어딘가 어색함을 지울 수 없는 그런 모습이었다. 예순을 훨씬 넘긴 나이 탓이겠거니 싶었지만 사실 그게 전부는 아닌 것 같았다.

"강현주, 김지민 선생. 잠깐 회의실에서 볼까요?"

팀장님이 우리를 불렀다. 둘만 따로 부른 건 처음 있는 일이라 현주도 나도 어리벙벙한 표정으로 회의실로 들어갔다.

"차 준비해드릴까요?"

회의실 문을 열고 현주가 팀장님에게 물었다.

"난 괜찮아요. 선생님들 드시고 싶으면 차 가지고 오세요."
"저희는 괜찮습니다."
"그래요. 그럼 그냥 앉으시죠."

긴 직사각형 모양의 테이블 끝자리에 팀장님이 먼저 와서 앉아 있었다. 팀장님은 우리에게 앉으라는 손짓을 했고 현주와 나는 그의 오른쪽 방향으로 나란히 자리를 잡고 앉았다. 근무기간이 더 긴 현주가 나보다 상급자이기에 그녀가 팀장님 바로 옆에, 그리고 내가 그녀의 옆에 앉았다.

"요즘 어떻게들 지내시나요?"
"네? 그냥…. 잘 있습니다."
"저도요."
"하하. 네. 그냥 물어보는 거예요. 평소에 내가 너무 못 챙긴 것 같아서 미안하기도 하고."
"아닙니다. 저희는 잘 지내고 있습니다."
"좋네요. 뭐…. 업무하는 데 어려운 점은 없고요?"
"네. 다들 잘 도와주셔서 괜찮습니다."
"저도 괜찮습니다."
"그래요. 아마 지민 선생은 4대 보험 일이 쉽진 않을 거예요. 우리 대학에 계약직이 워낙 많아서."
"맞습니다. 그래도 아직까지는 큰 문제 없이 잘 지내오고 있습니다."

"좋아요. 팀장으로서 너무 늦게 물어본 것 같긴 하지만 늘 자기 역할들을 잘 해주고 있어서 내가 고맙게 생각하고 있어요."

도대체 무슨 이야기를 하려는 건지 궁금했다. 단순히 고마운 마음을 전달하기 위함은 아닌 것 같은 눈치였다.

"현주 선생은 올해까지 근무였던가요?"

"네. 그렇습니다."

"그럼 그다음에 뭐 할지 계획은 생각해봤고?"

현주가 나를 흘깃 쳐다봤다. 나는 작은 움직임으로 고개를 끄덕였다.

"네. 공기업 준비하려고 합니다."

"아하. 공기업. 나쁘지 않죠. 아마 우리랑 근무 환경이 비슷할 겁니다. 대학도 어떻게 보면 공적인 성격이 많아서."

"네. 저도 그렇게 들었던 것 같습니다."

"지금부터 열심히 준비해야겠네요. 요즘 취업이 쉽지 않으니."

"네. 틈틈이 필기시험 준비를 하고 있습니다."

"그렇군요. 잘 준비해서 좋은 결과 있길 바랄게요."

"감사합니다."

"그럼 지민 선생은? 아직 근무한 지 얼마 안 돼서 이런 질문 하는 게 그렇긴 하지만, 나중에 나가면 하고 싶은 거 있나요?"

아이보리 타워

"말씀하신 대로 아직 기간이 많이 남아서⋯. 아직은 잘 모르겠습니다."

"그러네. 아직 이르긴 하네요. 이런 질문 하기는."

팀장님이 잠시 말을 멈추고 무언가를 곰곰이 생각하는 듯 허공을 주시했다. 현주와 나는 서로를 잠시 바라봤다가 다시 팀장님 쪽으로 시선을 모았다. 팀장님이 한숨을 짧게 쉬더니 다시 입을 열었다.

"이제부터 하는 이야기는 대외비입니다. 보안 유지해주세요. 알겠죠?"

"네. 알겠습니다."

"총장님 인터뷰 기사 보셨겠지만 곧 정규직 공채가 진행될 겁니다."

불과 얼마 전 현주와 나는 우리가 가진 꿈을 위해, 그리고 복수를 위해 열심히 준비하자고 이야기했었다. 그 후로 우리는 각자의 자리에서 앞으로의 여정을 위한 준비에 박차를 가하는 중이었다. 그러나 팀장님 입에서 나온 말을 듣자마자 내 심장이 요동치기 시작했다.

"그리고 공채와는 별개로 계약직들을 정규직으로 전환하는 절차도 진행될 거고요."

현주도 내색은 하지 않았지만 분명 마음속으로는 많은 생각이 오고 가는 중일 것이다.

"그러다 보니 이제는 인사팀이 많이 바빠질 거예요. 채용만 해도 바쁜데 끝나자마자 정규직 전환 절차를 바로 진행한다고 하니까요. 그래서 아마도 곧 내가 겸직을 하게 될 것 같습니다. 총무팀장과 인사팀장 모두 맡게 될 거예요. 그리고 나뿐만 아니라 총무팀에 있는 두 분 선생님 중 한 분을 인사팀으로 임시 파견하는 것으로 내부적으로 결정이 났습니다."

전혀 예상하지 못했던 내용이라 나도 모르게 얼굴이 일그러졌다. 내 표정의 변화를 눈치채지 못한 팀장님이 말을 이어갔다.

"그런데 문제는 인사팀으로 파견을 가게 되면, 그 사람은 정규직 공채에 지원이 불가능하다는 거예요. 인사부서의 내부자가 되기 때문에 문제가 생길 수 있습니다. 내 말 무슨 이야기인지 알죠?"
"네."
"물론 정규직 전환이라는 부분에 있어서도 두 분 모두 대상자가 될 수 있는데, 그건 채용과는 다른 부분이라 크게 문제 될 건 없을 겁니다."

팀장님이 팔짱을 끼며 의자에 몸을 깊이 뉘었다. 그는 턱을 아래로 내리고 눈을 치켜뜨듯 우리 둘을 바라보았다.

아이보리 타워

"그런데 만일 두 분 모두 정규직 채용에 지원하고자 한다면 다른 방법을 찾아볼 수도 있습니다. 그러니 본인들 원하는 바대로 해도 된단 말이에요. 알겠죠?"

"네. 알겠습니다."

"자. 그럼⋯. 이제 두 분 생각을 좀 여쭤봐도 될까요?"

제발 팀장님이 현주에게 먼저 물어봐 주길 바라고 있는데 현주가 덤덤하게 입을 뗐다.

"정규직 채용이라 함은 팀장님이나 다른 계장님들 같은 일반 정규직원을 뽑는 건가요?"

"네. 그럼요."

"그럼 사학연금도 가입되는 그런 대학 정규직이란 말씀이신 거죠?"

"맞습니다."

현주가 고개를 돌려 지긋이 나를 바라보았다. 그리고는 나지막이 작은 목소리로 말했다.

"쌤 하고 싶은 대로 해요. 난 지원 안 할 거예요."

"네? 정말요?"

'나도 지원 안 할 거예요'라고 말을 해야 할 것 같았지만 차마 입이 떨어지지 않았다. 정규직으로 입사할 수만 있다면 솔직한 심정으로는 좋을 것 같았다. 계약직 신분으로 4대 보험 업무에만 하루 종일 집중하고 있다 보니 일에 대한 만족감이나 성취감을 느껴볼 기회가 전혀 없었는데, 만일 정규직이었다면 다를 것 같았다. 그러나 이건 내가 생각했던 '복수'가 아니었다. 나는 하고 싶은 일이 무엇인지, 그리고 그걸 위해 어느 회사를 목표로 삼아야 하는지 차근차근 고민하려 하지 않았던가.

"만일 인사팀으로 파견을 가면 언제 다시 돌아오나요?"

궁금하지 않았지만 시간을 끌고 싶었던 내가 팀장님께 물었다.

"아마도 복귀는 시킬 예정이지만 사실상 기한이 어떻게 될지는 잘 모르겠네요."
"말씀하신 대로 저희 둘 다 지원을 하고 싶다면, 그래서 둘 다 총무팀에 남고 싶다면 저희 의견을 반영해주신다는 말씀이신 거죠?"
"그렇죠."

현주에게 총무팀에 함께 남자고, 그래서 지원이나 한번 해보자고 이야기를 하고 싶었다. 팀장님께 잠깐 생각할 시간을 달라고 말하려던 찰나 현주가 입을 열었다.

"제가 인사팀으로 가겠습니다. 전 정규직 공채에 지원할 생각이 없습니다."

"현주 선생, 정말이에요?"

"네. 아까 말씀드린 것처럼 저는 공기업 입사 준비를 계속하려고 합니다."

"그렇군요. 오케이! 그럼 강현주 선생님이 파견 가는 것으로 정해도 될까요?"

팀장님과 현주가 나를 동시에 바라보았다. 내 동의만 있다면 이 껄끄러운 논의는 이제 마침표를 찍어도 되는 상황이 되어버렸다.

"네. 알겠습니다."

부끄럽게도 나는 다 죽어가는 목소리로 대답을 했다. 현주를 바라볼 수 없어 그저 고개를 숙이고 있었을 뿐이었다.

"사실 총무팀에서 서무 업무를 담당하는 것보다는 인사팀에서 채용이랑 또 정규직 전환 업무에 직접 개입해보는 게 본인에게도 큰 경험이 될 거예요. 그게 다른 데 취업하는 데 도움이 될 수도 있고요."

"네. 열심히 해보겠습니다."

"그래요. 고마워요. 현주 선생. 처장님께 보고드리고 나면 양 팀 실무자들이랑 이야기해서 업무 조정해보겠습니다. 그리고 이따 오후에는 인사팀 가서 같이 인사 좀 하고 오자고요."

"알겠습니다. 팀장님."

팀장님이 애정 담긴 눈으로 현주를 바라보며 이야기했고 나는 두 사람의 다정한 대화를 하릴없이 듣고만 있었다. 별안간 내가 투명인간이 된 기분이 들었다. 이야기가 끝나자 팀장님이 먼저 자리에서 일어나 회의실을 나갔다.

"괜찮아요. 쌤. 난 진짜 뜻이 없어서 인사팀 가겠다고 한 거예요."
"그게…."
"아직 뭘 할지 모르겠다고 했었잖아요. 난 쌤이 진짜 잘되면 좋겠어요. 이게 복수의 기회가 될지 누가 알아요? 정규직으로 들어오면 부서도 바뀔 수 있고 말이죠."
"쌤한테 정말 고맙긴 한데…. 아무튼 알겠어요. 고마워요. 쌤."

이유는 알 수 없지만 현주가 해준 응원의 말이 나에겐 위로처럼 들려왔다. 아직 아무런 변화도 없었음에도 불구하고 나는 알게 모르게 풀이 죽어 있었다. 자리로 돌아오니 윤아의 메시지가 도착해 있었다.

〉정규직 채용공고 뜰 예정이래요.

역시 윤아는 정보가 빠르다. 하지만 팀장님이 대외비로 해줄 것을 부탁했기에 난 모르는 척 대화를 이어갔다.

〉정말이요? 언제요?
〉모레 정도요.

〉와. 금방이네요.

〉그렇죠. 지원해봐야죠?

〉글쎄요. 쌤은요?

〉당연히 지원해야죠. 안 돼도 해봐야죠. 그다음엔 바로 정규직 전환 계획 발표될 거 같아요.

〉쌤은 어떻게 그렇게 다 잘 알아요?

〉회의 자료 준비할 때 눈으로 모두 스캔했죠.

〉대단하세요. 정말!

〉예린 쌤은 어떻게 하려나 궁금하네요. 산학협력단 정규직 계획은 거의 확정 단계던데.

〉그건 왜 발표가 안 나는 거예요?

〉아. 이야기 안 했었나요? 대학이 노동조합에 조용히 움직이자고 요청했대요.

〉어머. 왜요?

〉산학협력단 정규직 제도가 외부로 알려지면 우리 같은 대학 소속 계약직들이 반발한다나. 하여튼 우리가 시끄럽게 굴까 봐 그러는 것 같아요.

〉뭐지…. 기분이 별론데요?

〉그렇죠? 뭐든 간에 저는 빨리만 진행되면 좋겠어요.

다시 또 일이 손에 잡히지 않았다. 대학에서 일하는 기간 동안 어느 무엇 하나 내 스펙을 업그레이드한 게 없었다. 취업에 실패했던, 그래서 계약직으로 한국대에 들어왔던 그날과 지금의 스펙은 변함없이 그대로다. 한 가지 추가할 수 있는 내용은 단지 한국대에서 계약직으로 일하고 있다는 그 사실 하나뿐. 그렇다면 어떻게 이력서와 자기소개서를 써야 할까. 아무리 생각해봐도 대학에서의 경험을 최대한 어필하는 것 외에는 방법이 없을 것 같았다. 나는 현재 이 대학의 내부자이기 때문이다.

인사팀에서 인사팀 계약직원이 채용에 지원하지 못하게 하는 것은 그 인사조직에 대한 정보가 고스란히 노출되어 있기 때문이다. 그게 엄청난 어드밴티지라는 방증이다. 그렇기에 나는 한국대의 일원으로서 한국대를 속속들이 잘 아는 지원자가 되어야 한다. 그 어드밴티지를 잘 활용해야 하는 것이다.

이렇게 생각하고 나자 다시 업무에 집중할 수 있었다. 주어진 일들을 잘 처리해야만 맑은 정신으로 정시에 퇴근을 할 수 있을 것이기 때문이다. 그리고 나면 오늘 저녁부터라도 정규직 채용에 대비하기 위한 공부를 시작할 수 있을 것이다.

추락

　현주가 인사팀으로 자리를 옮겨갔다. 그녀가 하던 일은 조교와 내가 함께 나눠서 하는 것으로 결정되었다. 대학 정보 시스템을 이용해야 하는 일 처리는 내가, 그 밖에 사무실 내에서의 자잘한 일들은 조교가 하는 것으로 조정되었다. 박한철 계장도 업무의 일부를 도와주기로 했다. 그러다 보니 현주의 빈자리로 인한 불편함이나 업무에 대한 부담은 크게 없었다. 다만 걸려오는 전화를 대부분 내가 받아야 했는데 일이 바쁠 때면 가끔은 그게 조금 성가시게 느껴지곤 했다.

　현주가 메신저로 내 지원서가 잘 들어왔다며 짤막하게 응원한다는 말을 해왔다. 입사지원서를 직접 볼 수 있냐고 물어보니 지원자의 간단한 인적사항만 확인이 가능하고 지원서 내용은 볼 수 없으니 걱정 말라고 했다. 사실 나는 그게 걱정되었던 것은 아니었고 그 정도의 권한, 즉 지원자 현황을 체크하고 그에 따른 후속 업무를 직접 처리할 수 있을 만큼의 업무 권한이 계약직원에게 주어졌다는 사실에 조금 놀랐다. 아마도 팀장님의 신임을 얻었기에 가능한 일이 아닐까 싶었다. 그럼에도 나는 놀란 내색을 하고 싶지 않았다. 나와 현주의 선택에 의한 결과라고는 하나 잠시나마 인사팀에서 정말 중요한 일을 하고 있을 현주를 생각하니 부러운 마음이 들었기 때문이다. 내 마음을 읽은 것인지는 알 수 없지만 현주는 그 이후로 채용에 관련된 내용들을 가급적 나에게 언급하지 않았다.

서류 접수기간이 마감되자 초조한 시간이 이어졌다. 합격자 발표가 언제 나는지도 모르는 상황에서 면접 준비를 어떻게 해야 할지 막막했다. 그러다 윤아가 예린과 나를 초대해 단체 채팅방을 만들었다. 역시나 같은 상황에 있는 사람끼리 모이니 자연스럽게 대화가 오고 갔다.

윤아는 아무래도 서류전형에서 떨어질 것 같다고 했다. 긴장감이 떨어져 자기소개서에 집중하기가 너무 어려웠다는 것이다. 이유를 물어보니 이번에 탈락해도 정규직 전환의 기회가 또 있을 거란 생각이 계속 들어 몰입도 잘 안되고 심지어 지원 자체도 포기하고 싶었다고 했다.

학창 시절 시험을 보고 나면 꼭 망친 것 같다고 난리를 치는 친구들이 있었다. 하지만 정작 결과가 나와서 보면 그들은 대부분 고득점자였다. 윤아가 그런 친구 중 한 명이 아닐까 싶기도 했지

만 다른 한편으로는 너무 많이 아는 것이 그녀에겐 독이 되었을
수도 있겠다 싶었다.

그럼에도 나는 정규직 전환이 될 경우 처우가 지금과 다를 바
없을 것이고, 노동조합 조합원에게 우선권이 주어질 수도 있을 거
란 이야기를 하지 않았다. 굳이 그런 내용에 대해 아는 척을 하거
나 관심 있는 내색을 하고 싶지 않았기 때문이다. 게다가 확실한
정보도 아니니 우리 사이에서 정보원을 자처하는 윤아에게 할 말
은 아니라고 생각했다.

예린은 처음엔 지원하지 않을 생각이었지만 결국 마지막 날에
가서야 생각이 바뀌어 뒤늦게 지원서를 제출했다고 했다. 지원을
하지 않으려던 이유는 결국 노동조합 때문이었다. 비정규직 노조
에서 이렇게나 열심히 활동했는데 덜컥 대학에서 정규직이 되어
버리면 어떻게 하나 싶은 걱정이 앞섰던 것이다. 하지만 산학협력
단보다는 대학 자체의 정규직이 여러모로 더 매력적으로 보였기
에 결국 마지막 날에 가서야 결심을 내렸다고 했다. 예린은 서류
전형까지는 주위 사람들이 알 수 없어 괜찮겠지만, 면접에 가게
되면 자기가 지원한 게 소문이 날 것이라며 그땐 조금 더 고민을
해봐야 할 것 같다고 했다. 충분히 이해할 수 있는 고민인 것 같
았고 아마 나였어도 난처했을 거란 생각이 들었다.

나는 어땠느냐고 묻길래 그냥 계약직 지원했을 때와 크게 다를
바 없는 내용으로 이번 채용에도 지원했다고 얼버무리고 별다른

말은 하지 않았다. 하지만 그건 진실이 아니었다. 사실 난 계약직으로 학교에 들어왔을 때보다는 몇 배 더 많은 시간을 할애하며 이번 채용의 입사지원서를 작성했다. 한국대가 내부적으로 작성해놓은 비전 보고서에서부터 최근의 여러 성과에 이르기까지 관련된 모든 자료를 찾아가며 공부했고, 직접 도서관에 가서 고등교육에 관련된 책도 여럿 찾아 군데군데 내용을 읽어보기도 했다. 자기소개서 작성을 앞두고는 유명 취업 포털사이트에서 '합격 자소서'를 볼 수 있는 유료 서비스를 이용해 다른 사람들의 자소서와 작성 팁을 읽어가며 '필승 전략'을 세워보기도 했었다.

그렇게 긴 시간의 준비를 끝낸 나는 하나의 정교한 보고서를 작성한다는 마음으로 정성스럽게 자기소개서를 작성했다. 대학 행정직원이라는 포지션에 대해 내가 가진 막연한 열정을, 한국대학교와 고등교육 전반에 대해 공부한 객관적인 내용들로 아름답게 치장하고, 모범 자소서로 거듭나기 위한 사사로운 스킬들을 이용해 문장들을 깔끔하게 가다듬었다. 그러고 나니 몇 번을 다시 읽어봐도 탈락이 불가능한 자기소개서라고 느껴질 정도의 완벽한 자기소개서가 완성되었다. 이렇게 공을 들여 작성한 입사지원서는 취업 준비를 시작한 이래 처음이었고 나는 넌지시 서류전형에서의 합격을 예감했다.

하지만 윤아와 예린에게는 이런 이야기를 할 수 없었다. 내가 이번 채용에 거는 기대가 그만큼 크다는 사실을 내비치고 싶지 않았기 때문이다. 그들에겐 미안하지만 시험을 못 봤다고 호들갑을 떨다가 결국엔 고득점이었던 그런 학생이 다름 아닌 내가 되었으면 하는 바람이었다.

그리고 머지않아 나의 이런 이중적이고 위선적인 태도가 결국엔 현명했던 것임을 깨닫게 되었다.

지원서를 접수하고 두 번의 주말을 보낸 후의 월요일 오후였다. 퇴근 시간이 다 되었을 즈음 문자 메시지를 한 통 받았다. 한국대학교 인사팀이었다. 첫 문구가 '축하합니다'가 아닌 '금번 채용에 지원해주셔서 감사합니다'였다. 그런 구구절절한 메시지 초입부에 나는 상당히 익숙해져 있다. 미안하지만 당신에게 좋지 않은 소식을 전해야겠다는 양해의 제스처일 뿐인 것이다. 그들은 내가 우수한 인재였지만 아쉽게도 한국대학교와는 인연이 아닌 것 같다며 굵직한 선을 그어버렸다. 너무나도 뻔한 패턴이다.

그런 패턴은 윤아와 예린에게도 동일하게 전달되었다. 그들도 나와 같은 문자 메시지를 수신한 것이다. 우리 모두는 그렇게 정규직 채용 서류전형에서 불합격했다.

통보 문자를 받고 나서도 나는 아무런 느낌이 없었다. 하지만 불합격을 인지한 그 순간부터 아마도 나는 한참을 자유낙하 중이었던 것 같다. 그러다 밤이 되어 불을 끄고 잠을 자려는데 드디어 추락을 하고 말았다. 나도 모르게 눈물이 흐르기 시작한 것이다. 그러면서 면접 준비가 아닌, 지긋지긋한 4대 보험 업무를 하기 위해 내일도 또다시 기계처럼 출근을 해야 한다는 사실이 혐오스럽게 느껴지기 시작했다.

그러다 몸에 기분 나쁜 열감이 느껴졌다. 한여름인데도 몸이 으슬으슬 추웠고 종아리와 허벅지가 콕콕 찌르듯이 쑤셔왔다. 엎친 데 덮친 격으로 기분 나쁜 두통도 함께 찾아왔다. 아마도 고열이 나는 것 같았지만 자취방이라 체온계가 없어 확인할 방법이 없었다. 점점 증세가 심해졌고 응급실이라도 찾아갈까 싶었지만 몸에 힘이 완전히 빠진 상태라 움직일 기운이 없었다. 이런 상태가 밤새 이어졌고 나는 무슨 큰 병이라도 걸린 사람처럼 침대에 제대로 눕지도 못하고 온몸을 뒤틀어가며 고통스러워했다. 그러면서도 정신은 온전히 살아 있어서 서류전형에서 탈락을 했다는 사실과 앞으로 나는 무엇을 해야 하는지에 대한 생각이 반복해서 떠오르며 끊임없이 나를 괴롭혔다.

약이라도 챙겨 먹을까 싶었지만 집에 있는 비상약이라고 해봐야 소화제와 상처에 바르는 연고 그리고 밴디지가 전부였다. 새벽즈음 비몽사몽 간에 침대에서 일어나 백팩 구석구석을 뒤졌다. 그러다 한참 전 생리 때 먹었던 타이레놀을 찾아냈다. 너무 힘이 들어 바로 두 알을 꺼내 물도 없이 삼켰다. 쓴 기운이 입에 남아 텁텁했지만 나는 그대로 기어가다시피 해서 다시 침대에 누웠다. 그리고 얼마 후 잠이 들고 말았다.

평소 출근을 위해 맞춰놓은 알람 소리를 듣고 눈을 떠보니 온

몸이 땀에 젖어 있었다. 참을 수 없이 욱신거리던 하지의 근육통이 사라졌고 머리엔 아주 경미한 수준의 통증만 남아 있을 뿐 몸이 멀쩡해져 있었다. 그럼에도 워낙 지쳐 있었던 탓에 나는 팀장님께 문자로 몸이 안 좋아 하루 휴가를 쓰겠다고 이야기했다. 그리고는 다시 침대에 누워 잠이 들고 말았다. 몸이 편안했던지 나는 때늦은 깊은 잠에 빠져버렸고 대낮이 되도록 깨어나지 못했다. 그러다 다시 눈을 떴을 때는 오후 두 시가 넘은 시간이었다. 몸조리 잘하고 푹 쉬라는 팀장님의 답장이 와 있었고 그 외에 윤아의 전화가 한 통 와 있었다. 팀장님께 감사하다는 답장을 하고는 윤아에게 전화를 걸었다.

"쌤? 오늘 출근 안 했어요?"
"어젯밤부터 몸이 안 좋아서요."
"정말요? 많이 아파요?"
"밤에 열이 좀 나다가 이젠 괜찮아진 것 같아요."
"에고. 서류 떨어져서 충격받은 거 아니에요?"

문득 실패에 익숙했던 취업 준비생 시절이 떠올랐다. 그때로 돌아가 잠시간의 시간여행을 하고 있는 것 같았다. 실패하고 또 실패하던 그 시절. 그때마다 나는 극심한 스트레스를 받곤 했었다. 아마 그런 이유로 나는 어젯밤도 끙끙 앓았던 것 같았다. 이제는 그 시간여행에서 돌아올 때가 되었는데 과연 언제쯤 가능할까.

"…글쎄요."

"지금은 어때요?"

"조금 나아진 것 같은데 잘 모르겠어요. 자다가 방금 전에 일어났거든요."

"힘들었겠네요. 메신저에 없길래 무슨 일 있나 싶어서 전화해 봤죠."

"그랬구나. 걱정해줘서 고마워요."

"고맙긴요. 할 말이 있었는데 그냥 내일 출근하면 이야기할게요."

"뭔데요? 괜찮아요. 지금 이야기하세요."

"에이. 아프다면서요."

"아니에요. 괜찮아요."

"흠. 그럼 잠깐만요?"

수화기 너머로 또각또각 구두 소리가 들려왔다. 아마도 사무실 밖으로 나가는 모양이었다.

"여보세요?"

"네. 말씀하세요."

"지민 쌤. 지금부터 말하는 거 다 비밀이에요. 알겠죠?"

윤아가 목소리를 낮추며 긴박한 상황인 것처럼 말했다. 무슨 이야기를 하려고 이러는 걸까.

"네. 쌤."

"우리 실장님이 인사팀장님이랑 말씀하시는 걸 들었는데요. 재직 중인 계약직원 대부분이 이번에 채용에 지원했대요."

"하…. 정말요?"

"그러면서 뭐라 하는지 알아요?"

"뭐라고요?"

"지원자 수준이 전체적으로 떨어졌다네요. 어이가 없더라고요."

"우리가 수준을 떨어뜨렸다는 말이에요?"

"네. 그래서 계약직들은 서류전형 합격률이 거의 제로래요."

"…"

"이게 말이나 되는 거냐고요! 정말."

윤아는 화가 난 목소리로 씩씩거리며 말했다. 하지만 나에게는 오히려 위안이 되는 내용이었다.

"인사팀장님이면 우리 팀장님인데…"

"그런데 또 중요한 사실이 있어요."

"뭔데요?"

"총장님이 이번에 채용규모를 최소화하라고 했대요."

"그건 또 무슨 이야기에요?"

"정규직 전환이 예정되어 있는데 그 전에 직원을 새로 많이 뽑을 필요가 없다는 거죠. 그래서 정규직 뽑는 거는 많아 봐야 세 명이래요."

"세 명?"

"응응. 세 명이요. 정말 믿을 수 없는 숫자 아니에요? 우리 서류

붙었어도 박 터질뻔했지 뭐예요."

"충격적이네요. 그렇게 적게 뽑을 줄은 몰랐어요."

그럼 경쟁률이 얼마나 높아지는 것인가. 면접까지 보고 나서 떨어질 바에는 아예 서류전형에서 일찌감치 탈락하는 게 더 나을지도 모르는 일이었다.

"그러니까요. 기왕 이렇게 된 거 어서 채용 끝내고 정규직 전환이나 서둘러줬으면 좋겠어요."

"그런데 쌤. 나도 들은 게 있어요."

"뭔데요?"

이제는 나도 내가 알고 있는 정보를 윤아에게 알려줄 때가 된 것 같았다.

"정규직 전환해주는 거 있잖아요."

"오호. 네."

"그거요. 노동조합 사람들을 우선으로 진행할 수도 있다고 들었어요."

"음?"

"그리고 전환이 된다고 하더라도 업무량 처우는 기존 계약직 때랑 달라지는 게 없을 거라고 하네요."

"쌤. 근데 그건 나도 들어서 알고 있었어요."

"진짜요? 그런데 아무렇지도 않았어요?"

아이보리 타워

"하지만 대상자를 노조 가입 여부로 가르지는 않을 거예요. 제도 자체가 바뀌는 거니까요. 어떻게 일부만 노조 소속이라고 해주고 나머지는 안 해주겠어요? 그럼 문제가 커질 텐데요."

"그런 거예요?"

"노조에서 조합원들 결속시키려고 노조 나가면 전환 안 된다는 이야기를 한다던데, 혹시 그런 이야기를 들은 거예요?"

"사실…. 맞아요."

"에이. 쌤. 그건 그냥 하는 말일 거예요. 하면 다 같이 해야죠. 누구는 노조라고 해주고 누구는 안 해주고, 그런 방식은 아닐 거예요. 인사팀에서 보고 올라왔던 것도 그런 내용은 못 봤어요."

"그렇구나. 저는 이런 게 진짜인지 아닌지 판단해볼 생각도 못 했어요. 쌤은 어떻게 이렇게 다 알아요?"

"부서가 부서인 만큼 조금만 관심 가지면 학교 돌아가는 일들은 대충 다 알게 되는 것 같아요."

윤아는 한국대학교라는 전체의 그림을 크고 널찍하게 잘 스케치하고 있는 것 같았다. 나와는 확실히 다른 시야를 가진 그녀였다.

"대신에 전체 계약직 수가 그대로 유지되는 건 아닐 거예요. 일부는 탈락할 수도 있겠죠. 아마도? 하지만 그건 평가를 통해서 하는 거지 노조 가입 여부로 갈리는 건 아닐 거예요."

"그렇군요. 쌤한테 말 안 꺼냈으면 모르고 있을 뻔했어요."

"하하. 그러네요. 그리고요. 전환되고 나서의 처우가 기존이랑 같은 건 어쩔 수 없다고 생각했어요. 차라리 그게 부담이 덜 될 것 같기도 하고요."

"정말요?"

"정규직 된다고 해서 업무 늘어나고 책임도 더 많이 생기는 건 저는 솔직히 싫거든요. 하지만 처우가 더 좋아지면 당연히 일도 책임도 늘어나겠죠. 내가 원하는 건 그냥 이 자리에서 2년 있다가 나가는 게 아니라, 2년이 지나도 계속 같은 일을 하는 거예요. 쌤은 안 그래요?"

"저는…. 돈도 더 많이 받고 싶고, 왜냐면 우리 지금 최저시급이니까요. 그리고 일도 더 열정을 가지고 적극적으로 해보고 싶어요. 새로운 것도 개척하고 또 성과도 내면서요."

"이야. 지민 쌤 야망 있는 사람이네요?"

"야망은 아니지만….

"그런데 쌤이 말하는 그런 열정적인 일을 과연 행정직원으로 일하면서 할 수 있을까요?"

"그야 일을 하다 보면 기회가 있지 않을까요?"

"그럴 수도 있지만 대부분은 그냥 말 그대로 행정직인 거예요. 우리 급여 보면 기본급만 있고 상여는 따로 없잖아요? 정규직도 마찬가지고요. 직원들의 성과를 측정하기가 애매한 조직이라 그런 거라고 봐요. 나는."

오빠도 물어봤었다. 상여가 없냐고. 생각해보니 우리 조직은 상여가 있을 수 있는 조직이 아니었다. 일의 성과는 차치하고 우선 주어진 루틴한 업무만 처리하기에도 바빴다. 일이 어려워서가 아니라 그냥 단지 많아서이다. 그러다 보니 도전과 열정보다는 근면 성실함이 우선시되는 분위기였다.

"생각해보지 못한 부분이네요."
"나도 처음엔 몰랐지만 있다 보니 여기가 좀 그런 조직인 것 같아요."
"음…."
"비서이긴 하지만 나태해지지 않으려고 보고 올라오는 문서들 시간 될 때마다 꼼꼼하게 보면서 공부도 하거든요. 그런데 우리 대학은 상대적으로 편한 것 같아요. 어떤 일을 하는 데 있어서 생기는 기대효과가 대부분 정성적인 것밖에 없어요."
"정성적인 거요?"
"일반 기업과 구별되는 가장 큰 차이가 그거인 것 같아요. 실적에 대한 압박이 없다는 거. 그게 직원들에겐 큰 장점이라고 들었어요."
"일반 기업에서의 실적은 정량적인 거군요. 당장의 성패가 드러나는?"
"맞아요. 그런데 대학은 그런 게 많이 없어요. 아마 대학 평가 순위나 돈 만지는 부서는 다를 수 있겠지만, 대부분이 일을 진행한다는 사실 자체에 의미를 두지, 그로 인한 눈앞의 성과에는 크게 비중을 두지 않더라고요."
"그러면 당연한 결과로 압박감이 덜하겠네요. 이제 이해됐어요."
"미안한 말이긴 하지만요. 열정과 도전의식을 가지고 성과를 내며 일하고 싶은 쌤한테 한국대학교는 어떻게 보면 맞는 직장이 아닐 수도 있는 거예요."

놀랍게도 윤아의 말이 맞았다. 나는 내가 가진 능력을 최대한 발휘해보고 싶었다. 그렇게 함으로써 문제를 해결하고 새로운 방향을 제시할 수 있는 의미 있는 성과를 거두고 싶었다. 또한 그에 상응하는 보상을 받으며 열심히 일한 내 자신에 대해 뿌듯한 마음을 느껴보고 싶었다. 한마디로 회사에서 일을 하면서 내 개인의 자아실현을 하고 싶었던 것이다. 그런 직장생활을 하며 행복을 느껴보는 게 어떻게 보면 내가 생각한 '복수'였다.

하지만 나는 현실의 늪에서 빠져나오지 못하고 정규직이란 타이틀을 향해 다시 한번 깊은 심연 속으로 잠수를 하고야 말았다. 하루 빨리 계약직을 탈피해서 어떻게든 정규직이 되고 싶다는 마음 하나만으로.

"쌤? 말이 없네요. 내가 너무 심한 말을 했나…."
"아, 아니에요. 잠깐 생각하고 있었어요."
"우리가 행정직원이 아니라 교수였다면 쌤 말이 맞았을 거예요."
"교수님들이요?"
"그렇잖아요. 교수님들은 말 그대로 교육을 하는 분들이지만 동시에 연구자이기도 해요. 그 학문 분야의 최고 권위자들이죠."
"그렇죠."
"교수님들은 열심히 연구를 해서 그 결과를 논문으로 발표하시죠. 그리고 그 과정을 통해 성과를 인정받고 금전적인 보상도 받게 되고요. 또한 연구를 하는 과정에서 후학도 양성하고 계세요. 이건 자기가 하는 일에 대한 열정과 도전정신이 없다면 절대 할 수 없는 일이라고 봐요."

"듣고 보니 그러네요."

"열정 없는 교수님들은 금방 티가 나요. 연구 실적도 부진하고 학생들 강의평가도 매우 좋지 않게 나오더라고요."

"그렇겠네요."

"여기에서 가장 많이 보는 문서가 교수님들에 관련된 문서예요. 대학도 고민이더라고요. 정년은 보장해야 하는데 연구 안 하시는 교수님들이 워낙 많아서요."

"아하. 그렇군요."

"하지만 직원은 그런 게 없잖아요. 그냥 문제 일으키지 않고 묵묵히 주어진 일만 하면 돼요. 미안한 비유지만 마치 기계처럼 말이에요. 그러면 정년 때까지 소박하지만 안정된 삶을 살 수 있죠. 그리고 난 그게 좋아요. 내 성향에 맞거든요. 난 그렇게 평탄한 마음으로 일하면서 살고 싶어요. 남들은 이해하지 못할 수도 있겠지만요."

"네. 그건 쌤이 선택하는 문제니까요. 누가 그걸 보고 뭐라 할 수 있겠어요."

"내가 조금 극단적으로 이야기한 것 같은데 너무 기분 나쁘게 듣지 말았으면 해요. 하지만 이건 중요한 문제예요. 쌤이나 저 모두에게요."

"맞아요. 중요하죠. 진짜로…."

윤아는 너무 오래 자리를 비운 것 같다며 곧 통화를 끝냈다. 나는 통화가 끝난 후에도 핸드폰을 귀에 댄 채로 한동안 멍하니 있었다. 힘이 없었던 건지 아니면 무언가가 아쉬웠던 건지 모르겠지만 나는 그대로 한참을 있었다. 그러다가 다시 침대에 누웠다.

나뿐 아니라 대다수의 다른 계약직들이 정규직 채용에 지원했지만 모두 함께 탈락했다는 사실은 위안이 되는 것이 분명했다. 그 사실 자체가 가진 문제의 본질은 나에게 중요하지 않았다. 하지만 외부로 알려진다면 충분히 문제가 될만한 일이라고 생각했다. 인터넷 포털에 뜰법한 기사 제목이 떠올랐다. "교직원 채용에서 재직 계약직 일괄 불합격시킨 한국대, 공정성 논란 일어" 뭐 이런 식이겠지. 그러나 나는 이런 사실을 그 누구에게도 말하지 않을 것이고 문제로 만들지도 않을 것이다. 다만 나에게 위안이 되는 부분만을 따로 챙겨 이 문제에서 손을 뗄 것이다. 아마도 나는 처음부터 이번 채용에 대한 자신이 없었는지도 모르겠다. 그것은 단순히 합격과 불합격에 대한 문제가 아니었다. 교직원. 그것도 정규직원이라는 포지션 그 자체에 대해 내가 가진 믿음에 대한 자신감이다.

윤아가 했던 말들은 충분히 동의할 수 있는 이야기들이었다. 반박하고 싶지도 또는 그래야 할 필요성도 느껴지지 않는, 하지만 그전까지는 그렇게 생각해본 적 없는 그런 이야기들이었다. 물론 누군가는 윤아의 말을 부정하려 할 수도 있을 것이고, 다른 누군가는 아예 이런 부분들을 생각하지 않으려 할 수도 있을 것이다.

그렇다면 나는 어떨까.

나는 그냥 내 자신이 부끄러울 따름이다. 쉬이 불어오는 산들바람에도 줏대 없이 마구 흔들리던 내가, 나는 그런 내 자신이 부끄러울 따름이다.

익숙한 얼굴

"그걸 바로 현실과 이상의 괴리라고 부르는 거야."

한참 동안 내 이야기를 듣던 오빠가 한심하다는 듯 말했다.

"그럼 내가 진짜 하고 싶은 일을 위해 다시 취업 준비하는 게 이상을 좇는 거란 말이야? 그게 '이상'이라고 불릴 만큼 대단한 일인가?"
"특허사무소 소개해줄 때도 우리 잠깐 고민했잖아. 네가 원하는 일인지는 모르겠다고. 기억 안 나?"
"기억나."
"그때 우린 현실을 바라본 거고. 이상은 잠시 뒤로 넘겨뒀던 거지. 안 그래?"
"그러네. 생각해보니."
"이번에도 넌 엄마랑 이야기했다던 그 복수를 하고 싶었지만 정규직 채용이라고 하니 마음이 흔들린 거고. 그건 현실을 감안하면 지극히 합리적인 결정이다 이거지."

"응. 하긴 그때 오빠도 교직원 자리 없냐고 물어봤었다."

"그래. 바로 그거야. 난 지금 하고 있는 일이 만족스럽긴 해. 하지만 정년 보장이 안 되니까 늘 불안하고 워라밸도 들쑥날쑥하지. 그런데 교직원은 정년 보장에 업무 강도도 약하다고 하니까 그런 현실적인 이유 때문에 그렇게 물어본 거야."

"응…."

"그런데 너는 지금 계약직인 데다가 그런 기회가 지척에 있다고 하니 당연히 반응할 수밖에. 안 그래?"

"오빠 똑똑하다."

"넌 똑똑하진 않지만 이렇게 바로 인정하는 게 참 착한 것 같다. 그게 네 장점이야."

"바보지만 착하다는 거야?"

"넘어가자 그냥."

그렇게 나는 다시 본래의 위치로 돌아왔다.

자꾸 흔들리는 게 싫어 차라리 취업스터디나 하고 한국대학교 일은 그만둘까 생각했지만 그러면 오히려 더 일상이 불안정해질 것 같았다. 그래서 지금의 상태를 유지하며 퇴근 후의 시간과 주말을 최대한 활용하기로 했다.

겸직을 맡게 된 팀장님은 인사팀에서 살다시피 했다. 그래서 채용이 시작된 후로는 거의 얼굴을 보지 못했다. 그만큼 인사팀 일이 바빴던 모양이다. 정영환 계장이나 박한철 계장만이 결재 따위를 위해 잠깐씩 인사팀 사무실에 다녀올 뿐이었다.

현주는 서류전형 결과가 발표된 이후에도 나에게 따로 연락을 해오지 않았다. 어찌 보면 당연한 일일 수도 있겠지만 나는 조금 서운한 마음이 들기도 했다. 가끔씩 복도에서 현주를 마주치곤 했는데 그럴 때마다 그녀는 인사팀이 정말 바쁘다는 말을 하거나, 총무팀엔 별일이 없냐며 사무적인 안부를 묻곤 했다. 당연히 나는 현주를 밝은 표정으로 마주했지만 다른 한편으로는 그녀를 동경하는 마음이 생겨나는 것을 참을 수 없었다. 4대 보험 업무라는 것이 사실은 인사팀에서 직접 채용하고 관리하는 인력에 대한 후속적인 업무 절차였기에 인사팀의 그 타이틀을 나는 남몰래 우러러봤던 것 같다. 그런데 그런 부서에 현주가 파견을 나가 있다는 사실이, 그리고 그곳에서 쓰임이 많은 직원으로 거듭났다는 사실이 무척이나 부러웠고 또 한편으로는 조금, 정말 아주 조금은 불편하게 느껴졌다.

그러던 중 팀장님이 나를 포함한 우리 팀 직원들에게 주말에 진행되는 정규직 채용 면접전형에 업무 지원을 나와달라고 부탁했다. 말이 부탁이지 사실상 업무 지시나 다름없었다. 대신 주말인 만큼 수당을 두둑하게 챙겨준다고 했는데 나는 수당보다는 어떤 사람들이 서류전형에 통과했는지 보고 싶다는 생각이 들어 흔쾌히 업무 지원을 하겠다고 나섰다.

나에게 부여된 역할은 면접 대기실에서 사람들의 출석을 확인하고 교통비를 나눠주는 일이었다. 계약직 면접을 보던 날도 이런 역할을 하던 사람이 있었는데 내가 바로 그 자리에 오게 된 것이다. 물론 다른 사람도 아닌 나 스스로가 탈락한 그 채용의 면접 전형에서 진행 직원으로 일을 하게 되었다는 사실은 충분히 가혹할만했다. 하지만 다행스럽게도 내 마음은 그 어느 때보다 평온했다. 만일 윤아와 그런 대화를 나누지 않았더라면 애초에 나는 부탁을 가장한 팀장님의 지시에 호의적으로 응하지 않았을 것이 분명했다. 되려 집구석에 틀어박혀 이 면접에 진행 직원이 아닌 지원자로 참석했었어야 한다며 극심한 스트레스를 받았을 것이다.

면접 당일 업무에 투입되기 전 면접 대상자 명단을 받고 보니 내가 불합격한 이유를 알 수 있을 것 같았다. 대부분이 30대 이상이었고 20대는 거의 없다시피 했다. 나같이 대학을 갓 졸업한 사회초년생들이 아닌 이직을 하려는 경력직 지원자가 대부분인 것으로 보였다.

시간이 되어 지원자들이 하나둘 대기실에 모습을 드러내기 시작했다. 그들은 과연 누가 보더라도 사회생활을 제법 했을 것 같은 비즈니스 매너와 그에 걸맞은 세련된 외모를 갖추고 있었다. 진행 직원이었길 망정이지 만일 내가 그들 틈에 지원자의 자격으로 함께 있었다면 그 분위기에 압도당했을 것이란 생각이 절로 들었다.

그런데 그중에 익숙한 얼굴이 한 명 보였다. 처음엔 누군지 아리송했지만 출석 체크를 하며 신분증을 확인할 때 그가 누구인지 명확히 기억해낼 수 있었다. 그는 나를 못 알아보는 듯했지만 나는 분명히 기억하고 있었다.

"안녕하세요?"

조금 더 친근한 톤으로 인사를 했지만 그는 그 의미를 알아채지 못한 눈치였다.

"네. 안녕하세요."
"저 모르시겠어요?"
"네?"

그는 서 있었고 나는 책상 자리에 앉아 있었기에 그가 허리를 굽혀 목을 내빼며 날 쳐다보았다. 가까이서 보니 이목구비가 뚜렷하고 말끔한 인상이었다. 그런 그가 놀라며 물었다.

"혹시…. 김지민 씨?"
"맞아요. 이제 알아보시겠어요? 성함이…"
"오! 제가 몰라뵀었네요. 저는 박민준입니다."
"이렇게 다시 뵙다니 반갑네요. 신분증 보여주시고 여기에 출석 확인 서명 부탁드립니다."

민준은 나의 안내에 따라 신분증을 보여준 후 출석 확인을 했다.

"그간 잘 지내셨어요?"
"네. 보시다시피 한국대에서 계속 일하고 있습니다."
"그날 이후로 어떻게 지내시나 궁금했는데…. 이렇게 뵙네요."
"지나간 일이죠, 이제는."
"네. 그렇죠."

안타까움이 어린 표정으로 그가 미소를 지어 보였다. 난 이제 괜찮다고 말하고 싶었지만 굳이 그러진 않았다.

"그나저나 변리사는 따로 뽑을 텐데 일반 행정 분야로 지원을 하셨네요?"
"그게…."
"그래도 어느 정도는 어드밴티지가 있을 테니 면접 잘 보시길 바랄게요."
"네. 감사합니다."

민준은 다시 한번 미소를 짓더니 나에게 목례를 하고는 자리로 돌아갔다. 문득 그날 나를 찾아와 이야기하던 그의 모습이 떠올랐다.

'사과를 받으러 온 게 아니라, 사과드리러 왔습니다.'

단호하지만 진심이 담겨 있던 목소리. 그 목소리에 나는 다시 뒤를 돌아 그를 마주했었다. 아마도 나는 잔뜩 일그러진 표정을 하고 있었을 것이다. 그런 내 얼굴을 바라보는 그의 심정은 어땠을까. 물론 면접관으로서 나의 단정한 모습도 지켜봤을 그였다. 생각해보니 민준은 한 번 봤던 사람치고 나의 너무 많은 표정을 목격한 사람이었다. 그 때문일까 뒤늦게 부끄러움이 밀려왔다. 그런 사이인데도 내가 오늘 너무 반갑게 인사한 건 아닌지 걱정이 됐다.

지원자들의 출석 확인이 끝나고 팀장님과 다른 인사팀 직원이 함께 대기실로 들어왔다. 나는 함께 온 인사팀 직원에게 출결 현황을 보고했고 팀장님은 단상에 올라가 지원자들에게 간단한 인사를 한 후 면접 일정을 소개했다. 그러면서도 나는 민준에게서 한동안 시선을 뗄 수 없었는데 그는 사뭇 진지한 모습으로 팀장님의 말씀을 경청했고, 이후에는 자기가 준비해온 자료들을 살펴보느라 분주해 보였다. 갑자기 왜 한국대 교직원 채용에 지원했는지 이야기를 들어보고 싶었지만 주변에 다른 지원자들도 있고 나 또한 부여받은 업무가 있었기에 섣불리 그에게 말을 걸 수가 없었다.

내가 가지고 있는 면접 대상자 명단에는 지원자들의 연락처가 함께 기재되어 있었는데 고민 끝에 나는 그의 번호를 저장해두기로 했다. 업무상 목적이 아니기에 그가 동의한 개인정보의 활용 범위에는 포함되지 않았겠지만 나는 민준과 다시 조우하고 싶었다. 그래서 그날의 경험이 나에게 어떤 의미가 되었는지 꼭 말해

주고 싶었다. 아울러 그가 보여준 따뜻한 배려에도 고맙다는 말
을 하고 싶었다.

　면접은 총 세 단계로 나뉘어 있었다. 실무자 면접과 토론 면접
그리고 영어 면접 순으로 진행되었는데, 면접이 시작되자 팀장님
은 나에게 영어 면접실 관리를 지원하라고 했다. 외국인 교수 두
명이 면접관으로 와 있는데 진행 직원과의 소통이 잘 안 되는 것
같다고 했다.

　대기실에서 나와 영어 면접실로 가보니 권서영 계장의 후임자로
온 인사팀 직원이 있었다. 중년의 여성 외국인과 무언가를 이야기
하고 있었는데 그는 분명 열심히 말을 하고 있었지만 상대 외국인
은 표정을 잔뜩 찌푸리고 있었다. 면접실에는 비교적 나이가 젊어
보이는 외국인 남성이 한 명 더 있었고 아마 그 둘이 영어 면접의
면접관인 것으로 보였다. 인사팀 직원이 날 보더니 경계하는 표정
으로 물었다.

　"어떻게 오셨죠?"
　"안녕하세요. 총무팀 김지민이라고 합니다. 저희 팀장님께서 여
기 업무를 지원하라고 하셔서 왔습니다."
　"아. 그렇군요! 선생님 그럼 혹시 영어 잘하세요?"
　"어느 정도는요."
　"휴. 다행이네요. 면접 평가표에 대해 질문을 주셨는데 제가 영
어가 좀 짧아서 교수님께서 이해를 잘 못하고 계세요."

"그렇군요. 그럼 제가 중간에서 통역을 도와드려도 될까요?"

"네. 부탁드리겠습니다."

나는 외국인 교수들에게 내 소개를 한 뒤 궁금한 내용이 무엇인지 다시 한번 물었다. 그들의 질문을 우리말로 통역해 인사팀 직원에게 알려주었고 그의 답변을 다시 영어로 통역하여 외국인 교수들에게 답해주었다. 그렇게 몇 개의 질문을 확인해주고 나니 외국인 교수들이 만족스러운 표정을 지으며 고맙다고 했다. 생각하지 못한 자리에서 나 또한 작은 보람을 느낄 수 있었다.

잠시 후 첫 번째 지원자가 면접실 앞에 도착했다. 실무자 면접과 토론 면접이라는 두 번의 고된 과정을 거친 후 마지막 순서로 온 것이라 그런지 지친 기색이 역력했다. 게다가 긴장감 또한 많이 떨어진 것 같았다. 그가 면접실 안으로 들어가고 문밖에서 조용히 새어 나오는 소리를 들어보았다. 지원자를 맞는 교수님들은 목소리가 쩌렁쩌렁했지만 정작 지원자의 목소리는 하나도 들리지 않았다.

면접이 끝난 후 나는 잠시 면접실로 들어가 지원자들이 어떤 과정을 거쳐 영어 면접에 들어오는지 그 상황을 설명했다. 그러자 남자 교수가 그런 상황을 설명해주어 정말 고맙다고 했다. 안 그래도 첫 번째 지원자가 너무 무기력해 보여 낮은 점수를 주려 했는데 내가 말한 부분을 어느 정도 고려하겠다고 했다. 그러자 옆에 있던 여자 교수도 면접실 밖에서 지원자들에게 끝까지 최선을 다해서 밝은 모습으로 임해달라는 말을 해줄 수 있겠냐고 부탁했다. 그게 지원자들이 긴장을 풀지 않고 끝까지 열심히 할 수 있는 유인이 되지 않겠냐는 것이다.

나는 면접실 밖으로 나와 면접관들의 말을 인사팀 직원에게 전달했다. 하지만 그의 반응은 기대했던 것과는 정반대였다.

"그런 것까지 굳이 진행 직원이 신경 써야 하나 싶은데요?"
"네? 그래도 교수님들 말씀이…."
"괜히 지원자들한테 쓸데없는 이야기는 안 하는 게 좋을 것 같습니다."

인사팀 직원의 말도 일리는 있었다. 지원자가 알아서 할 부분을 굳이 진행 직원이 개입할 필요는 없었다. 그럼에도 면접관이 전하는 작은 격려가 지원자들에게 힘을 보태줄 수 있다면 굳이 하지 말아야 할 이유도 없어 보였다.

"알겠습니다…."
"여하튼 외국인은 외국인이네요. 생각이 다채로운 것 같아요. 역시 여유가 있어요."

지금 외국인들의 다채로운 생각을 칭찬할 때가 아닌 것 같은데 나는 그런 그가 못마땅했다. 그래서 팀장님께 내용을 보고하고 싶었다. 인사팀 직원에게 팀장님께 물어봐도 되냐 하니 편할 대로 하라고 했다. 나는 다음 지원자가 오기 전에 팀장님께 다녀올 생각으로 복도를 뛰어 진행본부로 향했다. 팀장님을 만나 헉헉거리며 상황을 설명하니 너무도 쿨하게 팀장님이 말했다.

"오케이!"

나는 감사하다고 소리치듯 대답하고 다시 영어 면접실로 뛰어왔다. 마침 두 번째 지원자가 도착해 대기석에 앉으려던 참이었다. 나는 면접관 교수들이 이야기한 것을 그대로 그 지원자에게 전달했다. 내 말을 들은 여자 지원자는 방긋 웃으며 알겠다고 대답했다. 그녀는 굽었던 허리를 다시 펴더니 어깨를 돌려가며 소극적으로나마 스트레칭을 했다. 그리고 잠시 후 면접실로 들어갔다.

"굿모닝!"

지원자가 큰 소리로 인사하며 면접실에 들어섰다. 면접관들도 환하게 웃으며 그녀를 맞이했고 면접 내내 분위기가 좋아 보였다. 그렇게 나는 계속 영어 면접실 앞에서 지원자들의 기를 살려주는 역할을 했다. 그러던 중 민준도 순서가 되어 영어 면접실로 앞으로 왔다. 나는 그에게도 같은 이야기를 해주며 기운을 내라고 했다. 하지만 사실 그는 다른 지원자들에 비해서 표정도 밝았고 크게 지쳐 있지도 않아 보였다. 어떻게 보면 면접을 즐기고 있는 것처럼 보이기까지 했다.

민준이 면접을 마치고 나오며 환한 표정으로 나에게 고맙다는 인사를 했다. 나는 그를 출구 방향 근처까지 배웅하며 따로 연락을 한 번 해도 괜찮겠냐고 물었다. 그러면서 전화번호를 저장해두었다고 솔직하게 이야기를 했다. 그는 관대한 말투와 표정으로 언제든지 연락하라고 했다. 나는 그에게 정중하게 고개를 숙여 인사했고 그 또한 나에게 같은 방법으로 인사를 했다. 아마도 최종 단계가 될법한 다음 전형에도 그가 참석할 수 있으면 좋겠다는 마음이 들었다.

오전 면접이 끝나고 다 함께 도시락으로 점심을 먹었다. 오후에도 나는 오전과 똑같은 일을 맡았다. 대기실에서 오후 면접조의 출결 확인을 하고 면접이 시작되자 영어 면접실에서 진행을 지원했다. 팀장님은 오후엔 내가 혼자 있어도 될 것 같다며 인사팀 직원을 다른 곳에 배치했다. 그렇게 정직원 채용을 위한 면접이 오후 내내 계속해서 진행되었고 다섯 시 반이 조금 넘어서야 마지막 지원자의 면접이 종료되었다.

면접관들의 평가표를 함께 확인한 후 면접실 비품들을 정리하고 있는데 마침 현주가 날 찾아왔다.

"지민 쌤! 오늘 수고 많으셨어요."
"어머. 현주 쌤!"
"하루 종일 일하느라 많이 힘들었죠?"
"힘들긴요. 재밌었어요. 쌤은 어디 있었어요?"

"난 인사팀에 있었어요. 면접 날이라 전화도 많이 오고 해서요."

"아…. 정말요? 완전 편하게 있었네?"

"편하긴요. 나도 나름 바빴다고요."

"농담이에요. 헤헤."

"쌤은요? 괜찮았어요?"

"뭐가요?"

"아무래도 이번 채용에 지원했었으니까…. 아쉬울 수도 있을 것 같아서요."

"그럴뻔했지만 다시 정신 차렸어요."

"정신 차리다니요?"

"마음 정했어요. 저 교직원 안 할 거예요."

"오!"

"저번에 우리 메타세쿼이아 숲에서 이야기 나눴을 그때로 다시 돌아가 있어요."

"하하. 그럼 이젠 나랑 동지네요."

"그래도 오늘 면접 보러 온 사람들이 부럽긴 했어요."

"쌤도 참. 왜요?"

"오늘 면접을 본다는 것이 부러운 건 아니고…. 확신에 차서 열심히 면접을 보려는 그 모습이 부럽더라고요."

"와. 그런 모습을 부러워하는 쌤의 마음이 저는 더 멋지네요."

"하하. 감사해요. 그나저나 인사팀 요즘 많이 바빠서 어떻게 해요? 공기업 취업 공부 시간이 모자란 거 아니에요?"

"채용 끝나면 나아지겠죠. 정규직 전환 때는 다른 담당직원분 위주로 일이 진행될 거라 저는 괜찮을 것 같아요. 아무래도 저도 대상자이다 보니 관련된 일을 많이는 안 주실 것 같아요. 그때 되면 소속도 조기에 원상복귀 될 것 같다고 팀장님께서 말씀하셨어요."

"잘됐네요. 그럼 채용 끝나고 한번 봐요. 너무 오래 못 봤어요."

"그래요. 나는 이제 인사팀 직원분들 도와서 마무리하러 갈게요. 쌤도 오늘 고생했는데 어서 들어가서 쉬어요."

"네. 알겠어요. 그럼 고생하시고요."

복도로 나와 보니 인사팀 직원들이 다른 면접실과 대기실에서 비품을 정리하는 모습이 보였다. 현주는 나에게 손을 흔들어 인사한 후 가볍게 뛰어가 함께 일을 돕기 시작했다. 그 모습을 직접 보고 있으려니 현주는 총무팀 서무로 있을 때보다 더 행복해 보였다. 일은 많았겠지만 그만큼 쓰임을 더 많이 받았고 인사팀의 다른 직원들과도 매우 가까운 듯 보였다.

그녀가 처음부터 인사팀으로 배정되었다면 어땠을까 하는 생각이 들었다. 아쉬운 마음과 안타까운 마음이 한꺼번에 몰려오며 나도 모르게 한숨이 나왔다. 하지만 그녀는 괜찮을 것이다. 그녀의 꿈은 이곳이 아닌 다른 곳에 있기 때문이다.

사회적 강자

새 학기의 시작이 다가왔다. 대학 내 거의 모든 부서가 가장 분주하게 움직이는 시기였다. 4대 보험 업무도 예외는 아니다. 각 단과대학과 대학원 행정실에서 새 학기를 기점으로 퇴사하거나 새롭게 임용되는 계약직원들의 서류가 대거 공문으로 전달되었다. 인사팀이 더욱 바쁜 이유가 또 여기 있었다. 나와 함께 영어 면접 진행을 담당했었던 인사팀 직원이 이 모든 일을 담당하고 있을 터였다.

이뿐만이 아니었다. 교수의 인사를 담당하는 교무팀에서도 인사팀과 똑같이 8월 말 퇴사 및 9월 초 임용되는 비전임교원들의 발령 서류를 수차례 공문으로 보내왔다. 이들 계약직 교수들은 대부분이 학기를 기준으로 근로계약이 이루어지기 때문에 직원보다 인원변동 폭이 더 컸다. 전체 대상자의 서류를 한꺼번에 보내주면 안 되느냐고 한 번은 교무팀에 문의를 했는데 워낙 사람이 많아서 순차적으로 처리할 수밖에 없다고 했다. 그때그때 되는대로 처리해버려야지 기다렸다 한꺼번에 하면 너무 늦어진다는 말이었다. 이 때문에 공문이 수신될 때마다 일일이 4대 보험 후속 처리를 하느라 연일 바쁜 날들이 이어졌다.

인수인계서에는 새 학기가 시작되는 시기가 가장 정신없는 때인 만큼 신고 누락이 없도록 유의해야 한다는 문구가 있었다. 그걸 직접 겪어보니 말 그대로 대혼란의 시기였다.

정규직원 채용은 이제 합격자 발표만을 앞두고 있었다. 얼마 전 치러진 최종 면접은 사실상 합격 예정자만을 대상으로 하는 총장님과의 상견례 자리였다. 총장님이 최종 선발된 지원자들과 일대일로 면접을 진행했고 큰 문제 없이 잘 마무리되었다고 했다. 최종 선발자는 세 명이 아닌 다섯 명이었다. 인사팀에서 세 명으로 처음 보고를 올렸으나 부총장님이 총장님을 설득해 다시 다섯 명으로 최종 합격자 수를 조정했다고 했다. 물론 다섯 명도 기존 채용규모에 비하면 절반도 안 되는 수준이었지만 세 명보다는 다섯 명이 훨씬 보기 좋았다.

민준이 그중 한 명으로 오지 않을까 기대했지만 알고 보니 최종 합격자는 모두 여성이라고 했다. 그 또한 불합격의 고배를 마신 것이다. 그럼에도 왠지 그는 스트레스를 많이 받지 않았을 것 같았다. 이유는 모르겠지만 마지막으로 봤던 그의 여유 있던 모습이 그런 막연한 기대를 갖게 했다.

채용 결과가 최종 발표로 이어지기 위해서는 재단의 최종 승인이 나야 하는데 사실상 결과는 정해져 있음에도 불구하고 거쳐야 하는 행정 절차들이 많아 시간이 조금 더 소요된다고 했다.

이 모든 것을 나는 역시나 윤아를 통해 들었는데 가장 중요한 내용은 따로 있었다. 계약직의 정규직 전환 계획이 최종 마무리되어 이 또한 재단의 승인을 기다리고 있다는 것이었다. 윤아는 만일 이 두 안건이 동시에 승인 난다면 채용 합격자 발표 직후 곧바로 계약직의 정규직 전환 계획이 발표될 것 같다고 했다. 모든 것이 순조롭게 진행되고 있다며 기대감에 부풀어 있는 그녀였다. 그리고 이러한 이야기를 들은 지 사흘이 지난 바로 오늘 노동조합 명의의 이메일이 도착했다.

> **[한국대학교 비정규직 노동조합] 연대와 화합으로 투쟁에서 승리했습니다!**

'승리'라는 말이 제목에 포함되어 있다는 것 자체로 불안했다. 본문 내용은 간단했다. 산학협력단에 이어 드디어 대학이 계약직들을 대상으로 정규직 전환 작업을 시작한다는 것이었다. 산학협력단은 이제 모든 과정이 마무리되어 정규직으로서의 근로계약까지도 마친 상태였고, 대학은 세부적인 내용을 곧 발표할 예정이라고 했다. 그러면서 이 모든 것이 노동조합 위원장과 간부들 그리고 수많은 조합원들이 함께 이뤄낸 성과라고 자평했다. 앞으로의 투쟁에 힘을 모아달라며 노동조합 가입원서를 함께 첨부파일로 보내오기도 했다.

　나는 이 이메일이 또다시 대학본부의 심기를 건드리는 게 아닌가 걱정이 되었다. 윤아가 말했지 않던가. 대학이 나서서 정규직 전환을 발표해야 하는데 노동조합의 요구에 못 이겨 전환을 해 주는 모양새로 가면 그건 대학이 원하는 모습이 아니라고. 하지만 윤아에게 물어보니 이제는 대학도 어쩔 수 없는 상황인 것 같았다. 오전에 이미 재단의 승인이 떨어졌다는 것이다. 그녀는 노동조합이 아마도 재단의 움직임을 미리 파악하고 이렇게 먼저 손을 쓴 것 같다며, 그들이 과연 영민하게 움직이고 있으며, 이제는 자기도 노동조합에 가입을 해야 할 것 같다고 했다.

　"노조 가입을요? 왜요?"
　"저희 부서는 부총장님이랑 저희 실장님 그리고 저뿐이에요."
　"그렇죠."
　"부총장님은 이제 곧 다른 분으로 바뀌실 거예요. 이번 일에 책임을 다 지셨으니 물러나실 때가 됐죠."
　"이제 시간이 된 거군요?"
　"네. 그리고 부총장님 바뀌면 자연스레 행정실장도 바뀐다고 하더라고요."
　"아…."
　"그러니 내가 설 자리가 애매해진 거죠. 애초에 이런 계산을 했어야 했는데…. 낭패예요."
　"그것까지 우리가 어떻게 계산을 하겠어요. 쌤."

말은 그렇게 했지만 윤아라면 그런 생각도 충분히 미리 할 수 있는 능력이 있었다. 계약직 신분으로도 각종 보고 문서들의 내용을 재빠르게 습득하고 학교 전체가 어떻게 돌아가는지 훤히 들여다보던 그녀였다. 게다가 각각의 사건들이 어떤 시사점을 지니는지도 기민하게 잘 파악하던 그녀였는데 정작 부서 상황을 둘러싼 본인의 입지에 대해서는 깊게 고민을 하지 못했던 모양이다.

　"저도 이제는 보호막이 필요할 것 같아요. 그나마 절 잘 챙겨주시던 실장님께 조언을 얻어볼까 했지만 그분도 어떻게 보면 곧 팽당하실 위치시니…."
　"쌤이 가장 걱정하는 게 뭔지 물어봐도 돼요?"
　"정규직 전환되고 나서 바로 부총장실에서 쫓겨나는 거죠. 그간 했던 일과는 전혀 무관한 다른 부서로 옮겨지면…. 아무래도 부담이 될 것 같아서요."

　윤아는 이기적인 생각을 하는 중이었다. 정규직으로 전환이 된다면 그런 인사이동은 어쩔 수 없이 받아들여야 하는 조직의 업무상 명령이 될 것이다. 하지만 그걸 원하지 않았고 결국 지금의 부서에 남아 있기 위해 노동조합의 힘을 빌리겠다는 심산이었다.

　"쌤은 어차피 다른 일 하고 싶다고 했으니 이제 노조가 필요 없을지도 모르겠지만 난 필요할 것 같아요. 가입원서도 사실 이미 보냈고요."
　"그랬군요. 쌤이 선택한 일이니만큼 저는 존중해요."

나는 윤아에게 내 속마음을 털어놓지 않았다. 굳이 상처가 될 말을 하고 싶진 않았다. 그러나 노동조합이 그런 그녀의 버팀목이 되어줄 수 있다면 어찌 됐든 그건 결국 잘된 일일 테니 나는 한발 물러나 있기로 했다.

그 이후로 나는 윤아와 많은 대화를 하지 못했다. 그녀가 날 멀리하거나 혹은 냉담하게 대한 건 아니었지만 이전에 비해서는 확실히 풀이 죽어 있었다. 그토록 기다리던 정규직 전환이 이제는 시한폭탄처럼 느껴졌던 것인지 조금만 나중에 시행되면 좋겠다는 말을 몇 번 반복해서 했을 뿐이었다.

그리고 드디어 정규직 채용의 최종 합격자가 발표되었다. 그들에 대한 신규임용 인사발령 공문이 대학의 전 부서로 발송되었다. 그런데 어찌 된 영문인지 함께 승인이 났다던 정규직 전환에 대한 내용은 며칠이 지나도 발표가 되지 않았다. 당장이라도 진행될 것처럼 말했던 윤아도 그 이유를 알지 못했고 그럴수록 그녀는 점점 더 불안해했다. 처음에는 합격자 발표가 난 이후 후속 절차로 진행되는 부분이라 조금 지연되는 것이겠거니 싶었지만 시간이 지나도 아무런 소식이 들려오지 않자 나 또한 그 이유가 궁금해지기 시작했다.

사실 이런 부분이 나에게는 크게 문제가 되지 않았다. 정규직 전환이 된다 해도 근무기간 1년을 채우고 나면 재계약을 하지 않고 그만둬야겠다는 생각을 해왔기 때문이다. 하지만 전환 계획에 대한 소문만 무성할 뿐 무엇 하나 명확한 실체가 없다 보니 괜스레 나도 불안한 마음이 들었다. 답답해서 현주에게라도 물어볼까 싶었지만 결국은 그만두었다. 그녀가 알고 있는 게 있다 하더라도 나에게 이야기를 해주기는 어려울 것 같았기 때문이다.

그러던 어느 날 팀장님이 오랜만에 총무팀 사무실로 들어오더니 나를 회의실로 불렀다.

"잘 지냈습니까. 요즘 너무 바빠서 총무팀에 거의 못 왔네요."
"네. 오랜만에 뵙는 것 같아요."
"그러게요. 다름 아니고 긴히 이야기할 게 있어서 왔어요."
"네."
"이제…. 인사팀에서 정규직 전환을 진행할 거예요."
"와. 드디어 되는군요!"
"노동조합 이메일도 있었고 소문이 하도 많이 나서 지민 선생도 들은 내용이 많았을 거예요."
"네. 아무래도…."
"그런데 소문은 소문일 뿐, 실제 계획은 많이 다를 겁니다."

팀장님의 말이 꽤나 묵직하게 다가왔다. 어떤 내용이 달라진다는 이야기일까.

"지금부터 드리는 이야기는 방금 전 최종 확정된 사항이고 그대로 진행될 거니까 절대적으로 보안 지켜주셔야 합니다. 알겠죠?"

"네. 그럼요."

"일단 사무직 계약직들은 전원 배제됩니다."

팀장님 말을 듣자마자 가슴이 철렁 가라앉았다.

"배제요?"

'배제'라는 단어의 뜻이 내가 알고 있는 그 뜻이 맞나 하는 생각을 했다. 배제하다. 영어로는 익스클루드(Exclude). 포함하다라는 뜻의 인클루드(Include)와는 반대의 뜻이었다. 즉 포함되지 않는다는 말이다. 이럴 수가.

"지민 선생과 또 현주 선생에게는 미안한 이야기가 될 수 있겠네요."

"아…. 아닙니다. 그럼 누가 대상이란 말씀이시죠?"

"환경미화직들만 정규직으로 전환하고 사무직들은 추후 다시 논의하기로 했어요."

노동조합에 가입한 대다수가 사실상 환경미화직종 직원이었다. 결국 노동조합에 가입한 사람들 위주로 이번 정규직 전환이 실시되는 것이다.

"지금부터가 문제인데요. 그분들 만 60세 이상이신 분들도 많이 계세요. 그래서 인사팀에서 명단 넘겨주면 모두 사학연금에 신고하는 게 아니라 만 60세 미만만 신고합니다. 알죠? 만 60세 넘으면 사학연금 가입 안 되는 거요."

"네. 그럼 만 60세 넘은 분들은 4대 보험 신고를 어떻게 해야 하죠?"

"그분들은 정년을 넘긴 특수한 고용형태라 그냥 기존 계약직이었을 때 가입해 있는 상태 그대로 유지합니다. 국민연금도 어차피 만 60세면 이미 끝난 상태일 테니까요."

"그럼 정규직이 되어도 사학연금 가입을 안 하시는 거네요?"

"결과적으로는 그렇죠."

"그런데 급여가 바뀌면 보수변경 신고를 하긴 해야 할 텐데요."

"급여는 변동 없습니다."

"네? 그럼 정규직 전환을 왜 하는 거죠? 그분들은 2년 연한도 없잖아요."

"뭐…. 일단은 그렇게 결정이 났습니다."

이해가 가지 않았다. 타이틀만 바뀔 뿐 실익이 없어 보이는 조처였다.

"알겠습니다. 그런데 팀장님, 말씀 중에 죄송한데…."

"네. 이야기하세요."

"실은 사학연금은 제가 아니라 정영환 계장 업무라서요."

"아…. 그걸 이야기 안 했군요. 정 계장은 이번 전환 발표되면서 노동조합 전임자로 인사이동 될 예정이에요."

"그렇군요."

"그래서 미안하지만 오늘부터 정 계장한테 사학연금이랑 단체
보험 업무 인수인계를 받아줘야 할 것 같아요."

"다른 정규직원이 오시는 게 아니고요? 제가 그 업무를 받나
요?"

"네. 당분간 그렇게 하기로 했어요."

"팀장님…. 이건 좀 아닌 것 같습니다."

오랜만에 머릿속 생각이 바로 입 밖으로 튀어나왔다. 나도 모르
게 흥분을 한 것이다. 우선 나를 비롯한 사무직 계약직들이 정규
직 전환 대상이 아니라는 사실도 기가 찼지만, 정영환 계장의 대
체직원이 없다는 사실에, 그리고 그의 업무를 계약직인 나에게 넘
기려고 한다는 사실에 화가 났다.

"지민 선생…."

"저 사실 많이 바쁩니다. 업무 시간 내내 일만 해도 일이 안 끝
납니다. 그래도 최대한 업무에 집중하려고 노력하는 중이에요. 그
런데도 정영환 계장은 저 일하는 거 뭐 하나라도 신경 써주는 줄
아세요? 그분은 노동조합 일 하느라 제가 하는 일에 대해 전혀 신
경도 안 씁니다. 그럼에도 제가 하는 일들은 죄다 정영환 계장 이
름으로 남겨집니다. 왜냐면 저는 계약직이니까요."

"압니다. 그래서 이번에 정 계장 내보내고 조금만 기다리면…."

"제가 업무 하는 거 총무팀에서 그 누구 하나 옆에서 도와주시
거나 혹은 조언이라도 해주시나요?"

"지민 선생, 흥분 좀 가라앉힙시다. 응?"

팀장님도 이런 내 모습에 기분이 상했는지 목소리를 높여 말했다. 하지만 나는 이미 화가 날 대로 난 상황이었다. 흥분을 해서인지 몸이 뜨거워지는 게 느껴졌다.

"죄송합니다. 그런데 할 말은 해야겠어요. 팀장님."

"갑자기 일이 많아지니 기분이 안 좋은 건 알겠는데 잠시 동안만 부탁합시다."

"그게 아닙니다. 일이 많아져서 그러는 게 아닙니다. 일은 하면 됩니다. 시간이 부족하면 야근을 하면 되고, 주중에 일이 다 안 끝나면 주말에 나와서 하면 됩니다. 그건 전혀 문제가 되지 않아요."

"…"

"전 어차피 정규직 전환된다 하더라도 1년만 채우고 그만둘 생각이었습니다. 대학에서 일하는 게 저와 안 맞는다고 생각했거든요. 그런데 정규직 채용이다 전환이다 말이 많아서 몇 번이나 휘둘리면서 정규직이 되면 좋겠다는 생각을 했었습니다. 하지만…. 아니었습니다. 저는 이곳과 안 맞아요. 그래서 전 재계약 때가 되면, 물론 재계약을 안 시켜주실 수도 있겠지만, 행여 시켜주신다고 해도 양해를 구하고 그만둘 생각이었습니다. 그래서 제 개인적으로는 정규직 전환 안 시켜주셔도 상관이 없어요."

"그랬군요."

"그럼에도 불구하고…. 저는 엄청 화가 나요 지금. 왜인지 아세요? 정규직이 하던 일을 혼자 떠맡을 정도로 학교에서 필요로 하는 자리이고, 또 저 아니면 제 업무를 대체해서 해줄 수 있는 분이 이 부서에 아무도 없는데, 그렇게 무거운 짐을 지워놓고 있으면서도 막상 정규직으로 전환하는 데에서는 배제를 당한다는 게 생각보다 많이 자존심이 상하는 일인 것 같아요."

"음…. 그 마음 이해합니다."

"이유가 뭐죠? 노동조합에 가입하지 않아서인가요?"

"지민 선생…. 이건 노동조합 때문이 아니에요. 그분들이 더 고령이시고 사회적 약자이시니까 먼저 배려해드리는 거지, 노조 때문은 아닙니다."

"하지만 이 모든 게 노조가 요구해서 시작된 게 아닙니까?"

"틀린 말은 아닙니다. 하지만 일을 진행하다 보니 여러 가지 고민할 게 많았던 거예요. 그러다 보니 고령자분들에게 맞는 방향으로 먼저…."

"팀장님. 저는 사회생활의 시작을 계약직으로 시작했습니다. 그 누구도 계약직을 좋게 봐주지 않습니다. 그 흔한 소개팅 나간다고 해도 계약직이라고 하면 상대가 꺼려합니다. 심지어 가족들 사이에서도 이건 흉이에요. 아세요? 왜냐면 길어야 2년 일할 수 있으니까요. 심지어 급여도 최저시급보다 아주 조금 높습니다. 그럼에도 저는, 그리고 다른 사무직 계약직들은 어리니까 사회적 강자인가요? 젊으면 고생하고 힘들어도 다 괜찮은 건가요? 그리고 이 일을 처음 촉발시킨 것도 경영대 최준석 쌤이 2년을 넘겨 근무한 이력 때문이었어요. 아시잖아요? 그런데 그분은 사무직이셨어요. 하지만 지금 와서는 환경미화직만 전환시킨다는 게 주객이 전도된 것 같다는 생각 안 해보셨어요? 서른 살 먹은 최준석 쌤은 사회적 강자인가요?"

절규하다시피 목소리를 높여 떠들었다. 팀장님은 더 이상 나에게 아무 말도 하지 않았고 나도 더 이상 대들 힘이 없어 가쁜 숨을 쉬며 의자 등받이에 몸을 기댔다.

"최준석 쌤은요? 그분은 정규직 전환시켜주시나요?"
"최준석은 다른 데 취업했습니다."
"네?"
"그랬다고 하네요. 그런데 그건 지금 중요한 게 아니고…."
"최준석 쌤이 그럼 결국 돈 받았나요?"
"그건…. 나도 잘 모릅니다."
"죄송합니다. 쓸데없는 질문이었네요."
"휴…. 아무튼, 김지민 선생. 내가 달리 해줄 말이 없습니다. 팀장으로서 미안합니다. 우선 정영환 계장 업무 받는 게 어려우면 내가 박한철 계장과 이야기해보겠습니다."
"제가 업무 받을게요. 그까짓 업무 그냥 하면 됩니다. 그런데 저는 분명히 말씀드리는데 이 일로 분명히 상당히 기분이 상했습니다. 한국대학교라는 조직이 저라는 사람을, 그리고 기껏해야 20대 중후반인 우리 사무직 계약직원들을 어떤 시선으로 바라보는지 정확하게 알았기 때문입니다."

팀장님은 짧게 알겠다고 말하고는 자리에서 일어났다. 흥분이 가라앉으면 다시 이야기하자고 했다. 나는 아무런 답변도 하지 못한 채 멍하니 있었다. 그렇게 나는 회의실에 혼자 남겨졌다.

애초에 그냥 아무 일도 없었더라면. 차라리 정규직 전환이고 뭐고 그런 것 없이 묵묵히 일만 할 수 있었다면.

그랬다면 얼마나 좋았을까.

아름다운 이야기

대학의 정규직 전환 계획이 공식적으로 발표되었다. 어떤 특정한 발표 형식을 띤 것은 아니었고 전 부서에 인사팀의 내부 공문이 발송되었다.

이후 겉으로 드러나는 움직임은 없었다. 노동조합은 침묵했고여 타 부서의 사무계약직원들은 자신들이 들어왔던 내용과 비슷하지만 본질이 전혀 다른 전환 계획에 애써 침착하려 노력하는 듯 보였다. 실망하고 분노할 수밖에 없는 이들도 있었겠지만 그런목소리를 모아 외부로 알려줄 만한 창구가 부재했다. 윤아도 그들 중 한 명이었으나 달리 할 수 있는 일이 없었다. 학생들처럼 대자보를 붙일 수도, 익명으로 전체 구성원에게 이메일을 보낼 수도없었다. 그저 받아들이는 것만이 유일하게 할 수 있는 일이었다. 대학 스스로가 먼저 나서서 정규직으로 전환해줄 테니 기다리라고 한 적도 없었을뿐더러 그렇게 해줘야 할 의무도 이유도 없었

아이보리 타워

다. 때문에 잘못을 따진다면 김칫국을 먼저 마셔버린 각 개인들에게 있을 뿐 대학은 아무런 책임도 없었다.

전환 계획이 발표된 후 한 주간 중도 퇴사를 하는 계약직원이 열 명 넘게 발생했는데 우연이라고 보기엔 그 이유가 너무도 명확했고 그것이 내가 목격할 수 있는 유일한 파동이었다.

그러는 중에 산학협력단은 자체 계획을 통해 기존 계약직원들의 정규직 전환을 완료했다. 근무기간이 1년 미만인 직원들은 1년을 채우는 시점에서 소정의 평가를 통해 전환을 하기로 약속했다. 예린은 윤아에게 산학협력단으로 다시 입사를 하면 어떻겠냐는 제안을 했다. 이제부터 산학협력단은 대학을 통하지 않고 자체적으로 직원을 채용한다고 했다. 따라서 물리적으로는 같은 캠퍼스 안에 있으면서도, 대학을 그만두고 산학협력단에서 재취업을 하는 것이 기술적으로 가능하게 된 것이다. 윤아는 일단 재계약 후에도 부총장실에 있을 수 있다면 2년을 채운 후 다시 고민해보고 싶다고 했다. 비서라는 업무가 마음에 들고 향후 대학이 아닌 다른 곳에서도 비서로 근무를 할 수 있을 테니 그게 아마도 윤아에게는 최선일 것 같았다.

노동조합에서는 사무계약직들의 전환도 서두르겠다고 내부적으로 단언했으나 사실상 불가능해 보였다. 왜냐하면 가입한 사무계약직들의 수가 너무 적었다. 노조는 철저하게 이익집단이었다. 대의도 중요하지만 우선은 조합원을 위해 움직였다. 게다가 윤아의 말에 따르면 최근 노동조합에 시간강사 같은 계약직 교수들의 가입이 늘어나기 시작했다. 이전부터도 가입한 교수들이 일부 있었지만 환경미화직의 정규직 전환이 발표된 후 그 수가 급격히 증가했다고 했다. 그들 또한 노동조합의 힘을 새삼 깨닫게 된 것이었다. 그래서 윤아는 노동조합을 다시 탈퇴해야 할지 고민을 하는 중이었다. 전에 비해 너무도 힘이 빠져버린 그녀였다.

정규직 전환 작업이 막바지 단계에 접어든 어느 날 공중파 메인 뉴스에 우리 대학 이야기가 나왔다. '인권 사각지대에 놓인 청소 노동자들을 정규직으로 전환시킨 한국대학교의 아름다운 이야기'가 소개되었다. 총장님이 직접 화면에 등장해 지역사회와 상생하고 모두가 행복한 세상을 만들어가는 데 일조하겠다는 훈훈한 언사를 내놓았다. 환경미화직 직원들은 대학본부 앞에 함께 모여 힘차게 희망의 파이팅을 외쳤고 그 앞에 서 있던 기자는 비정규직 문제 해결에 앞장서는 기관들이 많아지고 있는 상황 속에서 사회 구성원 모두의 참여가 필요하다는 마무리 멘트를 했다. 불과 몇 개월 전 노동조합의 시위가 있었던 그 자리였다.

우리 대학에 대한 뉴스가 TV는 물론 각종 인터넷 포털 메인을 장식한 그날 밤 윤아가 나에게 전화를 걸어왔다.

"여보세요?"
"지민 쌤…. 나 방금 전에 퇴근했어요."

차분하고 조용한 목소리로 윤아가 말했다.

"왜 이렇게 늦었어요?"
"총장님께서 부총장실이랑 홍보실 직원들 모두 불러서 저녁 사주셨거든요."
"그랬군요. 그런데 왜 이렇게 힘이 없어요."
"…."

핸드폰 너머로 윤아의 가쁜 숨소리가 들려왔다.

"쌤. 우는 거예요?"
"흐흡…. 아니에요."

윤아는 코를 크게 들이마시는 것 같은 소리를 내더니 다시 말을 이어갔다.

"총장님께서 극찬을 아끼지 않으시더라고요."
"무슨 극찬이요?"
"부총장님이 이번 일을 아주 성공적으로 잘 마쳤다고요."
"아…."
"홍보실 직원들도 정규직 전환한 거 홍보 훌륭하게 잘했다고, 우리 대학의 위상이 높아졌다고 칭찬받았고요."
"홍보를 잘하긴 했더라고요."
"맞아요. 그런데 우리는…."

"우리는…."

"우리에 대한 이야기는 그 아무도 하지 않았어요."

윤아가 흐느끼며 큰 소리로 울기 시작했다.

"윤아 쌤…. 울지 마요."

"흐흑. 나 스스로가 너무 어리석게 느껴져요."

그녀가 잘못한 게 과연 무엇이길래 이렇게 스스로를 자책해야 하는 것일까.

"그러지 말아요. 우리가 무슨 잘못을 했다고요."

"그냥 다 집어치우고 싶네요."

"윤아 쌤…."

억지로 울음을 참아내며 말을 이어가는 윤아의 목소리를 듣고 있으려니 사랑받지 못한 어린아이의 모습이 떠올랐다. 펑펑 울고 싶지만 눈치를 봐야만 하는, 세상으로부터 차갑게 버림받은 불쌍한 아이의 울먹임 같았다.

"후우…."

윤아가 크게 한숨을 내쉬었다. 그리고 우리 사이에는 잠시의 깊은 침묵이 찾아왔다. 그녀가 무슨 생각을 하고 있을지 궁금했다.

"늦었는데도 전화 받아줘서 고마워요. 지민 쌤."

"고맙긴요."

"휴⋯. 그럼 학교에서 봐요."

"네. 힘내요, 우리."

"고마워요."

무기력한 목소리로 전화를 끊은 윤아가 걱정이 되었지만 내가 그녀를 위해 해줄 수 있는 일은 아무것도 없었다.

다음 날 윤아가 귀찮게 해서 미안하다며 메신저로 사과를 했다. 나는 당연히 괜찮다고 했고 언제든 속상한 일이 있을 땐 전화해도 된다고 일러주었다. 그러나 윤아는 이제 훌훌 털고 일어났다며, 정말로 괜찮다고 했다. 그녀의 말을 듣고 나는 더 속이 상했다. 우리를 둘러싼 주변 상황에 분개할 권리조차 박탈당한 느낌이 들었기 때문이다.

그로부터 얼마 후 현주가 총무팀으로 돌아왔다. 팀장님도 여전히 인사팀장 겸직을 유지하고 있었지만 인사팀에서의 중요한 일들이 마무리된 만큼 총무팀에 머무르는 시간이 더 많아지게 되었다. 그런 중에 정영환 계장이 하던 일까지 맡은 내가 너무 바빠지게 되자 팀장님은 단체보험 업무를 현주에게, 사학연금 업무를 박한철 계장에게 다시 재분배했다. 사실 정영환 계장으로부터는, 그가 전임자로부터 받은 업무 매뉴얼을 전달받는 것으로 모든 인수인계가 끝났기 때문에, 나 또한 그 매뉴얼을 다시 전달하는 것으로 인수인계를 대신할 수밖에 없었다. 내가 혼자 일을 맡았던 기간 자체가 워낙 짧아 어설프게 업무를 직접 알려줄 상황이 아니었던 것이다.

이런 혼란스러운 팀의 분위기에 대해 팀장님은 상당히 미안해하는 눈치였다. 그래서 난 더 이상 팀장님을 힘들게 만들고 싶지 않았다. 팀장님도 그 위치에서 느끼는 고충이 컸을 거란 생각이 들었다. 정규직 전환 계획을 듣고 언성을 높였던 일에 대해서는 일찌감치 죄송하다며 사과를 했다. 팀장님 개인의 잘못이 아님에도 불구하고 엄한 사람에게 화를 냈다는 생각이 들었기 때문이었다. 팀장님은 일방적인 업무 지시에 대해 오히려 자신이 미안하다고 말했지만 대학의 정책과 관련해서는 말을 아꼈다.

어느덧 올해의 마지막 달이 다가왔고 현주가 계약기간 만료로 퇴사를 했다. 퇴직일이 다가오자 그녀도 여러 불안한 감정이 앞섰던 것인지 정규직 전환 기회가 사무직들에게 주어지지 않게 된 것을 끝내 아쉬워했다. 인사팀에서 직접 목격했을 그 의사결정 과정에 대해 자세한 내막을 들어보고 싶었지만 현주는 최대한 말을 아끼고 싶어 했다. 자명한 사실은 사무계약직원들이 노동조합의 다수도 아니었고, 그저 1년, 또는 길어봐야 2년이란 기간을 채우면 자연스럽게 사라지는, 노무 관리 측면에서는 가장 상대하기 쉬운 존재라는 것이었다. 아마 그렇기 때문에 우리는 협상 테이블에서도 가장 쉽게 버릴 수 있는 카드였을 것이다. 노동조합이 인사팀이 아닌 교무팀의 실무자와 더 많은 접촉을 가졌다는 사실을 나중에 듣게 되었는데, 그런 내용만으로도 어느 정도의 상황은 설명이 되는듯했다.

현주의 퇴직을 기점으로 새해가 밝았다.

첫 출근 날 나는 가장 먼저 4대 보험 공단에 현주의 퇴직을 신고했다. 그리고 실업급여를 받을 수 있도록 고용보험에 이직확인서를 입력해주었다. 일주일 정도가 지나 4대 보험 신고가 잘 끝났고 실업급여를 신청할 수 있다고 알려주기 위해 현주에게 연락을 했다. 현주는 고맙다고 했지만 실업급여를 안 받는 게 자신의 목표라고 했다. 곧 다가올 공기업 입사 시험에서 반드시 좋은 성과를 내겠다는 말이었다. 나 또한 그녀가 그렇게 되기를, 최대한 빨리 그녀가 원하는 새로운 회사에서 일을 할 수 있게 되기를 기도했다.

퇴사한 현주 자리에 후임 계약직원이 배치되어야 하는데 계속 지연이 되고 있었다. 박한철 계장에게 물어보니 자기도 그게 의문이라며 팀장님께 여쭤봐야 할 것 같다고 했다. 하지만 팀장님도 그 사실을 모를 리가 없었기에 우리는 조용히 계속 기다렸다. 정영환 계장에 이어 현주까지 빠진 우리 팀의 규모가 점점 작아지고 있었고 그럴수록 남아 있는 사람들은 더욱 바빠졌다. 물론 나는 곧 이곳을 떠나게 될 것이다. 재계약을 원치 않는다고 했고 1년의 기간만을 채운 뒤 퇴사를 하게 될 것이기 때문이다. 그러나 부서원으로서의 얄팍한 의리가 생겨난 탓인지 마냥 마음을 놓고 있을 수는 없었다.

설상가상으로 각 부서에 배정된 조교의 규모가 줄어들 것이란 흉흉한 소문마저 돌기 시작했다. 조교는 본래 장학금을 받고 행정 부서에서 근로를 하게 되는데 지난 학기에 그만둔 어느 대학원생 조교가 자기가 근무한 기간에 대한 퇴직금과 4대 보험 가입을 요구하는 소송을 학교 상대로 냈다고 했다. 4대 보험을 담당하는 내 입장에서는 공문으로 통보되는 인원에 대해서만 신고를 하기 때문에 직접적인 책임이 없었지만, 조교의 임용을 담당하는 부서에는 그야말로 날벼락이 떨어진 것이었다.

만일 소송에서 지게 된다면 현재 학교에서 근무하고 있는 모든 조교들에게 4대 보험을 가입시켜주고 퇴직금을 지급해야 하는데 여기에 투입되어야 하는 예산만도 어마어마한 액수가 될 것이다. 게다가 이전에 근무했던 조교들까지도 줄소송을 낼 수 있기 때문에 그 여파가 엄청나게 클 것이라고 했다. 또한 다른 대학에서 근무하는 조교들도 똑같은 소송을 낼 가능성이 있어 그 귀추가 더 주목되는 상황이었다. 여하튼 이러한 골치 아픈 속사정 때문에 다음 학기에는 조교 운용을 그 어느 때보다 최소화한다는 소문이 계속 퍼지고 있었다.

그리고 2월이 시작되었다. 한국대에서 근무할 수 있는 기간이 한 달 남짓 남았다. 서서히 업무 정리를 하며 시원섭섭한 감정을 느껴야 마땅했지만 그럴 여유가 없었다. 현주와 정영환 계장의 자리는 여전히 공석으로 남아 있었고 생겨나는 업무마다 전방위로 처리를 하느라 연일 바쁜 날이 이어졌다. 심지어 팀장님도 빈번하게 실무를 맡아 처리했고 박한철 계장은 야근을 하는 날이 조금씩 늘어나는 중이었다.

그러던 어느 날 팀장님이 회의실로 날 불렀다. 팀장님은 박한철 계장과 방금 이야기를 마친 상황이었고 박 계장은 어두운 얼굴로 회의실에서 나오고 있었다. 무슨 일이 있는 게 아닌가 싶어 걱정이 앞섰다.

"지민 선생. 뭐⋯. 별일 없고요?"
"네. 팀장님."
"바쁘죠? 현주 선생 후임자도 아직 없어서."
"네. 곧 충원될 거라고 믿고 버티는 중입니다. 혹시 언제쯤으로 보시나요?"
"그게⋯. 아마 안 될 것 같아요."
"네?"
"사실 그것 때문에 방금 전 박 계장이랑도 이야기했고, 지민 선생도 잠깐 보자고 했어요."
"네⋯."

결국 박 계장과 내가 모든 짐을 안고 가야 하는 것이구나. 나도 모르게 한숨이 나왔다.

"지민 선생은 지난번 나한테 이야기하길 재계약은 원하지 않는다고 했었죠?"

"네. 그렇습니다. 이제 그만둘 날이 한 달도 안 남았네요."

"그러네요. 시간이 참 빨라요. 그렇죠?"

"네. 그렇습니다."

"본인도 사정이 있어서 그런 거겠지만요. 자발적으로 재계약을 원하지 않는다는 사실이 어찌 보면 다행일지도 모르겠습니다."

"그게 무슨 말씀이세요?"

"하아…."

팀장님이 한숨을 크게 내쉬더니 작정한 듯 말을 꺼냈다.

"올해부터 사무계약직들은 소위 피바람이 불 겁니다."

"피바람이요?"

"위에서 정규직 비율을 높이라고 지시가 내려왔어요."

"그래서…. 이번에 정규직 전환하신 거 아니에요?"

"그래도 목표치에 한참 부족해요. 지금 재직 중인 1년 미만 계약직들은 특수 업무를 제외한 대부분이 재계약이 안 될 거라고 보면 돼요."

"…"

가장 먼저 떠오른 건 윤아의 얼굴이었다. 다시 한번 모든 게 그녀에게, 그리고 우리에게 불리하게 돌아가고 있었다.

"그리고 2년이 차서 계약기간 만료로 그만두는 분들 자리도 아마 당분간은 충원이 안 될 거고요. 현주 선생처럼."

"그럼 중간에 그만두는 분들도 마찬가지인가요?"

"맞아요. 일단 그만두면 그 자리는 앞으로 공석이 된다고 보면 돼요."

"도대체 계약직을 얼마나 줄이시려는 건가요?"

"미안해요. 그건 대외비입니다."

"아…. 알겠습니다."

"지민 선생만 알고 있어요. '계약직 제로 폴리시'랍니다. 대학뿐만 아니라 재단의 다른 기관들도 동참하기로 했고요."

'계약직 제로 폴리시'라니. 이름 한번 거창하다. 정규직 비율을 높이기 위해 기존 계약직을 정규직으로 전환하는 게 아니라, 모조리 잘라내겠다는 말인 것이다. 정규직 숫자는 그대로 두고 전체 파이를 줄여서 그 비율만 높아지면 된다는 것이다. 이곳이 정말 상아탑이 맞나 싶었다.

"아직 공식적인 건 아니지만 지민 선생 생각해서 미리 이야기하는 거예요. 물론 본인이 재계약 안 하고 그만둘 거라고는 했지만 혹시 몰라서…."

"네…. 감사합니다. 하지만 대학에서 이런 정책을 펼칠 거라고는 생각하지 못했네요."

"작년까진 거의 대부분 재계약해줬고 2년 지나서 퇴직하면 무조건 새로운 사람 뽑아주고 했는데 이제는 기조가 완전히 바뀌었네요."

"네…."

"저번처럼 지민 선생이 크게 실망할까 봐 걱정입니다만, 이번 결정은 나도 당혹스럽습니다. 일선 부서들 반발이 거셀 텐데 그걸 어떻게 막아낼지…."

"그러게요. 당장 저희 부서부터 사람이 모자랄 텐데요."

"총무팀은 정영환 계장 자리에 정규직 한 명을 보강할 거예요. 어차피 정규직 티오였으니 그건 문제가 없지만 계약직 두 분 자리는 이제 없어지는 거죠."

"그렇군요. 마치 시한부 같네요."

"일단 지민 선생은 정영환 계장 후임 직원에게 줄 업무 인수인계서만 잘 만들어주세요. 이제 곧 그만두시게 되니까…."

"네. 그럼요. 그렇게 하겠습니다."

"고맙습니다. 지민 선생."

"아닙니다. 그나저나 팀장님도 너무 힘드시겠습니다."

"왜 하필 내가 있을 때 이런 일들이 생기는지…. 나도 원망스럽긴 합니다. 휴."

한숨을 어찌나 크게 쉬었던지 양쪽 어깨가 들썩거렸다. 팀장님이 양손으로 얼굴을 감싸고 마른세수를 했다. 얼굴이 새빨개진 팀장님이 다시 말을 이어갔다.

"지민 선생."

"네."

"기왕 본인이 먼저 재계약 안 하고 퇴사한다고 했으니, 자기가 원하는 일 그리고 잘하는 일 잘 찾길 바랄게요."

"네… 감사합니다. 팀장님."

"옆에서 본 지민 선생은 함께 일하기 좋은 부하직원이었어요. 성장 가능성도 많이 보였고요. 그리고 이제 와서야 하는 이야기인데 정규직 공채는 많이 아쉽게 됐습니다."

"아…. 아닙니다. 괜찮습니다."

"계약직들도 많이 지원했었고, 전체적으로 경쟁률이 생각보다 높았어요. 그렇지만 지민 선생이 떨어진 건 개인적으로 많이 아쉬웠습니다. 그래도 면접 때 아주 적극적으로 잘 도와줬고, 외국인 교수들이랑도 커뮤니케이션을 잘 해줘서 고마웠습니다. 그런 모습이 팀장 입장에서 많이 고맙고 또 한편으로 미안하더군요. 그렇게 잘하는 직원인데도 내가 도와줄 수 있는 게 하나도 없어서. 그런데…."

팀장님이 씁쓸한 미소를 지으며 말을 이어갔다.

"계약직이라는 게 원래 그렇습디다."

"…"

"나도 학교생활을 오래 하면서 수많은 계약직들을 봐왔습니다만, 도와주고 끌어줄 수가 없다는 게 가장 아쉽더라고요. 가끔은 정말 괜찮은 친구들이라 함께 일하며 성장해가도록 도와주고 싶은데 2년 지나면 내보내야 하니 말이죠. 그런 일을 자주 겪다 보니 결국엔 처음부터 마음을 열지 않게 되는 결과로 이어진 것 같습니다. 지민 선생에게도 그랬고요.”

“이제 ‘계약직 제로 폴리시’니까 그런 비극은 곧 끝나겠네요.”

“허…. 그렇겠네요.”

“그래도 이렇게 말씀해주셔서 감사합니다. 팀장님.”

“아닙니다. 있는 사실을 이야기한 건데요.”

팀장님이 날 보며 인자한 미소를 지었다. 아마 처음인 것 같았다. 날 보고 그렇게 웃어주는 게.

“도와주지 못해 미안합니다.”

“아닙니다. 팀장님.”

“오늘 들은 건 인사팀 공문 나오기 전까지는 보안 유지 부탁할게요.”

마침 팀장님 핸드폰으로 전화가 걸려왔고 그는 나에게 나가보라는 손짓을 했다. 나는 회의실에서 나와 서서 사무실을 둘러보았다. 처음 이곳에 왔을 땐 모든 자리에 주인이 있었다. 불과 일년도 안 되었는데 이제는 텅 빈 책상이 두 개나 있었다. 마침 조교도 출근하지 않는 날이라 사무실이 더 쓸쓸하게 느껴졌다. 박한철 계장과 눈이 마주쳤는데 그는 입을 굳게 다문 채 나에게 옅은 미소를 지어 보이더니 다시 모니터로 시선을 돌렸다. 나도 달리 지어 보일 수 있는 표정도, 할 수 있는 말도 없어 조용히 내 자리로 돌아왔다.

모니터에는 4대 보험 신고 대상자 엑셀 화면이 띄워져 있었다. 최소화되어 있는 아이콘들이 여러 개 있었는데 4대 보험 신고 프로그램, 근로복지공단 홈페이지, 건강보험 보수 신고 서식 그리고 늘 습관처럼 열려 있는 윤아와의 메신저 대화창이 있었다. 나는 윤아에게 무슨 말을 해줘야 하나 한참을 고민했다. 그러나 내가 해줄 수 있는 것은 이번에도 아무것도 없었다. 이런 정보를 미리 알려주고 싶어도 또 한 번 그녀가 실망하는 모습을 볼 자신이 없었다.

나는 우선 하려던 일을 해야겠다고 생각했다. 엑셀 목록에만 적어놓고 신고를 하지 못한 계약직원들이 네 명 정도 있었다. 모두 퇴사였다. 그러고 보니 최근 인사팀에서 신규채용자 명단을 보내주지 않은 지 한참이 지난 것 같았다. 팀장님의 이야기를 듣고 나서야 그런 사실이 눈에 띄기 시작한 것이다. 오늘 내가 퇴사를 신고해야 하는 네 명 중 세 명은 의원면직, 즉 중도 퇴사자들이었다. 통상 계약기간 만료로 인한 퇴사 비율이 상대적으로 더 높았는데 최근 두 달간은 그렇지 않았다.

말 그대로 엑소더스가 시작된 것이다. 그리고 그들이 느낀 그 불길함은 이제 곧 현실로 다가올 것이다.

마지막 대화

인사팀 직원이 직접 사무실로 날 찾아왔다. 영어 면접실 관리를 함께 했었던, 하지만 본래는 한국대학교의 계약직원 관리를 담당하고 있는 그 직원이었다. 그는 영 어색한 표정으로 나에게 인사를 하더니 종이 한 장을 내밀었다. '계약기간 만료 통보서'였다. 최초 신규임용 시 체결한 근로계약 내용에 근거하여 내 근무기간이 이번 달 말을 기준으로 종료될 예정이며, 그에 따라 나는 계약기간 만료의 사유로 한국대학교에서 퇴사를 하게 된다고 적혀 있었다.

인사팀 직원은 그 문구를 나에게 직접 읽어주었는데 표정이 어찌나 결연했던지 무슨 중요한 선고문을 읽는 것 같았다. 그는 나에게 따로 챙겨온 확인서를 보여주며 이 모든 사항을 전달받았다는 확인 서명을 하도록 했다. 확인서에는 나 말고도 다섯 명의 이름이 더 보였는데 그중에는 윤아의 이름도 있었다. 마치 살생부같이 보이는 그 확인서에 나는 사인이 아닌 정자로 내 이름을 적었다.

아이보리 타워

인사팀 직원은 나에게 무언가 말을 더 하려는가 싶더니 결국엔 그동안 수고가 많았다는 말만을 남기고 사무실을 빠져나갔다. 그리고 같은 날 윤아도 같은 과정을 거쳐 재계약 불가 통보를 받았다고 했다.

그리고 그날부터였다. 나는 어떠한 업무에도 손을 대기가 싫었다. 나에게 못되게 구는 친구를 굳이 도와주고 싶지 않다는 그런 심정이었던 것 같다. 잠깐 지나면 괜찮아지겠지 싶었지만 좀처럼 마음이 되돌아오지 않았다. 4대 보험 업무를 비롯해 내 손길을 필요로 하는 모든 일들, 자잘하면서도 하나하나 챙기지 않으면 결국 업무의 누락으로 이어지는 그 모든 것들이 이제는 귀찮게 여겨지기 시작한 것이다.

결국 나는 남은 휴가를 모두 사용하고 계약 만료일보다 한참 일찍 자리를 비우기로 했다. 그런 결정을 내린 나에게 팀장님이 식사를 같이 하자고 했지만 나는 굳이 그런 자리에 가고 싶지 않아 다른 핑계를 대고 거절했다. 위로를 받고 싶지도, 혹은 앞으로의 내 계획을 이야기하고 싶지도 않았고 단지 한국대학교에서 빠져나오고 싶었다. 그리고 무엇보다도 나라는 개인에게서 '계약직'이라는 라벨을 최대한 빨리 떼어버리고 싶었다.

하지만 그런 마음가짐으로 남은 시간을 보낼 수는 없었다. 게다가 내 자리에 오게 될 후임자, 그게 정직원이든 계약직이든 상관없이, 그 사람으로부터 원망 살 일은 하지 않고 싶었다. 내가 정영환 계장에게 느꼈던 일말의 감정도 재생산해내지 말아야겠다는 도의적인 다짐이었다. 그래서 나는 다시 마음을 다잡고 최대한 내가 할 수 있는 일들을 그 어느 것 하나도 미루지 않고 모두 처리하기 위해 최선의 노력을 기울였다. 최신 내용으로 업데이트한 인수인계서도 일찌감치 팀장님과 박한철 계장 이메일로 전달했으며, 업무에 사용되는 파일들 또한 모두 깔끔하게 정리하여 저장해놓았다. 그리고 진행 중인 모든 업무의 현황을 정리하여 한글파일로 남겨두었다. 이후 내 자리에 올 사람은 내가 그랬듯 아주 잠시간의 적응기를 거치고 나면 큰 문제 없이 4대 보험 업무를 정상적으로 처리할 수 있을 것이다.

그렇게 마지막 근무일을 하루 남겨둔 날이 다가왔다.

특별하다 싶을 만한 일은 일어나지 않았고 평소처럼 분주하고 정신없는 하루가 이어졌다. 팀장님이나 박 계장 모두 나에게 별다른 이야기를 하지 않았으며, 나 또한 내 고유한 업무들에만 신경을 썼을 뿐 그 외의 부수적인 일이나 대화는 일절 하지 않았다.

어느덧 이른 해가 지고 퇴근 시간이 다가왔다. 다른 직원들은 모두 퇴근을 했지만 나는 개인 물품들을 자리에서 정리하느라 남들보다 30분 정도 늦게 사무실을 빠져나왔다. 사무실 불을 끄고 문을 잠그려는데 갑자기 명치끝이 저려왔다. 정도가 심하지는 않아 걷기에 지장이 있거나 자리에 주저앉아야 할 정도는 아니었지만 분명 불편한 느낌이 들었고 신경이 쓰이기 시작했다. 너무 몸이 움츠러든 게 아닌가 싶어 코트의 단추를 풀고 가슴을 앞으로 내밀며 심호흡을 크게 해보았다. 입을 벌려 두어 번 숨을 내뱉고 나니 흉부의 이질감이 서서히 사라졌다. 아마도 퇴사를 한다는 생각이 몸을 잔뜩 경직시켰던 모양이었다.

자세를 바로 고쳐 잡고 다시 걸어가려는데 문득 현주와 함께 치킨집에 갔던 생각이 났다. 이런 날이야말로 현주 같은 친구와 맥주 한 잔을 할 수 있었다면 좋았을 텐데. 아쉽지만 현주는 고향 집으로 내려간 지 오래였고 서울에 있었다 하더라도 취업 준비에 여념이 없어 나와 놀아줄 시간이 없었을 것이다. 미련 가득한 마음으로 나는 본부 건물을 걸어 나왔다. 어딘가 모르게 위축된 몸과 마음을 위로받고 싶은 그런 심정이었다.

대학 정문을 향해 걸어가던 중 인도 옆 잔디밭에 놓여 있는 벤치가 눈에 들어왔다. 늘 지나가는 곳이라 그 자리에 벤치가 있었다는 것을 알고는 있었지만 한 번도 가까이 다가가 보거나 앉아보지는 못했던 곳이었다. 하지만 무슨 바람이 들었는지 오늘은 한 번 거기에 앉아보고 싶다는 생각이 들었다. 나는 걷던 방향을 비스듬히 틀어 잔디밭 안으로 들어갔다. 푸석푸석해진 누런 잔디가 발에 밟히며 요란스러운 소리를 냈다. 그에 비해 발바닥에 전해지는 착지감은 그 어느 때보다도 폭신했다. 하지만 벤치 앞에 다다르자 용기가 사라졌다. 날도 추운데 그냥 돌아갈까 싶었던 것이다.

몸을 돌려 다시 돌아가려는데 퇴근하고 내가 걸어온 길이 한눈에 들어왔다. 그리고 이어진 길 반대쪽으로는 멀지 않은 곳에 내가 가려 했던 정문이 보였다. 멍하니 그 길을 바라보던 나는 그대로 벤치에 털썩 주저앉고 말았다.

날이 추운 탓에 엉덩이가 차가워졌지만 이내 느낌이 둔해졌다. 금세 편안한 마음이 든 나는 등받이에 몸을 기댔다. 누군가 여기에 앉아 나의 출근과 퇴근을 바라봤다면 어떤 생각을 했을까 하는 상상이 들었다. '저 사람은 무슨 일을 하길래 저렇게 바삐 걷는 지?' 하며 의문을 품지 않았을까. 나는 늘 저 길을 빠른 걸음으로 다녔으니까.

몸에 힘을 빼고 좌에서 우로, 우에서 좌로 그리고 위에서 아래로 시선을 옮겨가며 캠퍼스를 바라보았다. 시야를 가득히 채워 드는 캠퍼스의 평온한 모습이 나의 마음을 스르르 가라앉혔다. 저녁에서 밤으로 넘어가는 그 시간의 캠퍼스는 한없이 차분해 마치 한창때를 지나 젊잖게 나이가 든 노인의 모습 같기도 했다. 바로 맞은편에는 나무와 건물들이 나란히 서 있었는데 마치 날 바라보며 괜찮으냐고 물어오는 것 같아 웃음이 지어지기도 했다.

아무래도 난 그냥 집으로 가기 싫은 게 분명했다. 비록 날 원하지 않는, 그리고 비정규직의 존재 자체를 부정하고 싶어 하는 한국대였지만 나도 모르게 이곳에 계속 앉아 있고 싶었다. 심지어 그간 왜 이런 벤치에 앉아 여유를 즐기지 못했을까 하는 후회와 아쉬움도 들기 시작했다. 귀 끝이 시려오고 손도 차가워졌지만 좀

아이보리 타워

처럼 자리에서 일어나기가 싫었다. 하룻밤만 자고 나면 마지막 날이 될 것이란 사실이 끝내 속상하게 느껴졌다.

나는 작정하듯 자리에서 일어나 캠퍼스 밖에 있는 편의점으로 향했다. 그곳에서 맥주 두 캔과 새우깡을 사가지고는 다시 벤치로 돌아왔다. 맥주 캔을 따고 과자 봉지를 크게 가로로 찢어 펼쳤다. 누군가와 건배를 하고 싶었으나 그럴 수 없었기에 나는 맥주 캔을 들어 건너편 건물과 나무들 그리고 하늘을 향해 내밀었다.

"짠."

짤막한 혼잣말을 뒤로하고 나는 갈증을 느끼는 사람처럼 맥주를 꿀꺽꿀꺽 마셨다. 반 캔 정도를 한 번에 마시고 나니 요란한 트림이 나왔다. 핸드폰을 꺼내 가족 중 누구에게 전화를 할지 한참을 고민하다 결국엔 아무에게도 전화를 하지 않기로 했다. 내 퇴사 소식을 그 누구도 기뻐하지 않았기에 오늘의 내 감정을 털어놓기엔 미안한 사람들이었다.

결국 난 그렇게 혼자 벤치에 앉아 맥주와 새우깡을 먹었다. 남들이 보기엔 외롭고 쓸쓸한 모습이었겠지만 괜찮았다. 한국대 캠퍼스와 내가 나누는 마지막 대화와도 같은 그 시간이 썩 나쁘지만은 않게 느껴졌다. 맥주 두 캔을 모두 비우고 나니 취기가 올라왔다. 맥주를 더 마시고 싶은 생각이 들어 자리에서 일어나려는데 다리에 힘이 풀려 의지와 상관없이 다시 벤치에 앉고 말았다.

아무래도 맥주는 그만 마시는 게 좋을 것 같았다.

그러던 중 문득 민준 생각이 났다. 한국대 채용에 불합격한 후 어떻게 지내고 있을지 궁금했다. 나는 핸드폰을 꺼내 그의 이름을 검색했다. 그러자 화면에 그의 이름과 번호가 표시되었다. 하지만 전화를 걸어야 할지는 확신이 서지 않았다. 뜬금없이 전화를 걸어 무슨 이야기를 해야 할지 가늠이 되지 않았기 때문이다. 그러나 나도 모르는 사이 내 손가락이 통화 버튼을 누르고 있었고, 정신을 차렸을 때는 이미 그의 목소리가 핸드폰 수화부로부터 들려오고 있는 상황이었다. 나는 화들짝 놀라 핸드폰을 귀에 가져다 대고 말했다.

"안녕하세요. 저 김지민이에요."

내 목소리를 듣더니 민준이 반갑게 인사했다. 얼떨결에 통화를 하긴 했지만 오랜만에 듣는 그의 목소리가 반가웠다.

그가 내 안부를 물었다. 내일이 마지막 근무일이라고 말할까 싶었지만 나는 그냥 잘 지내고 있다고 대답했다. 그에게 어떻게 지내느냐고 안부를 물으려는데 나도 모르게 눈이 뜨거워지는 게 느껴졌다. 다행히 목이 잠기지 않아 아무렇지 않은 듯 말을 이어갈 수 있었다. 하지만 낌새가 이상했던지 그가 나에게 무슨 일이 있냐고, 괜찮으냐고 조심스레 물어왔다. 괜찮다고 대답하려는데 참았던 감정이 모두 올라오며 폭발해버리고 말았다. 나도 모르게 울음

아이보리 타워

을 터트리고야 만 것이다.

맥주를 마신 탓일까. 민준이 내 이름을 두어 번 불렀지만 나는 대답할 수 없었다. 그의 목소리는 내 이성적인 사고를 무력화시켰고 좀처럼 울음을 그칠 수 없게 만들었다. 우는 동안은 핸드폰을 잠시 얼굴에서 떼고 있어도 괜찮았을 텐데, 그런 생각조차 하지 못한 나는 오른쪽 뺨에 핸드폰을 밀착시킨 채로, 내 흐느낌이 상대방에게 고스란히 들리도록 그렇게 한참을 울었다.

"지민 씨. 괜찮으세요?"

조용히 울음을 그치고 얼굴의 눈물을 닦아내고 있는데 그가 말했다.

"…죄송합니다. 갑자기 연락드려서는."
"괜찮습니다. 힘든 일이 있으셨나 봐요."

문득 깨달았다. 그간의 일들이 나에겐 '힘든 일'이었다는 것을. 계약직 신분으로서 감내해야 하는 어떤 시스템의 변화를 넘어, 나라는 사람에게 있어 받아들이기 쉽지 않은 시간이었다는 것을.

"아마도 그랬던 것 같아요."
"그러셨군요."

뒤늦게 밀려온 민망함에 더 이상 무슨 말을 해야 할지 떠오르지 않았다. 나는 그에게 조만간 다시 연락하겠다고 말하고 급히 통화를 마무리했다. 그는 차분하고 편안한 목소리로 나에게 그러라고 했다. 전화를 해서 내가 한 것이라고는 펑펑 운 것뿐인데 그런 나의 모습을 지켜봐 준 그가 고마웠다.

〈힘내세요. 응원하겠습니다.〉

전화를 끊고 나서 잠시 후 민준에게서 문자 메시지가 도착했다. 덤덤한 그의 격려에 나도 모르게 입가에 미소가 지어졌다.

〈고맙습니다.〉

이런저런 말을 주절주절 썼다가 모두 다 지우고 그냥 짤막하게 답장을 보냈다. 계약직과 정직원의 문제를 떠나, 내가 나 스스로를 바라봄에 있어 더 당당한 마음을 가지게 되었을 때, 비로소 그때가 되면 다시 민준에게 연락을 할 수 있을 것 같았다. 그땐 오늘의 이 감정을 웃으며 털어놓을 수 있을 것이다.

이후로도 나는 한참을 벤치에 더 앉아 있었다. 마치 놓치고 싶지 않은 마지막 순간을 마주한 사람처럼 밤이 늦도록 그렇게 한참을 앉아 있었다.

아이보리 타워

꿈

인사팀에 사원증을 반납했다. 처장님께 마지막 인사를 드린 후 팀장님 그리고 박 계장과도 작별 인사를 나눴다. 모두가 하나같이 나에게 고생했다며 말해주었고, 어딜 가든 잘할 거라며 격려해주었다.

마지막으로 자리를 정리하고 있는데 윤아가 날 찾아왔다. 그녀는 사용하지 않은 휴가를 수당으로 받기 위해 마지막 날까지 채워서 근무를 할 예정이었다.

"지민 쌤!"

총무팀 사무실 문을 살짝 열고 윤아가 나를 불렀다. 그녀의 얼굴을 본 나는 반가워하며 복도로 나갔다.

"바쁠 텐데 뭘 왔어요."

"당연히 와야죠. 쌤 마지막 날인데."

"윤아 쌤 마지막 날에 저는 아마 못 올 것 같은데…."

"찾아오면 그게 오버 아닌가요?"

윤아가 웃음을 지으며 말했다. 나는 손을 뻗어 그런 그녀의 손을 살포시 잡았다.

"저 먼저 갈 테니, 쌤도 나오면 밖에서 한번 봐요."

"그래야죠."

"그땐 계약직이 아닌 자유인으로 만나요."

"좋아요. 연락할게요."

"여러모로 감사했어요."

"그런 인사는 다시 만나서 해요. 뭘 새삼스럽게…."

"하하. 그럴게요."

"지민 쌤, 그럼 마무리 잘해요."

우리는 가볍게 포옹을 하고는 웃으며 작별 인사를 나눴다. 한국대학교에 직원으로서 머무를 수 있는 시간이 가장 적게 남은 계약직 두 명의 인사였다. 애석하게도 우리 둘의 모습은 가여울 수밖에 없었다. 다시 만나자고는 했지만 과연 우리 둘 다 온전한 정신으로 다시 얼굴을 볼 수 있을까 하는 걱정이 앞섰다.

그렇게 나는 한국대학교에서의 여정을 마무리했다. 4대 보험으로 치면 직장가입자의 피보험 자격을 상실했다고 표현할 수 있을 것이다. 사유는 계약기간 만료. 그리고 그 과정에는 어떠한 문제도, 불협화음도 혹은 갈등도 없었다. 인사팀에서 준 통보문 그대로 나는 1년의 기간 동안 근로를 제공하기로 한국대와 상호 합의했었고, 그 기간의 종료가 도래했기에 아무런 불만이나 문제 제기 없이 그 관계를 정리한 것뿐이었다. 무엇 하나 문제 될 것이 없었다. 이상하리라 싶을 만큼 모든 것이 깔끔했다.

이제 난 다시 취준생으로 돌아왔다. 아무런 소속이 없는 상태로 돌아오니 덜컥 겁이 나기 시작했다. 계약직이라 하더라도 내가 속한 직장이 있었다는 게 얼마나 큰 방패막이 되었던 것인지를 새삼 깨닫게 된 것이다. 날 보호해줄 수 있는 게 나 스스로 외에는 아무것도 없다는 사실이 생각보다 두렵게 다가왔다. 나이도 먹을 만큼 먹어서 부모님 보호 아래 있다고 보기에도 애매하고, 학교에 다니는 학생도 아니었으며, 그렇다고 회사원은 더더욱 아닌 나였다. 말 그대로 무적자 상태였다. 하지만 계약직 시절로 다시 돌아가겠냐고 묻는다면 내 대답은 일말의 고민도 없이 '아니오'였다.

지난 1년간 아주 긴 꿈을 꾼 기분이었다. 그 꿈을 통해 나는 무엇을 얻었을까. 그리고 또 무엇을 잃었을까.

사실 잘 모르겠다.

다만 정규직 전환에 대한 기대가 물거품이 되었을 때 윤아가 느낀 그 감정이 나에게도 고스란히 느껴지는 것 같았다.

'나 스스로가 너무 어리석게 느껴져요.'

아마도 열심히 그리고 바쁘게 최선을 다해 달려왔지만 결승선이라는 것은 애초에 없었고, 그로 인한 관중들의 환호나 내가 느낄 수 있는 성취 또는 안도감 따위도 그 흔적을 찾아볼 수 없었기 때문일 것이다. 그저 처음부터 끝까지 난 암흑 속에 있었던 것이다. 그런 암흑을 빠져나오고 싶어 지푸라기라도 잡아볼까 했지만 말 그대로 지푸라기 그 자체였다. 허우적대기만 했을 뿐 난 그대로 그 자리에 있었다. 어쩌면 더 깊이 내려갔는지도 모르겠다. 어둡고 차가운 그곳으로.

욕심 같아서는 다른 모든 것을 탓하고 싶었다. 나를 뺀 모든 것을 탓하고 이런 시궁창 같은 현실을 그들의 잘못에 기인한 결과라고 외치고 싶었다. 하지만 그건 유치한 반란에 지나지 않았다. 남을 탓하고 원망하기엔 내 스스로의 어리석음이 너무도 컸다.

겁이 나서 도저히 이 꿈에서 깨어 나올 수가 없었다. 그래서 나는 다시 한번 꿈을 꿔야겠다고 생각했다. 포근하고 밝은, 그리고 따뜻한 마음으로 돌아갈 수 있는 길은 그 방법밖에 없었다.

꿈에서 누군가 나에게 질문을 해왔다. 내 꿈이 뭐냐고.

"내 꿈은…. 내 바람을 현실에서 살아보는 거야."

"그런 엉뚱한 대답이 어디 있냐?"

"하나도 엉뚱하지 않은데?"

"됐어. 말해주기 싫으면 말 안 해도 돼."

"진짜래도. 내 꿈은 그거야. 내가 원하는 삶을, 현실에서 꼭 살아보는 거."

"흠…. 그러면 그 원하는 삶이 뭔데?"

"사실 별거 없어. 난 그냥 아침에 일어났을 때 기분이 좋았으면 좋겠어. 그리고 밤에 자기 전에도 마찬가지로 기분이 좋았으면 좋겠어."

"치…. 그게 뭐야."

"아마도 아침과 밤, 그 사이에 내가 원하는 일을 할 수 있다면 그렇게 지낼 수 있겠지?"

"아마도?"

"그게 바로 내 꿈이야."

"네 말은 그런 일상을 실제로 살아보는 게 네 꿈이라는 거구나?

"응. 맞아."

"말도 참 어렵게 한다. 근데 그러려면 네가 원하는 일을 찾아야 하잖아?"

"그건 아직 못 찾았어."

"꿈을 이루고 싶다면 그걸 우선 찾아야겠네."

"급하게 하지 않으려고. 살다 보면 불현듯 나타나겠지. 아! 이렇게 살면 행복하겠다. 하는 그런 거."

꿈

"너도 참…. 산속에 사는 도사님 같은 말만 골라서 하는구나?"

"산속? 아. 그래! 산속에 살면 좋겠다. 메타세쿼이아 나무로 둘러싸인 숲속에서 집을 짓고 살면 좋을 것 같아."

"꿈이 뭔지 물어봤다가 별 이야기를 다 듣는다. 하지만 그 꿈 꼭 이뤄지길 바랄게."

"고마워. 응원해줘서."

"별말씀을."

"그런데…. 넌 누구니? 누군데 나한테 이런 걸 묻는 거야?"

"나? 모르겠어?"

"응. 누군데?"

"나야 나. 김지민."

Epilogue

"자. 다음 지원자 자기소개 부탁드립니다."

"안녕하십니까. 지원자 박민준입니다. 저는 현재 특허법인에서 근무하고 있습니다. 그러다 이 대학에 다니시는 직원분을 알게 되었고 그분을 통해 한국대학교의 교직원 자리에 관심을 갖게 되었습니다.

대학은 현재 살아 있는 지성의 요람을 자처하면서도 비정규직 문제에 대해서는 눈과 귀를 닫고 나 몰라라 하고 있습니다. 한국대학교만 하더라도 정규직과 비정규직의 비율이 거의 일대일입니다. 외부에서는 그런 사실을 모른 채 한국대 교수님들의 탁월한 연구 성과와 학생들 등록금으로 마련한 교육 인프라 역량만을 보고 명문 일류대학이라고 말합니다.

하지만 대학 행정의 상당 부분을 비정규직들이 담당하고 있고 때론 정규직보다도 더 많은 업무를 맡고 있기도 합니다. 그런 현실과는 상관없이 그들은 최저임금만 받아가고 있고요. 이것이 과연 정상적인 걸까요? 정규직원의 연봉은 일반 대기업에 버금가는데 비정규직의 연봉은 편의점 알바생 수준입니다. 해외에서도 이런 사례는 없다고 알고 있습니다.

저는 한국대학교에서 이런 현실을 바꿔나가는 역할을 하고 싶습니다. 정규직과 비정규직의 구분이 없는, 진정한 상아탑을 만들어가는 것이 제 꿈이자 바람입니다."

"부탁드린 건 자기소개인데…. 듣다 보니 우리 대학을 비판하는 이야기를 하시는 것 같네요. 면접에서 합격하고 싶은 거 맞아요?"

"물론입니다."

"예예. 잘 알겠습니다. 지원자분 경력이나 장점, 뭐 이런 걸 물어보려고 했는데 굳이 더 이상 질문을 안 해도 될 것 같습니다. 나가보셔도 됩니다."

"죄송하지만 한마디만 더 말씀드리고 나가도 될까요?"

"흠. 그러시든지요."

"한국대학교는 제 모교입니다."

"이력서 보니 그러네요. 그런데 이렇게 모교에 모욕적인 언사를 하는 게 이해가 안 갑니다. 그것도 면접 자리에서."

"저는 가난한 집안에서 자랐습니다. 학비가 모자라 1학년과 2학년 방학 때는 풀타임으로 일을 했고 그렇게 모은 돈으로 학비를 냈습니다. 그런 저에게 각종 대내외 장학제도를 소개해주면서 이후로는 학비 걱정을 하지 않도록 도와주신 분이 저희 학과 행정실 직원이셨습니다. 너무도 감사한 분이죠.

그래서 졸업 후 저는 저같이 힘든 후배가 나오지 않길 바라는 마음에서 제 월급의 일부를 지난 10년간 계속 학교에 기금으로 내오고 있습니다. 결코 적은 액수는 아니었다고 생각합니다."

"아…. 그래요? 기부금이요?"

"맞습니다. 그런데 이제는 그 기금을 중단해야 할 것 같습니다. 쓴 말은 뱉고 듣기 좋은 말만 듣고 싶어 하는 오만을 오늘 이 자리에서 목격하게 되는 것 같아서 말입니다.

사실 저에게 장학금을 받을 수 있도록 도와주신 행정실 직원분은 계약직원이었습니다. 저에게 도움을 주시고 얼마 후 계약기간이 끝나 퇴사를 할 수밖에 없었죠. 또한 최근 제가 알게 된 교직원분도 한국대에서 계약직으로 근무하고 있는 분이셨습니다. 두 분 모두 짧은 만남이었지만 그분들은 맡고 있는 자신의 업무에 대한 자부심이 컸습니다. 업무도 제가 직접 확인할 수는 없겠습니다만 최선을 다해 열심히 하셨던 것으로 알고 있습니다.

하지만 한국대는 그분들에게 직업적인 사명감이나 소속감을 안겨주지 못했습니다. 비정규 계약직 그 이상으로 보지 않았던 것이죠. 그래서 기존에 그래왔던 것처럼 2년이 지난 후 가차 없이 떠나보냈거나, 다시 떠나보내게 될 것입니다. 업무 지식과 조직에 대한 이해도가 상당한 수준까지 다다른 그분들을요. 아마 수년간 아무런 문제의식 없이 그래오셨을 겁니다. 앞으로도 그러실 거고요.

이게 얼마나 대학에 큰 손해인지, 그리고 또 새로운 비정규직 직원을 채용해 처음부터 다시 업무를 가르쳐나가는 게 얼마나 큰 비효율인지 생각해보셨으면 좋겠습니다. 나아가 그런 젊은 비정규직을 양산해나가고 있는 현실이 후속세대에게 얼마나 큰 빚을 지는 것인지를요."

"거 참. 잘 들었으니 발언 끝나셨으면 나가보세요."

"불편하셨겠지만 제 말에 귀 기울여주셔서 감사합니다. 무례한 발언 양해 부탁드립니다. 기금은 중단한다고 말씀드렸었는데 그냥 그대로 계속 두겠습니다. 희망을 버리지 않겠다는 뜻으로요."

끝.